부울경은 하나다

강병중
희수 기념
문집

부울경은 하나다

부산 사랑 진주 사랑
77년을 돌아보다

| 강병중 지음 |

산지니

책을 펴내며

세월이 참 빨리 흘러간다. 누구든지 나이가 들수록 절실하게 느낄 것이다. 그러니 중국 송나라 때 대학자 주자(朱子)는 '연못가 봄 풀은 잠에서 깨어나지 않았는데, 계단 앞 오동잎에서 이미 가을 소리가 들리네(未覺池塘春草夢 階前梧葉已秋聲)'라며 세월의 무상함을 일깨워주었다.

돌이켜보면 부지런하게 살고자 나름대로 노력해왔다. 온갖 번민으로 밤잠을 설친 적도 많았고, 어렵사리 내린 결단을 실천하느라 수많은 사람을 만나기도 했다. 젊어서는 기업을 경영하느라 땀 흘리며 노력하였고, 50대 후반부터 9년 동안 부산상공회의소 회장을 맡던 시절엔 지역사회 발전을 위하여 노심초사하였다. 그 이후에는 상의 회장 시절 터득했던 경륜을 세상에 널리 알리면서, 어려운 환경에 처한 이웃들에게 용기를 북돋워 주기 위해 동분서주하였다.

그러다 보니 벌써 77세, 이른바 '희수(喜壽)'가 되었다. 회갑은 물론 고희연을 하지 않았던 나는 팔순이 되면 조촐한 모임을 하려고 했는데, 자식들의 성화를 이기지 못해 가까운 친지들을 모시게 되었다. 그동안 여러 신문에 게재했던 칼럼과 방송 대담, 특강 내용을 간추려 기념문집으로 묶어 감사의 인사를 대신하고자 한다.

문집의 주요 내용은 부산-울산-경남의 협력과 상생을 통한 동남 경제권의 발전, 부산 경제 활성화, 고향 진주와 서부 경남의 도약, 수도권 규제와 국토 균형발전, 그리고 기업 경영과 관련된 소신 등이다. 대학 졸업 이후 50여 년 동안 사회생활을 하면서 간직해왔던 신념과 철학이 응축된 글들이다. 고향 진주와 기업 활동의 무대였던 부산과 경남에 대한 애정과 염원을 듬뿍 담아보고자 애를 썼다. 하나의 주제를 여러 차례 되풀이해서 강조했던 바 있어 일부 칼럼은 내용이 중복되거나 유사한 경우도 있을 것이다. 그러나 기록성을 고려하여 함께 묶었으니 독자 제현들의 양해를 바란다.

서산대사는 "눈 내린 밤 들판을 지날 때/ 발걸음을 어지럽게 하지 말라/ 오늘 내가 걸은 발자취는/ 후세 사람들의 이정표가 되리니"라는 가르침을 남겼다. 기업 경영이든 지역사회 활동이든 항상 눈길을 걷는 심정으로 최선을 다했지만, 아쉬움이 남는 것은 인지상정이 아닐까. 이 문집의 내용이 훗날 사람들에게 거울이 되고 이정표가 되었으면 하는 바람이다. 제 소견의 부족한 부분은 후배들이 채워주고 실현해 주기를 바랄 뿐이다.

부산상의 회장 시절을 비롯하여 지역사회 발전을 위해 함께 땀 흘리며 노력해준 동료 선후배 여러분께 이 기회를 빌려 "그동안 고마웠다"고 인사를 전한다. 그동안 우리가 추구해왔던 목표는 달성된 것도 상당하지만, 여전히 현재진행형인 미완의 과제가 더욱 많다. 모두 힘을 모아 한 걸음 한 걸음 더 내디뎌야 할 것이다.

바깥 활동이 많아 가족과 많은 시간을 갖지 못했음에도, 이를 이해하고 뒷바라지해준 아내와 자식들에게 이 책으로 가장의 마음을 전하고 싶다. 책을 펴낸 산지니 출판사 강수걸 사장과 편집진, 그리고 책이 나오기까지 애써준 모든 분에게 감사드린다.

2015년 7월
월석 강병중

부산 경제에 남긴 큰 족적, 새롭게 조명되길

서병수(부산광역시장)

월석(月石) 강병중 회장님의 희수 기념 문집『부울경은 하나다』 상재를 진심으로 반기며 축하드립니다.

강병중 회장님은 우리 부산의 큰 기업인으로서 1994년부터 9년 간 부산상공회의소 회장직을 역임하시는 등 부산경제사에 뚜렷한 족적을 남기신 지역 경제계의 어른이십니다.

강병중 회장님의 지역사회에 대한 애정과 부산경제 발전을 위한 집념은 특히 대단하십니다. 지역 기업인으로서 부산경제 발전에 많 은 업적도 남기셨습니다. 부산에 자동차 산업과 금융 산업이 지금 처럼 꽃필 수 있었던 것도 부산상공회의소 회장으로서 부산자동차 산업과 선물거래소 유치에 누구보다 헌신하시고 부산 상공계와 지 역사회의 힘을 모아낸 덕분입니다.

특히 '부산·경남이 수도권과 경쟁하려면 동남권 산업벨트에 있 는 기업들을 도와줄 수 있는 금융회사가 필요하다'는 지론으로 지 역 금융그룹을 키우기 위해서 선구자적인 노력을 하셨고, 그런 뜻 과 의지들이 사회적으로 이어져서 지금 부산이 세계적인 해양·파 생특화금융 중심도시로 도약하는 데 밑거름이 되었다 생각합니다.

넥센월석문화재단, KNN문화재단, 월석선도장학재단을 설립하여 기업 이윤의 사회 환원에 있어 모범적인 기업인의 모습을 보여주고 계십니다.

이번 희수 기념 문집도 평생을 기업인으로 살아오신 경륜과 경험들을 지역 사회와 두루 나누기 위해서 그간에 지역 언론 등을 통해 발표하신 귀한 글들을 책으로 엮으신 것으로 압니다. 다시 보니 저도 아주 감명 깊게 읽었던 기억이 나는 글들이 많습니다. 부산·울산·경남의 하나 됨과 상생협력을 바라시는 마음이 남다르시다는 것을 새삼 느낍니다.

부울경은 이미 하나가 돼 있습니다. 저도 부산시장에 취임한 뒤로 울산, 경남과 긴밀한 협력을 도모하고 있습니다. 글로벌 시대에 부산, 울산, 경남은 개별적인 힘만으로는 발전하기 힘듭니다. 하나의 생활경제권역으로서 서로의 장점을 합쳐서 공동번영의 길을 함께 걸어야 합니다. '2028년 하계 올림픽 공동 유치'에 부울경이 같이 힘을 모은 것도 좋은 방법입니다. 이번 희수 기념 문집 『부울경은 하나다』 발간을 계기로 부산경제에 큰 족적을 남기신 강병중 회장님의 삶과 철학이 새롭게 조명되길 바라며, 부울경의 상생협력이 더욱 공고해지기를 기대합니다.

월석(月石) 강병중 회장님의 강녕을 기원 드리며, 늘 부산을 성원해주시기를 바랍니다.

기업인의 사회적 책임 실천한 나눔 경영

김기섭(부산대학교 총장)

지역의 굵직한 경제 현안과 숙제들을 하나씩 풀어내며 부산지역 경제계를 이끌어온 넥센(NEXEN)그룹 강병중 회장님이 일흔일곱 희수(喜壽)를 맞아 기념 문집을 내게 된 것을 진심으로 축하드립니다.

기업인이 나아가야 할 정도(正道)를 평생의 삶으로 보여주신 강병중 회장님의 부산지역 경제에 대한 헌신과 공로는 너무나 컸고 또 앞으로도 여전히 지역경제 현안 해결에 중요한 역할을 하셔야 하기에, 사실 강 회장님의 희수연을 축하드려야 할지 안타까워해야 할지 잘 모르겠습니다.

강 회장님이 이번 희수를 맞아 『부울경은 하나다』라는 기념 문집 출간을 통해 주옥같은 메시지와 식견을 우리 지역사회에 남기시니, 참 반갑고 기쁜 마음입니다. 다른 사람이 아닌 강 회장님의 사회적 메시지가 다른 누구보다도 우리 사회에 더 큰 울림이 되는 것은, 지금까지 몸소 올바르면서도 검소하게 나누며 살아오신 강 회장님의 삶의 태도와 우리 지역경제를 바라보는 남다른 혜안 때문일 것입니다.

『부울경은 하나다』라는 이번 문집에는 강 회장님이 직접 기업 운영의 고달픈 현장에서 겪어온 어려움과 고민들, 또 위기마다 그것을 풀어낸 노하우가 생생하게 살아 있습니다. 백면서생이 그냥 책상 머리맡에 앉아 머릿속으로 상상하고 지어낸 글이 아니라, 가시

밟길 기업 운영의 현장과 삶 속에서 겪었던 평생의 노하우와 전략, 미래와 비전이 그대로 살아 숨 쉬고 있기에 우리들의 가슴을 울릴 수 있는 것입니다.

강병중 회장님은 스물여섯의 젊은 나이에 일제 중고트럭을 수입하면서 사업을 시작한 뒤, 운수업과 재생타이어 및 튜브 제조회사를 경영해서 성공을 거두면서 타이어와 자동차 관련 사업을 경영하는 지금의 넥센그룹을 일궈냈습니다.

부잣집에 태어났으나 가세가 기울며 학창시절을 어렵게 보냈던 강 회장님은 "기업의 사회적 책임을 다하면서 사랑받고 존경받는 기업이 돼야 한다"고 남기신 자신의 메시지처럼, 직접 문화재단을 설립하고 나눔경영을 실천하고 장학회를 설립해 부산지역 중고교생들에게 학자금과 생활보조금을 지원하고 있습니다.

"타이어가 아니라 브랜드를 파는 것"이라고 강조하시는 메시지는 기업이 신뢰로부터 출발해야 한다는 충고를, "내가 지난 40여 년 동안 절대 아끼지 않았던 돈이 있는데, 바로 연구개발비다"라는 말씀에서는 기업은 반드시 실력과 기술력이 뒷받침돼야 가치를 이어갈 수 있다는 교훈을 읽어낼 수 있습니다.

많은 기업들이 비용 때문에 해외로 앞다퉈 진출할 때 강 회장님께서 지난 2012년 10월 넥센타이어 창녕공장을 준공하면서 "진정 우리 사회에 도움이 되고 나아가 국가경제에 보탬이 되는가를 먼저 생각해야 한다"고 일침을 가한 것은 당장 눈앞의 조건과 이익에 급급한 우리의 기업문화를 되돌아보게 합니다.

1994년부터 2002년까지 부산상공회의소 회장을 3차례나 연임하며 삼성자동차와 한국선물거래소 부산 유치 등을 위해 뛰어다닌 강병중 회장님의 높은 안목과 넓은 시각은 우리 지역사회가 장차 나아가야 할 방향과 기업인들이 세상을 바라보는 폭넓은 혜안을 제시하고 있습니다. 일본의 간사이 지방이 오사카-고베-교토를 중심으로 광역경제권을 구축해서 도쿄를 중심으로 한 간토 지역과 당당히 맞서고 있는 것을 목격한 강 회장님은 "우리도 부산만 가지고는 안 된다. 부산-경남-울산이 하나가 되지 않으면 도저히 수도권과 경쟁할 수 없다. 부울경특별시를 만들어 인구 800만 명으로 국제경쟁력을 갖춰가자"며 '동남권 상생의 길'을 모색해야 할 필요성을 역설하고 있습니다.

또 진주-부산발전협의회 구성과 활약 등 남다른 고향 사랑의 마음은 물론, 기업가로서의 끊임없는 도전과 변화, 성공한 기업인으로서의 개인적인 삶의 지혜와 경험도 읽어낼 수 있습니다. 강 회장님은 흥아타이어에서 출발하여 넥센그룹을 일구고 부산·경남 대표 방송 KNN과 프로야구단 넥센히어로즈 등 문화사업까지 진출하며 현실에 안주하지 않고 숱한 도전을 지금도 계속 이어가고 있습니다.

넥센그룹의 'NEXEN'은 '다음 세기'를 뜻하는 'NEXT CENTURY'의 준말입니다. 그 속에는 다음 백 년을 책임질 창의적 인재를 육성하고 세계를 선도할 기술력으로 풍요로운 미래를 개척하고자 하는 강 회장님의 꿈이 담겨 있습니다. 우리 부산대학교도 내년이면 뜻 깊은 개교 70주년을 맞습니다. 강 회장님의 끊임없는 도전과 창조의 정신처럼, 부산대학교도 세계적 수준의 연구역량 확보와 통섭형 창의적 인재 양성을 통해 '다음 세기'를 이끌어가는 세계적 일류 명문대학을 꿈꾸겠습니다.

강병중 회장님의 희수연을 축하드리며, 강 회장님의 아름다운 삶과 기업인으로서의 혜안이 생생하게 살아 느껴지는 본 문집을 일독해보실 것을 권유해봅니다.

축사

미래 내다본 통찰력, 후배 기업인들의 귀감

조성제(부산상공회의소 회장)

강병중 회장님의 희수(喜壽)를 기념해 회장님께서 걸어오신 그간
의 삶에 대한 소중한 이야기를 담은 문집이 발간된 것을 그 누구보
다 기쁘게 생각하며, 진심으로 축하드립니다.

이번 강 회장님의 문집은 후배 기업인들은 물론 지역 사회를 이
끌어가는 각계의 리더들에게도 좋은 귀감이 될 것이라 믿어 의심치
않습니다.

강 회장님께서는 기업인으로서의 성공뿐만 아니라 부산경제 발
전을 위해서도 그 어떤 기업인보다 헌신해 오신 지역경제계의 산증
인으로 인정받고 계십니다.

사람중심 경영으로 이미 널리 알려진 강 회장님의 경영철학은 지
역 인재 육성에 있어 새로운 이정표를 제시했을 뿐만 아니라 지난
50년 동안 걸어온 타이어 외길 인생은 재계에서도 대표적인 기업신
화로 꼽히는 '넥센타이어'라는 걸출한 성공을 이루어놓으셨습니다.

기업인으로서의 이러한 성공 이외에도 강 회장님께서는 제 15대
에서 17대에 이르기까지, 세 번에 걸쳐 부산상공회의소 회장을 역임
하시면서 부산경제 발전을 위한 전도사로서의 역할을 열정적으로
수행해오셨습니다.

실제, 강 회장님께서 부산상공회의소 회장으로 재임하신 1994년

11

부터 2002년까지 9년의 기간은 오늘날 부산의 성공을 만드는 기반이 되었다고 해도 과언은 아닐 것입니다.

강 회장님은 IMF의 깊은 수렁에서 지역 기업의 회생을 위해 불철주야 노력해오셨을 뿐만 아니라 그러한 위기 속에서도 부산경제가 도약하기 위한 청사진을 제시해왔습니다.

'선물거래소 부산유치', '삼성차 부산유치', '신항만 건설', '녹산 국가공단 활성화' 등 지역경제 발전을 위해 강 회장님께서 이루신 눈부신 성과는 오늘날 부산경제 발전의 밑거름이 되었습니다.

선물거래소 부산 유치는 현재 한국거래소 본사의 부산 유치로 이어져 금융중심지 부산의 비전을 실현하는 초석이 되고 있고, 삼성차 유치 역시 부품소재산업을 중심으로 부산의 제조업이 구조적 취약성을 극복하는 계기가 되었습니다.

강 회장님께서 역점사업으로 추진한 신항만 건실과 녹산국가산업단지 활성화는 현재 부산 경제의 새로운 성장 동력이 되고 있습니다.

이외에도 오랜 세월동안 부산의 성장 걸림돌이었던 지방세 5배 중과와 성장억제 정책의 족쇄를 푼 것은 부산경제에 있어 큰 쾌거로 기억되고 있기도 합니다.

이처럼 IMF의 위기 속에서도 미래를 내다보고 준비해오신 강 회장님의 깊은 통찰력은 수많은 성과를 통해 지역경제의 구심체로서 오늘날 부산상공회의소의 위상은 물론, 부산경제 성장을 위한 든든한 초석이 되어왔습니다.

그런 의미에서 희수(喜壽)를 맞아 출판하신 이번 문집은 회장님께서 이루어 오신 성공과 또 때로는 가슴 아픈 실패에 대한 이야기를 직접 들을 수 있는 기회가 되는 만큼, 지역 상공계는 물론 지역

사회에 더 없이 좋은 선물이 될 것이라 기대합니다.

아무쪼록 이 책에 소개된 많은 이야기들이 성공을 꿈꾸는 모든 사람들에게 소중한 지침이 되기를 진심으로 바랍니다.

끝으로 부산경제 발전에 혼신을 다해 오신 강병중 회장님의 노고에 다시 한 번 깊은 경의를 표하며, 강 회장님의 건승을 기원합니다.

35만 진주시민에게 보내준 큰 힘과 용기

이창희(진주시장)

먼저 국내는 물론 세계 각지에서 성공신화를 일구고 계시는 넥센 그룹 강병중 회장님의 열정과 노력에 경하를 드리며 이번 희수 기념문집『부울경은 하나다』출간을 35만 진주시민과 더불어 진심으로 축하드립니다.

우리 고장 진주 출신인 강 회장님은 도전과 개척, 혁신의 리더십을 지닌 전문 경영인으로서 40여 년간 오로지 타이어 및 자동차 관련 사업에 전념하며 외길을 걸어오신 분입니다.

회사를 경영함에 있어서는 끊임없는 창의와 혁신을 강조하고 있고, 현장 제일주의를 외치면서 근검절약과 책임정신으로 솔선수범하면서 넥센타이어를 무려 130여 개국에 수출하여 매출액 1조 8,000억 원의 대기업으로 성장시켜 탄탄한 반석 위에 올려놓았습니다.

뿐만 아니라 지역민방인 KNN과 넥센테크, 넥센산기, 넥센L&C 등 총 11개의 계열사를 보유하면서도 윤리경영을 펼쳐 '올해의 21세기 경영인상'과 '가장 존경받는 기업인상'을 수상하는 등 가장 신뢰받는 기업인으로 국민들의 사랑과 존경을 받아오신 분입니다.

또한 넥센월석문화재단과 KNN문화재단, 월석선도장학재단을 설립해 기업이윤의 사회 환원에 있어서도 모범적인 기업인의 모습을 보여주고 계시며 '진주 시민상'을 수상하실 정도로 고향인 진주 발전과 후학 양성에도 큰 힘이 되어주셨습니다.

이처럼 우리 사회 모두가 존경하는 강회장님이 CEO로서, 부산상의 회장과 진주·부산발전협의회 회장 등 각종 단체의 장으로서 그간 언론에 기고했던 주옥같은 글들을 모아 희수기념 문집으로 펴냈다 하니 강 회장님의 경영철학과 기업가 정신, 지역발전에 대한 폭넓은 견해, 나눔 경영에 대한 평소의 소신과 철학 등을 엿볼 수 있는 좋은 기회가 아닌가 싶습니다.

특히 우리 진주를 비롯한 서부경남의 대도약을 위해 지역 언론에 게재되었던 옥고를 이번 문집에서 다시 볼 수 있다는 것은 우리 진주와 서부경남의 발전을 기대하는 35만 진주시민들에게는 큰 힘과 용기가 되리라 생각하며 깊은 감사를 드리지 않을 수 없습니다.

이제 우리 진주는 회장님의 기대처럼 명품 혁신도시 건설과 뿌리산업단지와 항공국가산업단지 조성, 경남도 서부청사 개청 등으로 인구 50만의 자족도시이자 남부권의 중추도시로 발전하고 있다는 말씀을 드리면서 앞으로 회장님의 더 큰 관심과 성원을 기대해 마지않습니다.

끝으로 회장님의 희수 기념 문집 발간을 다시 한 번 축하드리면서 회장님의 앞날에 늘 무궁한 발전이 있기를 기원합니다.

차례

1장 통합의 시대, 부울경 상생이 순리다

2장 부산경제 활로를 찾아서

3장 서부경남 대도약하자

통합의 시대,
부울경 상생이
순리다

부산 상공회의소 회장을 9년 동안 맡으면서 서울을 비롯한 수도권의 벽이 너무 높다는 사실을 뼈저리게 느꼈다. 그냥 단순한 벽이 아니라 마치 철옹성과 같았다. 인천의 경제지표가 부산을 추월했고, 경기도는 시(市)가 27개, 상공회의소가 22개나 결성될 정도로 비약적 성장을 거듭하였다. 자동차를 타고 경부고속도로를 가다보면 대전서부터 서울까지는 하나의 띠처럼 공단이 이어지고 있다. 왕복 8차선 고속도로에 자동차가 넘쳐나고, 제2, 제3의 고속도로가 잇따라 건설되었다. 충청북도도 기업 유치를 위해 각종 인센티브를 제공하여 오송산업단지 등이 크게 성장하였다.

이에 비하면 부산이 제2의 도시라고 하지만, 수도권에 비해 너무 침체된 상태였다. 지방자치제도가 도입되면서 지자체들이 서로 경쟁하는 것은 바람직한 일이다. 하지만 지역이기주의에 사로잡혀 서로 도와주지는 않고 이득만 챙기려는 부작용이 속출했다. 낙동강 물 문제라든지 동남권 신공항 건설도 해결점을 찾지 못하고 장기간 표류해왔다. 거대한 수도권 집중현상을 해소하려면 부산과 울산, 경남이 상생, 발전해야 한다. 동남권의 인구가 800만 명에 달하니 서로 협력하고 상생하면 수도권에 버금가는 광역경제권을 형성할 수 있기 때문이다.

2010년 12월 일본 간사이(關西) 지방의 오사카, 교토, 고베 등 지방자치단체들이 '간사이광역연합'을 결성했다는 소식을 듣고 깜짝 놀랐다. 부울경이 단합해야 한다는 평소의 소신은 800만 인구를 갖춘 '부울경 특별시'로 만들어야 한다는 신념으로 바뀌게 되었다. 부울경 광역의원들이나 최고경영자들을 대상으로 강연도 했고, 언론에 칼럼을 게재하기도 했으며, 전문 연구자들과 토론을 하기도 했다. 주변의 지인들은 부울경 상생과 통합이 "강 회장의 신앙"이라고 까지 표현할 정도였다.

유럽대륙에서는 이 나라에서 저 나라로 국경을 넘나들어도 까다로운 출국, 입국 수속이 사라진 지 오래다. 국가와 국가도 통합하는데, 뿌리가 같고 문화적 동질성을 갖춘 부울경이 하나로 뭉치지 못할 까닭이 무엇인가. 마산과 창원, 진해가 통합하여 광역시 수준의 창원시가 탄생했듯이, 서부경남이나 부산의 기초단체들도 통합하여 성장 동력을 키워나가야 한다.

나의 이런 주장은 아직 메아리 없는 외침으로 들릴지 모르나, 언젠가 오케스트라가 연주하는 교향곡이 되어 되돌아오리라 확신한다.

'부울경 특별시'와 간사이

• • •

요즘 일본은 광역지자체들의 자발적 노력으로 더 큰 규모의 광역행정조직을 처음 만들어냈다고 떠들썩하다. 이 일을 해낸 지역이 간사이(關西)다. 일본 간사이 지방의 교토 오사카 등 2개 부(府)와 시가 효고 와카야마 등 3개 현(縣), 그리고 이웃에 있는 돗토리 도쿠시마 등 모두 7개 부현이 광역지자체 행정을 공동 담당하기로 했다. 이렇게 만들어지는 '간사이광역연합'이 지난 1일 총무성의 설립 허가를 받아 정식 발족했고 지난 4일에는 오사카에서 '간사이광역연합위원회'의 첫 모임을 개최했다.

관광 · 문화 진흥 분야는 역사유적이 많은 교토부가 사무국을 맡고, 환경보전 분야는 일본 최대 호수이자 관광 명소인 비와코가 있는 시가현이 사무국을 담당하는 식으로 업무 분담을 해서 산업진흥 의료 방재 등 7개 분야에 공동 대처하고 있다.

초대 '연합장'은 단독 입후보한 효고현의 이도 도시조 지사가 선출됐고, 가장 규모가 큰 오사카부의 하시모토 도루 지사는 중앙정부의 권한 이양에 중점을 두는 '정부 파견기관 대책위원회' 위원장이 됐다. 광역연합은 '일본 최초의 광역자치체' 또는 '특별지방공공단체'로 불리고 있다. '부울경'이 하나가 돼야 한다고 외치고 있는 우리로서는 정말 부러운 일이 아닐 수 없다.

'긴키'라고도 불리는 간사이 지방을 주목하기 시작한 것은 지난 90년대 부산상의회장 시절에 상공계 등 각계각층의 인사를 비롯한 전체 시민들과 함께 부산에 르노삼성차의 전신인 삼성자동차, 증권 거래소와 합쳐져 한국거래소가 된 선물거래소를 유치할 때부터였다. 삼성차와 선물거래소를 유치해놓고 보니 이것만으로는 부산 발전을 이루기 어렵다고 판단해 나름대로 연구를 했고, 그래서 사업차 자주 갔던 일본을 유심히 살펴보게 됐다. 그때 간사이 지역은 오사카 고베 교토를 중심으로 광역경제권을 구축해 공동 발전을 하면서 도쿄를 중심으로 한 간토(關東) 지역과 양대 축을 이루고 있었다. 더구나 우리는 일본보다 수도권 편중이 더 심했다.

그래서 '부산만 가지고는 안 된다. 부산 경남 울산이 하나가 되지 않으면 도저히 수도권과 경쟁할 수 없다'는 것을 절감하게 됐고, 그때부터 부울경이 하나가 돼 동남권을 함께 발전시켜야 한다는 주장을 일관되게 해왔다. 지난달 초순에 부울경 시·도 의원들이 처음으로 한자리에 모여 부산에서 화합 행사를 열었을 때, 동남광역경제권을 주제로 한 특강을 할 수 있었던 것도 그런 연유라고 주최측이 설명했던 것 같다.

뿌리가 하나인 부울경이 합치면 인구 800만 명이 돼 서울특별시 인구와 큰 차이가 나지 않고, 국제경쟁력도 충분히 갖출 수 있다. 3개 시도가 하나로 합쳐져 특별시가 된다면, 또 그러지 않더라도 간사이처럼 협의만 잘된다면 사업의 효율은 높이고 낭비는 줄일 수 있을 것이다.

간사이가 하루아침에 광역연합을 만든 것은 아니다. 간사이는 이미 1950년대부터 도쿄 편중을 막으려 했고, 2000년대 들어 관동권과 격차가 더 많이 벌어지자 2007년 6월에 이 지역의 지사와 시장,

오사카 상의 회장 등 경제단체 대표들이 발기인이 돼 광역연합 설립을 목표로 하는 '간사이광역기구'를 만들고 치밀하게 준비를 해왔다. 국제회의를 개최할 때에도 오사카 교토 등 개별 도시보다는 '간사이'를 앞세우는 공동 브랜드 전략을 쓰고 있다. 광역연합의 준비 과정에서부터 발족에 이르기까지 간사이 경제계가 큰 역할을 했다고 한다.

간사이는 부울경과 닮은 점이 너무 많다. 자국 내 제2의 경제권을 구축하고 있는 것도 그렇고, 지리적 환경도 흡사하다. 간사이가 해냈는데, 부울경이 못할 리가 없다.

"(간사이는) 다른 권역에는 없는 큰 강점이 있어 도약할 수 있는 시기를 맞았다. 오랫동안 아시아와 긴밀한 인적·경제적 네트워크를 구축해왔고, 하늘과 바다에서 들어오는 관문인 공항과 항구 등을 활용하여 너욱 발선해나가기를 기대한다."

광역연합의 모체인 간사이광역기구를 이끈 아키야마 요시히사 회장의 말이다. 괄호 안에 '간사이' 대신 '부울경'을 넣고 싶다.

(2010년 12월 7일 국제신문 CEO 칼럼)

부울경, 쉬운 것부터 하나로 만들자

●●●●

부산 경남 울산이 하나가 돼야 한다는 주장이 계속 나오고 있다. '부울경 특별시'나 '부울경 특별자치도' 제안이 그것이다. 이전에 나왔던 '부울경 광역경제권'이나 '남해안 프로젝트'도 성격은 다르지만 궤를 같이한다. 1990년대부터 수도권에 대칭되는 중추 관리 기능을 가진 동남광역경제권을 만들어 수도권에 의존하지 않고 자력 성장을 하자고 주장해왔고, 최근에는 부울경 특별시를 만들자고 말하는 사람으로서 반갑기 그지없다.

부울경은 원래 뿌리가 하나여서 지리적으로 인접해 있고, 사회문화적으로도 동질성을 갖고 있다. 주민생활이나 경제로 볼 때는 이미 하나가 돼 있다. 날로 심화되는 수도권 집중을 분산시켜 국가 전체의 균형발전을 꾀하려고 해도 현실적으로 수도권 다음으로 경제 규모가 큰 동남권이 그 대안일 수밖에 없다. 또 일본 유럽연합 등의 광역연합에서 보듯이 시대적 흐름에 비춰볼 때도 그렇게 돼야 한다. 다시 말해 부울경이 하나로 뭉쳐야 한다는 필요성과 당위성이 충분하다는 이야기다.

이런 이유로 단지 정치적 행정적으로 풀어야 할 문제만 남았다고 말하는 사람도 있다. 여기서 한 걸음 더 나아가 지금부터라도 구체적 세부적 절차가 논의돼야 한다는 주장까지 나오고 있다. 원칙적으로 틀린 말은 아니다.

그러나 부울경이 예전처럼 합쳐지는 것은 결코 쉬운 일이 아니다. 주민들의 전폭적 지지가 있다 해도 광역지자체들끼리의, 또는 광역지자체와 기초지자체의 입장이 다를 수 있다. 또 지자체와 정부, 정치권의 입장이 다를 수 있다. 통폐합으로 없어지는 지자체도 있을 것이고, 동등한 자격으로 합친다고 해도 힘이 약하고 작은 지자체는 상대적 불이익을 걱정할 것이다. 그 밖에 수부도시 또는 청사를 어디로 할 것인가 하는 등의 여러 문제가 놓여 있다.

부울경 통합이 되려면 이렇게 복잡하고, 이해가 상충되기도 하는 문제들을 무수한 협의를 거치며 하나씩 풀어나가야 한다. 통합이 절실하지만 서두른다고 빨리 이뤄질 수 있는 일도 아니다.

그래서 가장 좋은 방법이 여러 단계를 거치면서 자연스럽게 하나씩 하나가 되는 것이라고 생각한다. 그러려면 우선은 크고 거창한 분야의 통합보다는 쉬운 것부터, 또 정신적인 것부터 시작해야 할 것이다.

이웃 일본의 사례를 한번 살펴보자. 지난해 12월 오사카를 중심으로 하는 일본 관서(간사이) 지방의 7개 부현(府縣)이 부현의 경계를 허물어뜨리는 '간사이광역연합'을 발족시켜 관광 문화 지역개발 환경 방재 등의 분야에서 광역행정을 펴고 있다. 일본 최초로 광역단체들끼리 연합해 주민생활과 직결되어 쉽게 업무를 합칠 수 있고, 또 기능과 효율을 높일 수 있는 분야를 택해 공동 사무를 보기 시작했으며 분야를 계속 확대할 계획이다.

"수도권을 이길 수 있다"고 외치는 간사이광역연합의 궁극적 목표는 지방분권 개혁과 도쿄 한 곳으로의 집중을 막자는 것이다. 중앙관청에 인허가 권한이 집중되는 중앙집권 체제로는 진정한 지방

부울경 광역의원 화합 한마당 행사에서 강연하는 강병중 회장

자치를 할 수 없기 때문에 광역연합이 중앙의 권한을 이양받아 지방분권을 이뤄야 하고, 그렇게 되면 지방이 활성화돼 대기업이 도쿄로 옮겨가는 일도 없어진다고 주장한다. 이 연합에 참가한 7개 부현은 동일본의 대지진 피해지역에 대한 소방 경찰 의료 식량 등의 지원과 이재민 수용 등의 활동도 연합 차원에서 역할을 분담해 체계적으로 하고 있어 관심을 모으고 있다.

간사이광역연합은 해당 지자체 관계자 및 경제인들이 한자리에 모여 본격 협의를 한 지 약 7년 만에 출범했고, 출범 3년 전에는 '간사이광역기구'라는 준비기구까지 만들었다. 부울경도 하나가 되기 위해서는 확고한 의지와 단계적 방안이 필요하다는 생각이 든다.

시선을 끄는 것은 간사이광역연합 설립에 앞장선 것이 지역 경제계였다는 점이다. 어떻게 해서 경제인들이 지자체들의 리더가 돼 광역연합을 결성하는 역할을 맡았을까? 그것은 각 지자체는 지역 경계를 벗어난 일에 뛰어들기 어렵지만 재계는 비교적 지역에 구애받지 않고 연합을 추진할 수 있었기 때문이다. 우리도 참고를 했으면 한다.

(2011년 3월 29일 국제신문 CEO 칼럼)

부울경 상생을 위한 경제계의 역할

● ● ●

부울경이 하나 돼야 한다는 인식이 점차 확산되고, 관심을 갖고 적극적으로 참여하는 사람들이 만드는 모임이나 기구도 하나둘 생겨나고 있다. 바람직한 일이 아닐 수 없다. 부산 경남 울산 3개 시·도의 정계와 경제계, 연구·교육기관, 시민단체, 학자 등이 대거 참여해 지난달 출범한 '동남권 100년 포럼'은 그 대표적인 예라고 할 만하다. 지역 관련 정책을 연구, 개발해 정부 국회 등에 제안하고, 지역의 균형발전과 지방분권 강화에도 힘써 동남권의 상생과 번영을 꾀하겠다는 취지다.

'동남권 100년 포럼'의 창립은 기념세미나에서 여러 전문가들이 공통적으로 지적했듯이 수도권 집중이 가속화하는 상황에서 부울경이 힘을 합치지 않으면 경쟁에서 낙오될 수 있다는 위기의식의 발로이기도 하다. 지난해 12월 초 일본 오사카를 중심으로 7개 광역지자체(부현)들이 도쿄 집중을 타파하기 위해 더 넓은 광역행정을 펼치겠다며 출범한 간사이광역연합을 연상케 한다.

이런 기구가 생겨날 수 있는 분위기로 볼 때 이제 부울경 통합의 필요성이나 당위성에 대해서는 많은 사람들이 공감할 것이라고 여겨진다. 그렇지만 많은 전문가들이 지적하고 있듯이 현실적으로 경제적 통합, 정신적 통합, 문화적 협력을 위한 실질적 움직임이 없다는 점은 매우 안타깝다. 그래서 이제는 가시적 성과를 거둘 수 있는 사업, 공동이익을 위한 시범적 사업부터 할 수 있어야 한다는 주장도 많다.

　그렇다면 누가 어디에서부터 부울경 시범사업의 물꼬를 틀 것인가. 경제계 사람으로서 조금 망설여지기는 하지만, 관련 사업의 성격상 어쩔 수 없이 지역 경제계가 앞장서야 한다는 말을 하지 않을 수 없다. 가장 큰 이유는 실현 가능성이 가장 높기 때문이다. 또 경제계가 행정구역에 따른 정치·행정과는 직접적 이해관계가 없어 비교적 자유로운 입장에서 중재자 역할을 할 수 있기 때문이기도 하다.

　한편으로는 지역 경제계가 수도권과의 격차가 자꾸 벌어지고 있다는 위기감을 피부로 느끼고 있기 때문이다. 스스로의 필요에 의해서라도 자구적 노력을 해야 할 입장인 것이다.

부울경 광역의원 화합 한마당 행사 후 만찬에서 내빈들과 건배하고 있다.

지난 7월 하순 간사이의 부현 지사, 호텔 등 관광 관련 회사와 단체, 간사이경제연합회 등 경제계 대표들이 한꺼번에 중국의 베이징과 상하이를 찾아가 원전사고 이후 격감한 중국 관광객 유치에 나섰다. 이들은 "140년 전까지 쭉 일본의 수도가 있었던 간사이를 보지 않고는 일본을 보았다고 할 수 없다. 원전 사고도 수습되고 있으니 꼭 찾아주시길 바란다"고 호소했다.

　광역지자체 단체장들이 여러 명 나섰지만 특정 지자체 관광을 강조하지 않았다. 고베의 특산물인 명품 소고기를 먹어보고, 오사카의 유니버설 스튜디오 재팬(USJ)에서 즐기고, 교토의 역사와 전통에 빠져보고, 또 인근 부현의 특색 있는 문화와 자연도 함께 접해보라는 식으로 간사이 전체 관광을 권유했다. 와카야마현 같은 곳은 간사이를 찾는 중국 관광객의 1%만 찾아주어도 지역경제에 큰 도움이 된다고 한다.

　이 행사는 간사이경제연합회 등 간사이 경제계가 후원했다. 간사이경제계는 간사이경제연합회, 간사이경제동우회, 간사이경영자협회 등 간사이권을 아우르는 경제단체와 지역 상공회의소가 주축이다. 간사이광역연합 자체가 간사이경제연합회가 주도해서 만든 작품이기도 하다.

　부울경 하나 되기가 물론 쉬운 것은 아니다. 그렇다고 지금처럼 간다는 것은 21세기의 지역 경쟁력과 생존에 맞지가 않다. 지역의 덩치를 키우고 경쟁력을 끊임없이 높이지 않으면, 어느 한순간에 낙오될 수 있다는 것을 지금 우리는 세계 곳곳에서 보고 있다. 무척 어렵기는 하지만 쉬운 것부터 하나씩 문제를 풀면서 언젠가는 성사를 시켜야 한다.

　각 분야에서 시범사업을 하나씩 실현시켜나가다 보면 주민들이 부울경이 하나 될 수 있다는 믿음을 갖게 될 것이다. 경제계도 주목 받을 만한 시범사업을 위해 상공회의소와 지역의 대표 경영인, 원로 경영인들이 힘을 합쳐 일본 간사이처럼 부울경 전체 경제문제를 논의하는 동호회나 협의회를 만드는 방안 등을 생각해보았으면 한다.

(2011년 8월 10일 국제신문 CEO 칼럼)

'동남권광역연합'에 거는 기대

● ● ●

경남도의회가 부산 경남 울산을 하나로 묶는 동남권광역연합
(가칭) 만들기에 나섰다는 것은 정말 반가운 소식이다. 아직
은 특별위원회 중심의 초기 단계이기는 하지만, 지역경쟁력 강화와
지방분권 실현 등을 위해 전국 처음으로 광역지자체 연합을 만들겠
다는 의욕이 대단하다. 수도권을 제외하고는 국내 1위인 동남경제
권의 기개를 보여주는 가슴 뿌듯한 일이 아닐 수 없다.

주변의 분위기도 좋다. 부울경이 하나가 돼야 한다는 목소리가
점차 높아지고 있는 시기이기 때문이다. 지난해 동남권 공동발전을
위해 부울경 각계 인사들이 모여 창립한 '동남권 100년포럼'은 벌써
활발한 움직임을 보여주고 있다. 또 올 들어 3개 시도가 양산에 설
치하기로 합의한 동남권 광역교통본부도 가시화되고 있다.

이제 부울경이 함께 해야 할 일은 갈수록 많아질 것이다. 쉼 없는
토론과 조사·연구가 있어야 할 것이고, 법적·제도적 장치를 마련
하는 등의 해법을 찾아야 한다. 그렇다고 조급하게 서두를 필요는
없다. 3개 지역에 가장 적합한 답안을 찾아내는 것은 난해한 퍼즐
을 맞추는 것처럼 매우 어렵고 힘든 일이다. 무엇보다 우선해서 화
합을 하고 더 깊은 신뢰를 쌓아야 한다.

따지고 보면 포럼이나 교통본부, 심지어 광역연합까지도 궁극적

목표나 완전한 해답은 아니다. 부울경이 힘을 합쳐 발전하기 위한 방안을 하나씩 제시하는 과정이다. 완전한 정치적·행정적 통합이 쉽지 않기 때문에 통합에 근접하는 효과를 거둘 수 있는 방안을 찾으려는 노력이기도 하다.

동남권광역연합만 해도 여러 가지 형태가 가능하다. 경남도의회가 추진하는 모델로 알려진 독일 슈투트가르트 지역연합은 광역의회가 중심이 되고, 대표도 광역의원들이 광역의원들 가운데서 선출한다. 이에 비해 일본의 간사이광역연합은 광역단체장 중심이며, 대표도 지사 가운데 1명을 지사들이 호선한다.

광역연합의 유형에 따라 각기 장단점이 있고, 또 지역의 특성과 여건이 서로 다르기 때문에 어느 쪽이 더 좋다는 식의 평가는 어렵다고 판단된다.

2010년 출범한 간사이광역연합이 준비과정에서 EU의 다양한 광역연합을 살펴보았다는 점에서 1994년에 현재의 기능을 갖춘 슈투트가르트 지역연합의 사례도 참고했을 개연성도 크다. 다만, 오사카를 중심으로 한 7개 광역단체로 이뤄진 간사이광역연합이 강력한 정치력을 발휘하면서 도쿄 등 수도권 타파를 외치고 있는 데 비해 6개 광역단체로 구성된 독일 슈투트가르트 지역연합은 인근 광역단체 간 갈등해소와 상생발전에 중점을 두고 있다는 점에서 차이가 난다.

경남도의회가 나섰으니 부산과 울산의 시의회가 공동보조를 취해주기를 기대한다. 부울경 상생에 광역의회의 역할이 중요하다는 것은 두말할 필요가 없겠지만, 시장 도지사들의 역할은 더 중요하다고 생각된다.

올해 1월 허남식 부산시장과 김두관 경남지사가 상대 시·도 청사로 출근해 하루 동안 역할을 바꿔 교환근무를 한 뒤 17년간 다퉈 왔던 신항의 양 시·도 간 경계에 대한 합의를 이끌어낸 것은 상징적 의미가 크다. 이런 광경은 지난 2008년 여름에 있었던 일본의 오사카부 교토부 시가현 등 3개 광역자치단체장들의 만남을 떠올리게 한다. 당시 일본의 3개 부·현 지사들은 배를 타고 일본 최대의 호수이자 명승지인 비와호수의 물을 떠서 함께 마시면서 요도가와 강의 댐 문제를 푸는 해법을 찾아냈다.

요도가와 강의 댐은 지자체 간 이해가 상충됐던 것은 물론이고, 같은 광역단체 안에서도 댐의 상류와 하류의 주민들이 정반대 입장을 취하는 등 매우 복잡하게 얽혀 있었다. 그런데도 불구하고 3명의 지사는 정부에 공동대응하기로 하는 등 문제 해결에 원칙적 합의를 했다. 그리고 나서 2년여 후에 이런 신뢰를 바탕으로 간사이 지방은 광역연합을 전국 처음으로 출범시켜 일본을 떠들썩하게 만들었다.

신공항 등 유사한 과제가 많은 동남권으로서는 부러운 일이 아닐 수 없다. 부울경이 하나 되자는 움직임은 이제 겨우 걸음마 단계다. 그만큼 많은 인내와 끈기가 필요하다.

(2012년 3월 28일 국제신문 CEO 칼럼)

대선후보들에게
'지역경제 공약' 받아내야

●●●

대통령 선거 후보들의 공약들이 하나씩 나오고 있다. 현재까지는 어느 후보의 공약이든 경제, 북한, 실업, 교육 등 전국적·전반적 이슈가 대부분이다. 시일이 조금 더 지나면 시민들이 관심을 가질만한 지역 공약도 나올 것이다.

대선 공약은 사실 거래로 치면 본계약이 아닌 가계약이다. 가계약을 체결했다 사업이 무산되는 일이 적지 않듯이, 대선 공약(公約)이 공약(空約)이 되는 사례도 부지기수다. 그렇기는 하지만 지역의 대형 사업을 성사시키려면 대선 기간에 대통령 후보들로부터 약속을 받아놓은 것과 받아놓지 못한 것과의 차이는 천양지차다.

현안사업이 산적해 있으나 재원이 없어 엄두를 못 내고 있는 부산과 동남권이 대선 기간을 십분 활용해야 한다. 요즘 자주 거론되고 있는 동남권 경제통합, 즉 동남광역경제권만 하더라도 정부의 파격적인 지원이 절실하다. 부울경이 광역경제권을 형성해 서울로 가지 않고도 이 지역에서 일을 다 볼 수 있고, 또 수도권과 대칭이 되는 지역으로 만들자는 것이 논의의 초점이다.

그러려면 동남권이 중추관리 기능을 가져야 하는데, 그렇게 될 수 있는 첩경이 부산이 금융중심지가 되는 것이라고 생각된다.

2009년 금융중심지법이 통과돼 부산 금융중심지에 따른 법적 근거가 마련됐고, 지역정가에서도 금융연수원 설립 등을 의욕적으로 추진하고 있으나 금융산업 활성화를 위해서는 정부의 특단의 조치가 필요하다. 동남권 신공항 문제도 정치권과 상공회의소, 부산시가 어떤 방식으로든 풀어야 한다.

주요 기관이나 단체들이 지역현안을 대선 공약에 포함시켜달라고 적극 요청해야 하는 것은 당연하지만, 지역 전체가 합심해서 기관 단체들을 지원도 해야 한다. 진부한 이야기가 될지는 모르겠으나, 이런 요청을 할 때는 부산이 1960~70년대 한국 경제성장을 견인하는 생산과 수출의 거점도시였고, 서울과 양대 축을 이루었다는 자긍심도 가졌으면 한다.

필자가 상의 회장으로 있던 1990년대만 해도 부산경제가 말할 수 없이 어려웠으나, 부산의 영광을 재현하자는 사람들이 많았다, 이런 분위기 속에서 형성된 전시민적 공감대가 르노삼성차의 전신인 삼성자동차와 한국거래소의 전신인 선물거래소를 성공적으로 부산에 가져오게 만들었다. 부산상공회의소가 그 중심 역할을 했으나, 지역경제 회생을 위해서는 반드시 대형 프로젝트를 가져와야 한다는 각계각층 인사들과 전 시민의 집념과 노력, 또 세계와 통하는 항만도시 부산은 충분히 그런 자격이 있다는 시민들의 자부심이 뒤를 받쳐주었기 때문에 성사될 수 있었다.

부산과 동남권 경제를 업그레이드시키기 위해 대선을 최대한 활용해야 한다. 부산상의가 부산시와 정치권과 협의를 거친 뒤 대선 후보들을 모두 초청해 지역의 어려운 사정을 상세히 설명하고, 국가 차원의 지원을 공약에 포함시키는 것도 방안이 될 수 있다.

지난 1997년 대선 때 부산상의는 당시 최대 현안이었던 선물거래소 유치와 수도권 규제를 얻어내기 위해 대통령 후보들을 모두 초청해 국토균형발전 및 부산경제 활성화를 위한 간담회를 가졌다. 당시 필자는 이 선거에서 당선 가능성이 가장 높았던 대선 후보인 DJ에게 "모든 것이 서울에만 몰려 있고 지방이 푸대접 받는 것은 YS와 DJ에게도 책임이 있다. 두 야당총재가 있는 영남도 못 주고 호남도 못 주다 보니 결국 수도권에만 모든 것이 집중됐다. 만약 대통령이 되면 수도권 집중을 억제할 수 있는 법안을 만들고 지방도 잘 살게 골고루 발전시켜 달라"고 간곡하게 요청하면서, 당시 최대 현안이었던 선물거래소 유치와 국토균형발전을 위한 법 제정을 요청했다.

그렇게 해서 선물거래소는 부산공약 제1호가 됐고, 또 부산에 유치돼 한국거래소 부산 본사의 기초가 됐다. DJ는 또 당선된 직후에 '수도권 정비계획법'을 재개정해 수도권을 묶어놓았고, 그 후속조치로 대기업의 지방 분산을 위해 '수도권기업 지방이전 촉진대책'을 만들어 시행됐다.

지방이 살려면 수도권 위주의 정책부터 바뀌어져야 한다. 그것을 가장 쉽게 할 수 있는 시기가 대선 기간이다.

(2012년 7월 25일 국제신문 CEO칼럼)

부울경이 처음 시도하는
'권역별 방문의 해'

● ● ● ●

오사카를 중심으로 해서 일본 제2경제권이 형성돼 있는 간사이 지방은 필자가 20대 후반에 첫 사업으로 중고화물차 수입업을 시작했을 때부터 인연을 맺어왔다. 현재 (주)넥센의 전신인 흥아타이어공업이 1970년대에 기술제휴를 맺었던 스미토모고무의 본사역시 간사이에 있었다. 70년대 초에 국내 최초로 대규모 삼륜차 운수업을 할 수 있었던 아이디어도 이곳에서 얻었다.

오사카 등 간사이를 방문할 때마다 부러웠던 것이 도쿄가 있는 수도권과 양대 축을 이루면서 당당하게 경쟁하고 있다는 점이었다. 일본의 거품경제 붕괴로 인한 '금융 빅뱅'이 시작되기 이전만 해도 일본 9대 시중은행 가운데 4개 은행의 본점이 있었을 정도로 간사이 지방은 번영을 구가하고 있었다. 그런 모습을 보면서 부산과 동남권도 서울 등 수도권과 맞설 수 있을 정도로 발전할 수 있어야 한다는 생각을 하곤 했다.

1994년부터 부산상의 회장을 맡게 된 뒤 선물거래소를 부산에 유치하겠다고 나섰을 때는 일본 선물거래소가 수도인 도쿄보다 제2도시인 오사카에 먼저 생겼다는 것을 벤치마킹했다. 다행히 선물거래소가 유치돼 한국거래소가 부산에 올 수 있었다.

그 뒤 간사이에 다시 큰 관심을 가지게 된 계기는 2010년 간사이광역연합의 출범이었다. 간사이의 7개 광역지자체들이 일본 최초로 광역연합을 만들어 관광, 문화, 의료, 환경, 재해방지, 공무원교육, 자격시험·면허 등 협력하기가 쉬우면서 효과가 큰 업무부터 행정을 공동으로 하는 광역행정조직을 만든 것이다. 간사이광역연합의 결성은 수도권 집중 타파와 지역경제 활성화를 이루겠다는 데서 출발했다. 도쿄를 중심으로 한 수도권의 규제가 완화된 뒤 수도권 집중이 심화되고 오사카 등 간사이 지방경제는 갈수록 위축돼 도쿄와의 경쟁에서 자꾸 밀려나고 있었기 때문이다.

이 광역연합의 결성 당시에 가장 기대치가 높았던 분야가 관광이다. 실제 7개 광역단체는 '간사이'란 통일브랜드로 외국관광객을 집중 유치하는 한편 체류기간도 늘리기 위해 투어상품을 개발하고, 매력 있는 관광루트를 연계시키는 등 다양한 사업을 벌이고 있다. 연합에 참여한 광역단체의 시장 지사들과 간사이경제인연합회의 재계 인사들이 함께 중국 등지에 직접 가서 관광객 유치를 위한 세미나와 설명회를 개최하는 등 집중 공략을 하고 있다.

간사이광역연합을 출범시키는 데 주도적 역할을 했던 간사이경제인엽합회는 외국관광객이 밤에도 즐길 수 있도록 전통음악과 전통무용, 닌자쇼 등의 주요 장면을 간추려 대사 없이 구성한 영상물을 만들어 보급하고 있다. 일본말을 몰라도 재미있게 보고 들을 수 있도록 하기 위해서다. 또 전통예술을 대사 없이 라이브 쇼 형식으로 진행하는 시도를 하고 있다. 간사이가 전통예술 쇼를 만들면서 벤치마킹하는 것이 대사 없이 진행되는 우리나라의 '난타' 공연이라는 점도 흥미롭다.

간사이에 가면 특히 공동 관광 사업이 부러워했는데, 마침내 부울경에서도 본격적인 관광협력 시대가 열렸다. 관광객 300만 명 유치를 목표로 하는 '2013 부울경 방문의 해' 선포식이 지난 1일 해운대 벡스코에서 있었고, 3개 시·도 시장 지사들은 지자체간 모범적인 상생협력으로 동남권 관광 활성화를 위한 사업을 펼쳐 나가기로 다짐했다. 부울경이 힘을 합쳐 전국 최초로 '권역별 방문의 해'를 만들어냈다는 것은 참으로 뜻이 깊다고 하겠다.

다음 달 말쯤이면 부울경 관광열차가 달린다고 한다. 국내외 관광객들이 열차에서 내려 진주 촉석루에 올라보고 하동 재첩국을 먹은 뒤 사천에서 배를 타고 통영 등지의 남해안 절경을 구경할 수 있을 것이다. 또 양산 통도사를 거쳐 울산 십리대밭 등지의 관광을 마친 뒤에 부산 해운대로 와서 즐길 수도 있을 것이라는 기대를 해 본다.

부울경은 지난해 5월 동남권 광역경제발전위원회(동남권 발전위)가 3개 시도의 중간에 위치한 양산에 '동남권 광역교통본부'를 설치해 공동운영을 하면서 통합행정을 하나씩 가시화시키고 있다. 뿌리가 하나인 부울경이 상생협력을 하며 한 발자국씩 다가서고 있다. 행정구역 통합은 힘들더라도 간사이처럼 부울경 광역연합은 가능하지 않을까 하는 희망을 갖게 한다.

(2011년 3월 30일 국제신문 CEO 칼럼)

동남광역경제권 공동발전을 위한
광역의원의 역할

● ● ●

여러분 반갑습니다.

오늘 이렇게 제종모 부산시의회 의장님, 허기도 경남도의 회 의장님, 박순환 울산시의회 의장님을 비롯한 부산 경남 울산의 시·도 의원님들을 모신, 이런 의미 있는 자리에서 말씀을 드릴 수 있게 된 것을 매우 영광스럽게 생각합니다.

제가 태어날 때는 부산광역시 울산광역시가 없었고, 경남이 하나 였습니다. 저는 마산 성호동에서 태어났고 고향은 진주 이반성면입 니다. 고향에는 지금도 1년에 서너 차례 가고 있습니다. 학교도 모 두 진주 마산 부산에 있는 학교를 다녔습니다. 1963년 부산이 직할 시로 승격되면서 저는 경남도민에서 부산시민이 됐고, 그 이후에 계속 부산에서 생활을 해왔습니다.

제가 경영하는 기업이 몇 개 됩니다만, 부산 경남 울산에 분산돼 있습니다. 양산에 넥센타이어가 있고, 김해에는 (주)넥센과 넥센산 기가 있으며, 울산에는 넥센테크가 있습니다. 본사도 모두 공장 소 재지에 두고 있습니다. 또 방송국 KNN은 부산에 있으면서 부산 경 남을 시청권으로 하고 있습니다.

제가 지난 90년대 부산상의회장을 하면서부터 부울경이 하나가 돼 동남권을 함께 발전시켜야 한다는 주장을 일관되게 해왔는데, 부울경과 이런 인연을 가진 사람이어서 아마 제종모 의장님께서 여러 의원님들 앞에 서게 하지 않았나, 이렇게 생각이 됩니다.

제가 상의회장을 처음 맡았을 때가 1994년 4월이었는데, 그때는 부산이 생기고 최고 어려운 때라고 했습니다. 1960, 70년대에 호황을 누리면서 부산경제를 이끄는 견인차 역할을 했던 가발 합판 섬유 산업이 급격히 쇠퇴했고, 80년대까지만 해도 그래도 괜찮았던 신발산업도 고임금으로 국제경쟁력이 약화돼 무너지면서 제조업이 공동화 위기를 맞고 있었습니다. 그러다 보니 지역 상공인들은 물론이고 전시민의 첫 번째 요구가 '어떻게든 부산경제를 살려내라'는 것이었습니다. 그래서 부산경제를 살릴 수 있는 고단위 처방으로, 대구로 가는 삼성자동차와 여의도에 설립되려고 하는 선물거래소의 부산 유치에 모든 것을 걸다시피 하면서 적극적으로 매달리게 됐습니다.

이런 것들을 유치하고 나서도, 이것만으로는 안 된다는 것을 알았습니다. 그래서 왜 이렇게 모든 것이 서울에 편중돼 있고, 서울과 지방의 격차가 이렇게 크게 벌어졌는가? 그러면 서울이 아닌 지역이 발전하기 위해서는 어떻게 해야 하는가? 개선 방안이나 해결 방안은 없는가? 하는 것들을 곰곰이 생각하게 됐습니다.

제가 내린 결론은 역시 정부의 정책 때문이라는 것이었습니다. 물론 다른 이유도 여러 가지가 있겠지만, 정부의 수도권 위주의 정책이 바뀌지 않으면 수도권과 지방의 격차는 자꾸 벌어지기만 하고, 좁혀지지는 않을 것이라는 결론을 내렸던 것입니다. 그래서 1996년 가을(10월 16일)에 국정감사를 하기 위해 부산을 방문한 국회 재정경제위원회 소속 국회의원 16명 전원을 부산상의로 초청해

상공인들과 지역경제 현안에 대한 간담회를 가졌습니다. 저는 그때 의원들 앞에서 마이크를 잡고 "우리나라 경제력의 80%가 수도권에 집중돼 있어 나머지 20%를 수도권 이남에서 나누어 가진다. 수도권과 타 지역의 격차가 너무 크다. 국토의 균형발전을 위해서라도 동남권이 발전하게 해달라"며 약 30분간 호소를 했습니다. 당시 재정경제위의 위원장은 황병태 의원이었고, 간사는 한이헌 의원이었습니다.

저는 또 상의 회장에 취임한 직후부터 신문 방송과의 인터뷰를 비롯해 기회 있을 때마다 "이대로 가다가는 얼마 지나지 않아 인천이 부산을 따라잡고 부산은 제3의 도시로 추락할 것이다"라고 말하면서 '부산 위기론'을 폈습니다.

당시 인천은 주변을 둘러싸고 있는 동남, 시화, 반월, 부천 등지의 공단지역을 기반으로 무섭게 성장하고 있었고, 무엇보다 서울의 위성도시 역할을 하고 있었기 때문에 발전 속도가 빨랐습니다. 지금 인천은 영종도 신국제공항이 들어서서 더 폭발적으로 발전하고 있습니다. 약 15년이 지난 현재 제 예언이 맞았습니다. 부산은 인구만 2위이지, 경제 지표상으로는 이미 3위가 돼 있습니다. 경기도는 계속 공단이 만들어지면서 인구가 급격히 늘어나 1개 시 19개 군이었으나, 지금은 27개 시 4개 군이 됐습니다.

저는 90년대 당시에 부산 경남 울산이 하나가 되지 않으면 도저히 수도권과 경쟁을 할 수 없다는 사실을 뼈저리게 느꼈습니다.

1997년 10월 4일(오후 3시 30분)로 기억이 됩니다만, DJ가 새정치국민회의 대통령 후보 자격으로 부산상의에 초청돼 토론회를 했을 때, 그때 이회창 후보를 비롯해서 다른 후보들에게도 똑같은 말을 했습니다만, 김 후보에게 "정부가 경제개발을 할 때부터 수도권과 지방의 격차를 줄이고 국토를 골고루 발전시키려고 했으나, YS 와 DJ 두 야당총재가 버티고 있으니까, 경상도에도 못 주고 전라도 에도 못 주고, 주요 이벤트가 계속 수도권에서 만들어지는 바람에 지방경제가 침체일로에 있다", "이렇게 지방이 홀대를 받고 낙후된 나라는 한국밖에 없다. 일본도 이렇지 않다. 중요한 건 전부 서울과 수도권에 있다. 이것이 서울공화국이지 어떻게 대한민국이냐"고 말 했습니다.

또 "이렇게까지 된 데에는 YS와 DJ 두 분에게도 책임이 있다. 만 약 대통령이 되면 책임을 지고 수도권 집중을 억제할 수 있도록 법 안을 만들고, 지방도 잘살게 골고루 발전시켜달라"고 상의 회장 자 격으로 강력하게 요청했습니다.

DJ는 대통령에 당선된 뒤 '수도권 정비법'을 곧바로 재개정해 시 행했습니다. 그래서 수도권이 종전보다 훨씬 강력하게 규제를 당했 고, 지금까지도 영향을 미치고 있습니다. 중소기업만 총량제로 허 가하고 있습니다. DJ는 또 그 후속조치로 대기업의 지방 분산을 위 해 수도권기업 지방이전 촉진대책을 1999년 8월에 만들고, 2000년 부터 시행했습니다. 수도권에서 지방으로 이전하는 공장에는 법인 세를 5년간 1백% 감면해주고, 또 그 이후 5년간은 50%를 감면해주 는 것을 비롯해서, 국세 지방세를 감면하고 시설 및 운영자금을 장 기 저리로 지원하는 등, (외국인투자촉진법에 따라) 외국기업이 한국 에 올 때 주는 것과 같은 수준의 혜택을 주면서 기업의 지방 이전을 권장했고, 공장은 그대로 두고 본사만 이전하는 경우에는 본사에 해당되는 법인세를 산출해 같은 혜택을 주었습니다.

그런데 정부가 이렇게 각종 혜택을 주면서 수도권기업의 지방 이 전을 권장했는데도 불구하고, 여러분들도 아시다시피 지방 이전이 제대로 이뤄지지 않았습니다. 그러나 전북과 충북은, 이 법을 잘 이용해서 대기업을 유치하고 있습니다.

당시 부산시장이 안상영 시장이었는데, 저도 적극 권유를 하고 해서 '부산광역시 민간투자촉진 조례'가 제정됐고, 수도권 기업 유치단을 이끌고 서울로 가는 전진 행정부시장에게 수도권에 본사를 둔 부산 연고 기업, 본사는 서울인데 공장이 이 지역에 있는 기업, 대형 해운 및 수산업체들(전부 89개) 명단을 주면서, 어떻게 하든 부산으로 내려오도록 해달라고 부탁을 하기도 했습니다.

처음에는 서울에 있는 부산 연고 기업들의 반응이 상당히 좋았고, 많은 기업들이 내려올 것 같은 분위기였습니다. 그런데 두 번째 서울에 올라가니까, 기업인들의 생각이 달라져서 "안 되겠다"는 말을 하더라고 했습니다. 서울 기업들이 하는 이야기가, "직원들이 안 내려가려고 한다. 우선 교육이 문제다. 거기 가면 정보도 없고, 금융도 다 서울서 이뤄지는데, 결과적으로 후회할 것"이라고 하면서, "지금 당장은 지방으로 이전하는 것이 도움이 될지 몰라도, 먼 장래를 보아서는 기업이 절대 갈 수 없다"고 했습니다.

그때 풍산 계열의 풍산정밀(주) 본사가 부산에 내려오는 등 몇몇 기업의 본사가 동남권에 이전을 했습니다만, 그렇게 득을 보지 못했습니다. 하지만 삼성전자는 수원 사업부를 확장하려 하다가 못하고 가전제품은 광주에, 나머지 제품들은 충청남도 탕정에 건설했는데, 이런 지역은 지방경제를 활성화 시킬 만큼 큰 득을 보았습니다.

저는 그 당시에 또 부산이 어떤 방식으로 발전해야 되겠는가 하는 것을 생각했습니다. 그래서 제가 사업상 자주 찾던 일본은 어떤가 하는 것을 유심히 살피면서 제 나름대로 연구를 했습니다.

당시 일본은 이미 동경을 중심으로 한 관동(간토) 지역과 오사카를 중심으로 한 관서(간사이) 지역이 양대 축을 이루고 있었고, 전국이 비교적 균형발전을 하고 있었습니다. 의료분야 하나만 보더라도 전국 수준이 동등합니다. 서울 부산의 의료부문은 10년 정도 차이가 나있지 않습니까. 특히 관서지역은 오사카, 고베, 교토시를 중심으로 해서 광역경제권 이루며 공동 발전을 하고 있었습니다. 저는 관서 경제권이 그처럼 발전할 수 있었던 것은, 일본 정부 차원에서 동경을 집중적으로 규제를 하고, 관서지방에서는 그 지역의 특성을 살린 산업을 유치하고 육성을 한 결과라고 생각했습니다. 방금 말씀 드린 것은 15년 전의 이야기입니다만… 2000년대 들어 관동권과 격차가 많이 나니까 3년 전인 2007년 6월에 지자체장들인(2부 7현 4정령시) 지사, 시장들과 오사카상의 등 경제단체 대표들이 발기인이 돼서 종전까지 개별적으로 운영해오던 것들을 통합해 '관서 광역기구'까지 설립한 뒤 하고 활발한 활동을 하고 있습니다.

이 기구는 관광 문화 지역개발 환경 방재를 비롯한 여러 분야에 걸쳐 지역과 분야의 벽을 깨트리고, 지자체와 경영단체 등이 긴밀하고 활발한 의견교환을 하면서, 노하우를 공유하고, 사업의 효율을 높이면서 관서지역 전체의 비전을 협의한다고 합니다. 특히 주목되는 것은 관서광역기구가 지역 내 연계를 강화하면서, 관서지역이 주도적으로 추진 중인 분권개혁을 일본 전역에 전파하는 것을 가장 중요한 목적으로 삼고 있다는 점입니다.(또 이 기구가 생겨날 때부터 관광·의료 산업 등 분야별로, 여러 지역의 행정을 통합시키는 '광역행정'을 할 수 있는, '관서광역연합' 설립을 목표로 했다는 점도 관심을 끕니다.) 이런 부분은 수도권을 제외하고는 가장 규모가 큰 우리 동남권이 참고해야 할 부분이 아닌가 싶습니다.

최근에는 각종 국제회의를 개최할 때에 오사카 교토 등 개별 도시보다는 '관서지역'을 앞세우는 공동 브랜드 전략을 쓴다고 듣고 있습니다. 쉽고 작은 것부터, 정신적인 것부터 힘을 합치면서 낭비도 줄이고 있다는 생각이 듭니다.

예를 들면 관광 문제도 부울경이 공동으로 묶어서 하나로 하면 효과가 클 것입니다. 우리 동남권 개발의 좋은 모델이 될 수 있지 않을까 하고 생각합니다. 저는 국토가 균형발전을 하려면, 수도권을 묶어놓았으니 수도권 대기업을 지방으로 가져오는 것이 중요하고, 신설 대기업의 유치는 더 중요하다고 생각합니다.

제가 지금 창녕에 1조 2천억 원 정도를 들여서 넥센타이어 제2공장을 짓고 있습니다. 제가 늘 동남권이 하나가 돼야 한다는 말을 해왔던 터라 공장을 가능하면 이 지역에 지으려고 했고, 다행히 동남권에 건설하게 돼 조금이나마 지역발전에 도움이 되고 있는 것 같습니다.

이 공장을 어디에 지으면 좋을까 싶어 이곳저곳을 알아보는 과정에서 지방자치단체의 마인드가 아주 많이 달라졌다는 걸 실감할 수 있었습니다. 특히 전라북도가 인상 깊었습니다. 전라북도는 여러 번 전화를 했다가 안 되니까 서울에 있는 '투자유치사무소' 팀들이 직접 양산공장에까지 찾아와서 설명회를 개최했습니다. 전북 투자유치사무소 팀은 주업무를 수도권 기업의 이전 상담을 목적으로 한다고 명시를 해놓고 있었습니다. 삼성(삼성코닝정밀유리) 상무 출신의 '삼성맨'으로 전북 정무부지사를 지낸 김재명 씨가 이 팀을 이끌고 있었는데(정식 직책은 통상자문관), 그는 부지사 시절에 두산인프라코어(주) 등 대기업을 전북으로 이전시키는 데 결정적인 역할을 했다고 합니다.

전북유치단은 우리한테 "우리 전라북도에 오면 땅값도 싸게 해주고 인센티브도 많이 주겠다", "2천억 이상만 투자해주면 200억 정도 무상 지원을 해주겠다, 그리고 투자가 더 많으면 훨씬 더 해주겠다"고 했습니다. 우리가 1조 2천억 투자를 하니까, 아마 몇 백억은 지원을 받을 수 있을 것 같았습니다. 전북 팀은 우리에게는 남원이나 익산 쪽에 공장을 세우는 것이 좋을 것 같다고 권했습니다.

전북 쪽 이야기를 들어보니까, 이미 2007년에 (굴삭기 지게차 등을 생산하는 종업원 2,000명 규모의) 두산인프라코어와 (선박블록을 생산하는 종업원 1,500명 규모의) 현대중공업 등 2개 기업을 군산에 유치했고, 그 1년 전인 2006년에도 (트렉터 등을 생산하는 종업원 2,000명 규모의) LS전선(주)을 완주에 유치하는 등 큰 성과를 거두고 있었습니다. 윙쉽중공업은 군산에 중·대형 위그선(수면비행선박) 건조 기지를 만들고, 연내 시제품을 내놓는다고 합니다.

대기업은 연관산업 효과가 정말 큽니다. 군산에 현대중공업과 윙쉽중공업이 들어서니까 군산대 군장대에 조선공학과가 생기고, 군산기계공고가 마이스트고가 됐습니다. 부품공장도 수십 개 생겼습니다. 그래서 모두 대기업을 원하고 있는 것입니다. 경제 원리로 보면, 200억, 300억을 지원해 준다 해도 연관 산업 효과를 감안하면 5년 내에 본전을 뽑을 수 있습니다.

전북의 새만금 산업단지는 눈여겨볼 필요가 있습니다. 산업, 관광단지로 개발하기 위해 국내는 물론 해외까지도 열심히 뛰고 있습니다.

충청북도도 기업 유치에 아주 적극적인 것으로 알고 있습니다. 전기전자, 반도체, 차세대전지 등 '지역전략산업'이나, 의약바이오, 차세대 무선통신 단말기 부품소재 등 '지역선도산업' 등을 적극 권하고 있습니다. 충북도청 홈페이지에 들어가 보면 전북 못지않게 지원을 해주면서 유치하고 있습니다. 특히 고용인원 200명 투자비 1,000억 이상 대규모 투자를 하는 기업에는 인프라 등 특별한 지원을 하는 것은 물론이고, 별도로 근로자 정착비를 1인당 월 10만 원이내에서 최대 3년간 지원을 합니다. 그 밖에도 법인세 재산세 등 세제 및 수수료 감면, 행정지원 등의 각종 혜택이 뒤따릅니다.

우리 부울경은 어떻게 하는지 모르겠습니다만, 타 지역보다 더 많은 기업을 유치해서 부울경 경제를 업그레이드 할 수 있어야 하지 않겠습니까. 저는 우리 경남의 농촌지역 오지에도 대기업을 유치할 것을 제안합니다.

우리 부울경의 기업 유치는 한국화이바와 넥센을 예로 들어 설명하겠습니다. 공장 지을 땅을 알아보던 참에 함양의 한국화이바 제2공장을 둘러볼 수 있었습니다. 한국화이바는 함양의 농공단지 4만 평에 파이프 공장을 세워 가동하고 있었고, 20만 평이 넘는 산업단지(개발 면적 79만 5천㎡, 이 가운데 산업용지 34만 5천㎡)에도 다른 공장을 지으면서 계속 확장하고 있습니다. 직원 수가 450명 정도 되는데, 앞으로 3,000명 이상이 될 것이란 설명을 들었습니다.

그래서 "그럼 근로자들은 어디서 데려오느냐? 농촌지역에 사람이 있느냐?"고 하니까, "사람 걱정은 하지 마라, 도시에서 농촌으로 오는 귀농인구가 많고 해서 서로 오려고 한다"고 했습니다. 또 그동안 함양 인구가 계속 빠져나갔는데, 빠지는 것이 멈췄고, 오히려 인구가 더 늘어날 것으로 기대한다는 이야기를 들었습니다.

저도 이런 것을 보고 난 뒤 창녕에 시골공장을 시작했습니다. 예전에는 도시에 공장을 세워야 했지만, 요즘은 전산처리하는 시대이고, 고속도로가 사방으로 뻗어 있어 농촌에 세워도 아무 지장이 없습니다. 창녕에 공장을 세운다고 하니까. 다들 해외에 세우지 왜 국내에 세우느냐고 했습니다만, 저는 생각을 다르게 했습니다.

중국에서 공장을 해보니까, 임금도 싸고 건축비용도 적게 드는 것은 사실이었습니다. 그러나 관리가 어렵고, 생산성이 떨어지고, 불량품이 많고, 가격은 국내서 만든 제품보다 10~15% 정도 싸게 책정해야 합니다. 현지에서 만들어 현지에서 파는 것은 괜찮았지만, 중국 공장에서 만든 제품을 수출하거나 한국으로 들어와 팔 때는 맞지가 않았습니다.

예전에 일본에서도 공장들이 대거 해외에 나갔다가 다 들어온 일이 있었습니다. 제가 중국 공장이나, 또 해외에 자주 다니면서 평소 느꼈던 것은, 이제 우리도 해외로 수출하는 제품은 한국에서 만들 시기가 되지 않았나 하는 것이었습니다. 그래서 저는 '이제 우리가 꼭 해외 공장에 집착할 필요는 없다'고 생각해서 실천에 옮겼습니다.

특히 이 정부 들어와서는 일반산업단지 특별법이 만들어져서 공장용지 구하기가 쉬워졌습니다. 옛날 같으면 이쪽에서 사면 저쪽에서 '알박기'를 하고 해서 땅 사는데 2~4년이 걸렸는데, 지금은 6개월이면 다 해결이 되도록 법제화돼 있습니다.

창녕공장은 지금 한창 지반공사를 하고 있습니다. 타이어 산업의 특징이 투자비용이 많이 든다는 것입니다. 창녕에 1조 2천억 원을 투자할 계획이고, 매출은 2조 원 정도 될 것으로 봅니다. 넥센은 창녕군청 가까운 곳에 기숙사 겸 사원 숙소를 준비하고 있습니다. 이미 땅도 확보해 놓고 설계에 들어갔습니다. 창녕군민에게 먼저 입사 기회를 주고, 타 지역 직원들은 주소지를 옮기고 창녕 군민이 되도록 하겠습니다.

한때 한국기업들이 무슨 유행처럼 외국에 나갔습니다. 그런데 지금은 멈칫거리고 있습니다. 이런 때에 외국에 나가려는 기업들을 동남권으로 끌어들이고, 또 수도권 기업 등 타 지역 기업들이 올 수 있는 여건을 조금이라도 더 낮게 만들어서, 부울경 경제권이 더욱 탄탄하게 될 수 있도록 해야 합니다. 그래서 여러 의원님들께, 함양이나 창녕에서처럼 경남 농촌의 군단위에 2,000명 이상 고용하는 수도권 기업의 이전이나 신설기업 유치를 제안하고 싶습니다. 큰 기업이 농촌에 들어가 직장을 마련하면, 귀농인구도 늘어날 것입니다. 창녕의 넥센 공장 부근도 벌써 땅값이 오르고 있다고 합니다. 동남권내의 균형발전이나, 전국토의 균형발전을 위해서는 농촌지역이 잘 살아야 합니다.

　그다음으로는 부산 금융중심지에 대해서 말씀을 드렸으면 합니다. 민저 동님광역경제권을 이야기하는 자리에서 특징지역인 부산 이야기를 꺼내나 하는 오해는 하지 말아주셨으면 합니다. 이미 지난해 정부가 서울과 부산을 금융중심지로 한다는 결정을 내린 사안이기도 하고, 제가 생각할 때는 동남광역경제권의 중심적인 문제이기도 해서, 의원님들과 함께 의논도 해볼 겸 말씀을 드립니다.

　부산은 1970년대 국토종합개발계획에서부터 국제 물류 및 금융도시로 육성해야 한다고 설정돼 있었습니다.(그때 대전은 과학, 대구는 섬유, 광주는 첨단산업) 선물거래소 유치에 많은 분들이 정말 고생을 하셨지만, 고생을 한 만큼 결과가 나오지 않았습니다.

　제가 선물거래소 부산 설립에 그렇게 집착했던 것은, 선물거래소가 있는 싱가포르나 홍콩 등이 국제 금융중심도시로 발돋움해 있었기 때문이었습니다. 싱가포르는 국가 수입의 40%가 선물거래소에서 나온다는 통계를 보았기 때문이었습니다. 선물거래소와 증권

거래소가 합쳐진 한국거래소의 본사가 부산에 자리 잡았으나 크게 달라진 것은 없습니다. 큰 나무를 여러 번 심었는데 꽃은 피우지 못하고 있는 셈입니다. 직원들도 전부 서울만 쳐다보고 있고, 기회만 있으면 서울로 가려고 합니다.

'홍콩과 싱가포르는 되는데 왜 부산은 되지 않는가? 홍콩과 싱가포르에는 세계 각국의 금융 관련 회사와 연구기관 등이 들어서 있는데 왜 부산에는 없고, 전부 서울에 몰려 있는가?' 저는 이런 생각을 하다 저는 부산에 본사를 둔 한국거래소의 이름을 '부산거래소'로 바꿔보자는 주장을 얼마 전부터 하고 있습니다. 거래소 이름에 국가명을 사용하는 곳은 거의 없습니다. 세계적으로 유명한 거래소는 모두 도시의 이름을 쓰고 있습니다.

그런데 왜 우리만 한국거래소라고 합니까. APEC 정상회의와 아시안게임을 성공적으로 치른 국제도시 부산의 이름을 따서 부산거래소로 불러야 마땅하지 않겠느냐는 게 제 주장입니다. 이름을 고치면 그 다음 날부터 전 세계 주식전광판에 '부산'이라는 이름이 뜨고, 도시 브랜드가 그만큼 높아질 것입니다.

정부가 지난해 부산을 금융중심지로 지정은 했으나, 역시 별로 달라진 것은 없습니다. 서울은 가만히 있어도 되지만, 부산은 노력을 해도 언제 실현이 될지 모르는 상황입니다. 제가 이렇게 금융중심지 이야기를 하게 된 것은 금융, 정보, 교육, 사람 등이 동남경제권 발달의 기본이기 때문입니다. 이곳에 중추관리기능이 없기 때문에 전부 서울에 가서 일을 하고 있습니다. 부울경 발전연구원은 그래서 동남권 성장은 물론 지역균형발전을 위해서도 중심도시인 부산의 사회경제적 위상과 기능을 강화해야 한다는 내용의 연구보고서를 내놓았습니다. 중추관리 기능을 강화해서 울산 경남에 있는 기업을 도와주어야 한다는 이야기입니다.

관서지역의 오사카가 금융, 교육, 정보 등으로 중추관리 기능을 갖고 있습니다. 그래도 동경권과 격차가 자꾸 벌어진다고 야단입니다.

그렇다면 이미 금융중심지로 지정돼 있고, 도시 규모가 가장 큰 부산에 금융 등 서비스산업을 발달하게 하고, 중추관리 기능을 갖게 하는 것이 옳지 않은가 하는 말씀을 드립니다. 그렇지 않고서는 부울경 지역 기업인들이 급한 일만 있으면 앞으로도 계속 서울에 가야 하는데, 동남권은 물론이고 국가적으로도 큰 불편과 낭비가 되고 있습니다.

제조업이 약한 부산이 금융, 정보, 교육, 물류 등 서비스 산업을 발전시킬 수 있도록 도와주는 것이 동남광역경제권 전체의 역량을 배가시킬 것이라고 저는 예전부터 주장을 해왔고, 지금도 굳게 믿고 있습니다. 어쨌거나 여러 의원님들께서 금융 문제에 더 많은 관심을 가져주시기 바랍니다.

존경하는 부울경 시·도 의원님들! 여러분들께서도 익히 아시다시피 서울, 인천, 경기 등 수도권만 비대해졌고, 지방은 갈수록 피폐해지고 있습니다. 공단도 전부 수도권에 다 생기고, 사람들도 전부 그쪽으로 다 모여들고 있습니다. 통계에 보니까, 수도권이 전국에서 차지하는 인구 비중은 1960년에는 20.8% 정도밖에 되지 않았으나, 1970년 28.3%, 1980년 35.5%, 1990년 42.7%가 되더니 지난해에는 49.0%까지 차지를 했습니다. 통계청 발표에 따르면 내년(2011년)에는 50.1%로 처음으로 절반을 넘어선 뒤 계속 늘어날 것으로 추정이 되고 있습니다. 국토면적의 11.8%에 불과한 수도권에 전국 인구의 절반 이상이 살고, 경제력의 85% 이상이 집중된다는 게 말이나 됩니까. 전 세계에 이런 나라는 없을 것입니다.

경기도는 1960년대 이전에는 지금 광역시가 되어 있는 인천을 제외하면 시가 수원 하나밖에 없었고, 군은 19개였습니다. 그런데 서울과 가까운 곳에서부터 인구가 늘기 시작해서, 하나밖에 없던 시가 지금은 27개나 됐습니다. 군은 달랑 4개(가평 양평 여주 연천)가 돼 대폭 줄어들었는데, 군 지역으로 남아 있는 곳은 모두 강원도와 접경해 있는 외곽지역입니다.[21개 시군(2개 시 19개 군)→31개 시군(27개 시 4개 군)]

또 상공회의소도 60년대 이전에는 수원과, 옛날부터 상업이 활발했던(우리가 '안성유기', '안성맞춤'이란의 말을 씁니다만) 안성, 이 두 곳에만 있었습니다. 그런데 지금은 상의가 무려 22개소나 됩니다. 공단이 새로 생기는 곳마다 사람이 모여들고, 그래서 도시가 만들어지고, 상공회의소가 생긴 것입니다.

수도권 인구 문제가 심각한 것은 수도권 인구는 갈수록 많아지는 반면에, 나머지 지방의 인구가 자꾸 적어질 것으로 예상이 된다는 점입니다.(1년에 10만? 정도가 수도권으로 유입되고 있습니다.) 제가 23년째 한 아파트에 살고 있습니다만, 처음 구입할 당시에는 부산에서 상당히 좋다고 하던 아파트였습니다. 그런데 팔려고 내놓아 보니까 1억 5천만 원밖에 받을 수 없다고 했습니다. 수도권의 강남이었으면 30억 원, 강북에 있다고 해도 20억 원은 받을 수 있을 것입니다. 그동안 수도권 정책만 있었기 때문에 사람과 돈이 전부 수도권으로 몰려서 이런 일이 생기는 것이 아니겠습니까.

울산, 창원, 진주, 부산 사람들이 전부 자녀들을 대학에 보낼 때 서울로 보내고 싶어 합니다. 대학교는 말할 것도 없고 중산층 이상의 젊은 세대들은 어릴 때부터 아이들을 서울서 공부를 시키려고 합니다. 관청, 금융권, 신문과 방송사, 전부 서울에 다 모여 있습니다. 뭐든지 서울 안 가면 일이 안 되게 돼 있습니다.

왜 이렇게 됐습니까? 저는 이것이 역대 정부가 수도권 위주의 정책을 펴왔기 때문이라고 생각합니다. 자녀들을 서울에 있는 대학에 보내는 것만 해도 그렇습니다. 예전에는 지방의 유명 국립대, 또 유명 사립대가 서울의 대학들과 경쟁했고, 인재들이 대거 지방대학에 갔습니다. 지금은 국내 대학의 순위 평가에 보면 10위 안에 어느 지방대학도 들어 있지 않습니다. 지역의 중심대학이라도 서울의 중간 수준 정도밖에 되지 않습니다. 일본의 지방대학인 오사카대학과 교토대학은 예나 지금이나 도쿄대와 함께 일본 명문대입니다.

역대 정부가 말로만 지방대 육성을 하겠다고 했지, 실제로 지방대가 발전할 수 있는 강력한 정책을 펴지 않았다는 이야기가 아니고 무엇이겠습니까. 나 이것이 수도권으로의 쏠림현상 때문이라고 생각이 됩니다.

사정이 이런데도, 지금 수도권에선 규제를 풀어야 한다고 난리를 치고 있습니다. '먼저 지방을 육성하고 그다음에 수도권 규제를 완화한다'는 말로 수도권 공장의 신·증설을 조금씩 완화시키더니, 이젠 노골적으로 수도권 개발을 억제하지 않고 수도권을 국가성장 동력으로 육성한다는 수도권 광역도시계획 변경안을 지난해 5월 발표했습니다.(정부는 내년부터 지방에 투자하는 기업에 대해 투자금액의 7%를 법인·소득세 등에서 빼주는 임시투자세액공제 제도를 폐지하기로 했습니다. 이 제도는 지난 20년 동안 수도권 과밀억제와 지방투자유치를 위해 시행한 것입니다.)

그것도 모자라서 수도권의 국회의원들과 지방자치단체들은 수도권을 규제해온 '수도권 정비계획법'을 폐지하기 위한 '수도권 계획과 관리에 관한 법률제정안'을 국회에서 통과시키려고 하고 있습니다.

또 경기도는 김문수 지사 등이 중심이 돼 수도권에 4년제 대학 신·증설을 금지한 '수도권 정비계획법'의 위헌 여부를 묻는 권한쟁의심판을 헌법재판소에 청구했습니다. 얼마 전에는 김황식 국무총리까지 "지가가 안정되면 수도권의 토지거래허가를 해제하겠다"고 밝혔습니다.

이것저것 다 풀면 어느 기업이 지방에 오겠습니까. 빨대 현상이 더 심해져서 수도권만 더 비대해질 것입니다. 이것은 국가적으로도 불행한 일입니다.

어디 하나 부족한 데가 없는 수도권의 정치인들은 더 많이 가져 가겠다고 아우성인데, 우리도 지방자치단체장과 정치권이 무얼 하고 있는지 모르겠습니다. 상의 회장 때 언론플레이를 해서라도 수도권 집중 심화의 부당성을 알리려고 했는데, 중앙 신문이나 방송이 취급을 해주지 않았습니다. 다 수도권에 있기 때문일 것입니다.

(부울경 3개 지역 국회의원들과 시·도의원님들, 그리고 지방자치단체장들이 힘을 합치면 수도권 정치인들을 못 당하겠습니까. 이 지역 발전을 위해서도 그렇게 해야 하지만, 그보다는 나라 전체의 장래를 생각해서 꼭 그렇게 해야 한다고 생각합니다.)

앞서도 말씀 드렸습니다만, (고향발전을 위해서) 창원, 울산, 거제는 국가공단 때문에 큰 도시가 됐습니다. 수도권에 사람이 모이는 것도 공단 때문입니다. 그래서 울산은 광역시가 되고, 창원은 통합시가 됐습니다.

진주를 중심으로 한 서부경남은 너무 발전이 안 됐습니다. 진주 개천예술제 가운데 '유등축제'는 발상의 전환으로 큰 인기를 끌고 있었습니다. 사람이 많이 몰려 숙박시설이 모자랄 정도라고 합니다. 전통적인 개천예술제 행사만으로는 미흡하다고 여기고, 새로운 이벤트를 만들어 성공한 경우라고 하겠습니다. 이런 발상의 전환으로 진주도 반드시 100만 도시로 만들어야 합니다.

지금 진주 사천 하동 인구가 50만입니다. (진주 33만 2천, 사천이 11만 3천, 하동 5만 1천, 함양 4만 1천, 산청 3만 5천 명, 거창 6만 3천, 합천 5만 1천여 명이 됩니다.) 인근 지역과 통합도 하고, 전북의 새만 금처럼 하동 사천 등 인근 지역을 추가매립을 해서라도 공장을 지어야 합니다.

지금 진주 사천에 '경남항공국가산업단지' 유치 계획이 추진되고 있는 것으로 알고 있습니다만, 대규모 국가산단을 유치해서 100만 도시의 기반을 만들어야 합니다. 그래서 부울경이 울산, 부산, 창원, 진주 등 4개 축을 중심으로 같이 발전할 수 있어야 하겠습니다.

부울경의 큰 도시들이 독자적으로 커지려고 하면 시간이 오래 걸리고 또 힘이 듭니다. 비행장이 어떻고, 물이 어떻고 하면서 서로 다투기다만 하다가는 언제 발전을 하겠습니까. 우리가 경부고속도로 건설 때를 돌이켜보면 대형사업, 국책사업 등은 동남권의 100년 후를 생각했으면 좋겠습니다. 훗날 아쉬워하는 일은 없어야 할 것입니다.

부울경은 다시 옛날로 돌아가서 뭉쳐야 하고, 힘을 같이 합쳐야 합니다. 우리 동남권은 행정개편을 해서 다시 옛날로 돌아가 하나가 될 수도 있을 것이고, 행정개편이 안 돼도 쉬운 것부터 힘을 합쳐서 하나가 돼야 합니다. 전체 인구를 다 합쳐도 중국 산동성이나 미국 캘리포니아주 인구보다 작은 나라를 너무 작게 쪼개놓았습니다. 이제 덩치가 커야 힘을 쓸 수 있는 시대가 됐습니다. 세계가 가까워지고 벽이 허물어지고 있습니다. 뉴욕에서 기침을 하면 전 세계가 감기가 듭니다.

부울경이 합치면 800만입니다.

흔히 글로벌 경쟁체제에서는 인구도 중요한 잣대가 됩니다. 뿌리가 하나인 800만 명의 인구라면 현재 서울특별시 인구와 큰 차이는 나지 않고, 충분히 국제경쟁력을 갖출 수 있을 것입니다. 3개 시도가 하나로 합쳐지면, 또 그렇지 않더라도 협의만 잘되면 사업 중복 등으로 쓸데없이 예산을 낭비하는 일도 없어지고 효과는 크게 나타날 것입니다.

지자체가 운영하는 공기업들이 하나같이 적자투성이입니다. 지자체 공기업은 주인 없는 회사처럼 돼서 적자인데도 빚을 내서 인건비를 올리고 상여금을 받고 하다 보니 빚이 더 늘어나고, 또 비리가 터져 나오기도 하는 등 경영이 말이 아닙니다. 결국 이렇게 생긴 부담은 모두 시민 도민이 지게 됩니다. 능력 위주의 경영이 아니고 퇴직 공무원들이 자리를 하나씩 차지하는 관행이 계속된다면, 앞으로도 공기업은 절대 발전을 못합니다.

사업상 독일을 자주 가는 편인데, 독일에는 지역이 골고루 발전하고 있고, 지자체 청사도 작고, 공무원 수도 적고, 규제도 많지 않습니다. 우리나라도 선진국이 다 되었으니, 앞으로 그렇게 가야 합니다. 오죽하면 대통령께서 직접 나서 공기업을 챙기고 있겠습니까.

한전은 많이 좋아진 것 같고, LH(한국토지주택공사)도 좋은 결과가 나올 것으로 기대하고 있습니다. 대통령 임기가 끝날 때쯤이면, 모든 분야의 공기업이 자리를 잡을 것 같습니다.

삼성전자가 한국의 대표 기업이 된 것은 인재를 중시했기 때문입니다. 인재를 키워서 능력 위주로 인사를 했기 때문입니다. 국가 공기업이든 지방 공기업이든 능력 있는 사람이 CEO가 되는 풍토가 조성돼야 하겠습니다. 공기업은 하나의 예를 든 것이지만, 저는 여러 의원님들께서 이런 문제를 포함해서, 동남권 경제 발전을 위해 시찰을 많이 하셨으면 좋겠습니다.

부울경 시·도의원님들이 함께 버스 몇 대를 대절해서 경기도와 인천도 한 번 둘러보시면서 수도권과 동남권의 발전상을 비교하면서 토론하는 기회도 가져보시고, 또 전북의 새만금과 군산 매립지에 세워지는 공단에도 가보신 뒤에, 동남권 지역발전을 논의하신다면 아무래도 효과가 더 있지 않을까 하는 생각도 해봅니다.

해외시찰은 걸핏하면 언론에서 관광 목적이라면서 비판을 하고 있습니다만, 실제 많이 나가셔야 한다고 봅니다. 유럽 같은 선진국들도 둘러보시고, 또 우리보다 못 사는 국가들도 가보시고 해서, 우리 동남권이 나아가야 할 방향을 제시해주셨으면 하는 바람입니다.

제가 다녀보니 선진국일수록 공무원 수가 적고, 청사 크기가 작았습니다. 또 선진국일수록 규제가 적고, 후진국일수록 규제가 많았습니다. 우리나라는 규제를 풀려고 해도 공무원들이 손에 꽉 쥐고 놓지 않는 그런 일들이 아직 많은 것 같습니다.

이명박 대통령께서 '규제를 원점에서 검토하라', '꼭 필요한 것만 묶어라'고 지시한 것으로 알고 있습니다. 여러 의원님들께서 세계 각국을 둘러보면서 직접 피부로 느끼시고, 각국의 좋은 점을 벤치마킹 하셔서 풀 것은 풀고, 조일 것은 조여서, 동남권 지역발전을 선도하시고, G20 개최국 수준에 맞는 사회를 만들어주셨으면 합니다.

얼마 전에는 서울~부산 KTX의 완전 개통이 이뤄졌습니다. 창원도 곧 개통된다고 합니다. 이것은 동남권의 사회 경제 등 여러 분야에서 엄청난 변화를 몰고 올 것이 분명합니다. 동시에 부울경의 협력과 상생을 더 절실히 필요로 하게 만들 것이라고 생각됩니다. 철도청에선 앞으로는 1시간 30분이면 서울~부산 주파가 가능하다는데, 이렇게 되면 서울과 반나절 생활권이 될 것이고, 그냥 그대로 손을 놓고 있으면, 대구나 대전에서처럼 학교, 백화점, 병원들이 어려움을 겪을 것입니다.

오사카에서 신칸센으로 동경으로 가려면 2시간 30분이 넘게 걸리고, 오사카가 중추관리 기능을 가지고 있는 일본 두 번째 대도시인데도 불구하고, 오사카의 상당 부분이 동경으로 빠져나가는 추세라서, 다시 힘을 합치고 있습니다.

존경하는 부산 경남 울산 시·도 의원님들! 부울경이 대한민국의 또 하나의 특별시가 되도록 해주시기를 부탁드립니다. 특별시가 당장은 어렵다면, 일본의 관서지방처럼 우리 동남권이 힘을 하나로 뭉치는 광역기구를 만들고, 이런 기구를 확대하고 발전시켜 다음에라도 특별시가 되도록 해주시기를 거듭 부탁드립니다.

그래서 동남권이 타 지역에 의존하지 않고 혼자 힘으로 설 수 있는 동북아 경제중심지가 되고, 수도권은 물론이고 중국 상해광역경제권이나 일본 관서광역경제권과도 경쟁하는 그런 지역이 될 수 있기를 바랍니다.

그러기 위해서는 동남권이 하나라고 생각해야 합니다. 간사이 지역은 2부, 4시, 7개 현인데도 하나라고 외치고 있습니다. 만약 우리 세대에 안 되면, 그다음 우리 자식 세대에서는 될 수 있다는 희망을 우리가 지금 보여주었으면 좋겠습니다.

보잘 것 없는 내용의 말씀을 장시간 드린 것 같아 송구스럽습니다. 오늘 이런 영광스런 자리에 서게 해주신 부산 경남 울산 여러

의원님들께 다시 한 번 감사의 말씀을 드립니다. 의원님들이 항상 건강하시고, 지역사회에 큰 업적을 남기실 것을 기원하면서 이만 마칠까 합니다. 감사합니다.

(2010년 11월 8일 부울경 광역의원 화합행사 특강)

부울경 대통합, KNN이 선도

● ● ●

존경하는 부산 울산 경남 시도민 여러분. 그리고 주제발표를 위해 이 자리에 참석해주신 서병수 부산광역시장님, 김기현 울산광역시장님, 홍준표 경남도지사님. 바쁘신 가운데도 참석하신 국회의원님들과 각 기관장님, 기업인 및 시민단체 관계자 여러분들께 진심으로 감사의 말씀을 드립니다.

지난 1995년 저희 KNN은 지역언론문화의 새 장을 열기 위해 출범한 이후 20년이 흘렀고, 이제 동남권을 대표하는 방송사로 성장했습니다. 저희 KNN의 성장은 동남권 지역민들의 사랑과 성원이 없이는 도저히 불가능한 일이었습니다. KNN을 대표해 다시 한 번 머리 숙여 감사의 말씀을 드립니다.

오늘 저희 KNN은 출범 20주년을 기념해 지역 최대염원인 부산과 울산, 경남의 상생 방법을 모색하는 대규모 포럼을 준비했습니다. 대한민국의 균형발전과 부울경 3개 시도의 동반 성장은 지난 20년 동안 변하지 않은 KNN의 최우선 과제였습니다. 아시다시피 국가균형발전 전략은 수도권과 지방이 함께 만들어나가야 할 대한민국의 성장 전략입니다. 수도권 집중 현상은 결국 지가 상승과 임금 상승, 그리고 제품의 원가 상승으로 이어져 결국 기업경쟁력을 약화시킬 수밖에 없습니다. 반대로 일자리가 없어진 지역은 산업 공동화와 인구 감소로 빈사 상태에 빠져 어려움을 겪고 있습니다.

이제 저희 KNN은 지역균형발전을 이루기 위한 부산과 울산, 경남의 상생을 제안하고자 합니다. 수도권과 맞설 수 있는 인구와 경제력을 갖춘 곳은 이 곳 동남권밖에 없습니다. 일본 간사이 지역의 오사카부와 쿄토부 등 7개 광역자치단체가 간사이광역연합을 결성해 도쿄 중심의 일극집중을 극복했듯이 동남권도 상생하여 서울 중심의 수도권과 균형을 이루어야 합니다. 오늘 포럼에서 시 도지사 세 분께서 부울경 상생전략에 대해 발전적인 제안을 하시리라 기대합니다.

존경하는 내외 귀빈 여러분! 저희 KNN은 창사 20주년을 맞아 보다 뛰어난 방송과 다양한 사회 공헌 활동으로 새로운 도약의 길로 나아가고자 합니다. 그리고 부산과 울산, 경남의 대통합을 위해 KNN이 앞장서겠습니다. 이른 아침 시간에도 불구하고 'KNN 창사 20주년 기념포럼-지역균형발전, 부울경 성공 전략'에 참석해 주신 내외 귀빈 여러분께 감사의 말씀을 올립니다.

대단히 고맙습니다.

(2015년 5월 11일 KNN 창사 20주년 기념포럼 개막사)

남강댐 물, 상생의 마중물로

● ● ● ●

진주혁신도시에 LH공사 등 공공기관의 입주가 잇따르면서 진주를 비롯한 서부경남 지역이 활기를 띠고 있다는 소식이다. 한국항공우주산업(KAI)이 자리 잡은 항공우주산업단지도 지역발전의 견인차 역할을 하게 될 것이고, 머지않아 개청되는 경상남도 서부청사는 '서부 대개발'을 주도하리라 확신한다. '시민들이 떠나는 도시'에서 '들어오는 도시'로 탈바꿈했다며 진주 시민들이 반가워하고 있다고 한다. 축하하고 또 축하할 일이다.

과거 수십 년 동안 진주를 포함 서부 경남에서 일자리를 찾아 대도시로 옮겨갔던 출향인들은 고향의 발전을 학수고대하고 있었다. 부산에 거주하는 진주 사람들은 고향을 돕기 위해 '진주·부산발전협의회'를 결성했고, 진주에 어려운 일이 있을 때마다 발 벗고 나섰다. 그런데 진주에 거주하는 고향 사람들의 반응은 소극적이어서 안타깝기 짝이 없다.

진주·부산발전협의회 공동의장을 맡고 있으며, 서부 경남지역 장학 사업에 심혈을 기울여온 필자는 그동안 가슴 속에 묻어두었던 이야기를 하고자 한다. 낙동강을 상수원으로 사용하는 부산과 창원, 김해 시민들은 수돗물의 안전성 때문에 걱정이 적지 않았다. 구미공단 등 상류에서 유해물질이 유입되는 바람에 '물 파동'을 여러 차례 겪어야만 했다. 1991년 페놀 오염 사고를 비롯해 2009년 다이옥산 검출까지 주요 수질오염 사고만 6차례나 발생했다. 낙동강 수계에 약 7,800개소나 되는 폐수배출업소가 산재해 있기 때문에 언제 재발할지 불안한 상황이다.

지난 3월 부산가톨릭대 김좌관 교수가 발표한 자료에 따르면 부산의 수돗물은 고도정수 처리를 거쳐도 서울 수돗물보다 특정 수질 유해물질 검출량이 대부분 항목에서 많았다고 한다. 중추신경계통에 문제를 일으키는 클로로포름은 기준치 이내이지만 서울의 1.5배, 발암물질로 알려진 총트리할로메탄은 서울의 2.5배나 나왔다는 것이다. 게다가 부산 기장 앞바다의 물을 해수담수화 처리를 하여 식수로 공급하려 해도 방사능 오염 우려 때문에 시민들로부터 불신받고 있는 실정이다.

부산 시민들은 수질이 좋은 남강댐 물을 공급해주기를 애타게 기다리고 있다. 부산 인구의 3분의 1을 차지하는 서부 경남 출신들은 어릴 때 맛보았던 고향의 맑은 물을 잊지 못하고 있다. 출향인들은 여러 차례 고향을 찾아 남강댐 물 공급을 하소연하였고, 허남식 전 부산시장도 진주 상공인들을 여러 차례 만나 부산시민들의 물 걱정을 전하기도 하였다. 부산이 몇 년에 걸쳐 호소했는데도 진주는 물이 부족하다며 거절하고 있다. 정부가 지난 2008년부터 2011년까지 4차례 남강댐 여유물량을 조사한 결과 하루 65만m³를 확보할 수 있다고 한다. 그런데 경남도는 연(年) 단위 이수안전도를 적용해 2.8년마다 1회 물 부족 현상이 발생한다고 하는데, 일(日) 단위 이수안전도를 적용하는 것이 실제 물 부족 일수를 정확하게 산출할 수 있는 게 아닌가. 남강 물이 부족하면 공급하지 않아도 되고, 남는 물만 제공하면 된다. 그 물도 49%는 창원, 함안 등 경남지역에 공급하게 되고 부산은 51%를 이용한다는 계획이다. 따라서 정부의 사업 명칭도 '경남 부산권 맑은 물 공급'으로 정해졌다.

물 문제로 실랑이를 벌이는 것은 바람직하지 않다. 형제 끼리나 이웃끼리는 한 모금 물도 서로 나눠 마시는 게 동방예의지국의 미덕이 아니었던가. 그동안 진주 발전이 더디게 이뤄졌던 배경에는 시민들의 보수적 태도 때문이 아닌가 하는 견해도 없지 않았다. 물 공급이 이뤄진다면 부산시도 진주 발전을 위해 최선을 다하겠다는 입장을 밝혀왔다. 따라서 진주시민들도 도와줄 것은 도와주고 받을 것은 받는, 개방적이고 진취적인 자세를 갖춰야 할 것이다.

이창희 진주시장은 그동안 공단 조성과 기업 유치로 진주의 획기적 발전을 이끌어왔다. 진주시민들이 대승적(大乘的) 자세로 남강댐 물을 나눠 먹을 수 있도록 앞장서주길 기대한다. 서부청사를 진두지휘할 최구식 부지사도 이 시장과 머리를 맞대고 의논하여 진주와 부산의 상생을 견인해주기를 바란다. 강변여과수 확보 사업을 포함한 공사비 1조 5,455억 원은 모두 경남에 투입되므로 지역 발전에 큰 도움이 되리라 확신한다.

치수(治水)를 잘하는 바람에 임금의 자리에 올랐던 고대 중국의 우(禹)임금은 물길을 막지 않고 물길을 틔워 가뭄과 홍수를 해결했다고 한다. 물 부족으로 인한 '물 전쟁'이 세계 곳곳에서 벌어질 것이라고 하지만, 부산과 진주 사이가 그래서야 되겠는가. 물을 나눠 먹음으로써 두 지역이 모두 이로운, 자리이타(自利利他)의 지혜를 발휘해야 할 때다.

(2015년 6월)

2장

부산경제
활로를 찾아서

19 94년 4월부터 2002년 3월까지 9년 동안 나는 수많은 사람들을 만났고, 수많은 회의에 참석했으며, 수많은 인사말을 하였다. 부산상공회의소 제15, 16, 17대 회장을 맡았던 시절이었다. 삼성자동차 부산 유치와 선물거래소 부산 설립을 공약으로 내걸고 상의 회장에 당선됐던 사람으로서 전심전력을 기울이지 않을 수 없었다. 지역의 시민단체 관계자와 기관장은 말할 것도 없고, 국회의원, 장관, 대통령 후보, 대통령까지 수많은 인사들과 접촉하였다.

공 약의 실천이라는 개인적 신념은 둘째였으며, 침체일로에 놓인 부산경제의 활로를 찾기 위해 절박한 심정으로 뛰어다녔다. 지역이기주의가 아니냐는 일부의 곱지 않은 시선도 무시하였다. 그만큼 부산의 경제 현실은 힘겨웠고, 지역 상공계의 수장으로서 절체절명의 심정으로 가시밭길을 헤쳐 나갔다고 생각된다.

다행히 삼성자동차가 부산에 유치되었고, 선물거래소도 부산에 설립되었다. 삼성자동차는 IMF 외환위기 이후 '빅딜 파동'에 휩싸였으나 부산시민들과 함께 노력한 끝에 오늘날 르노삼성자동차로 가동 중이다. 선물거래소는 한국거래소 본사가 부산으로 이전하는 발판이 되었으며, 부산이 금융중심지로 지정돼 국제금융도시로 도약할 디딤돌이 되었다. 부산 문현동에 건립된 부산국제금융센터는 부산의 랜드마크다. 부산이 홍콩이나 싱가포르와 같은 국제금융도시로 성장하기를 소망한다.

상의 회장 재임 시절 녹산국가산업단지 분양가를 인하하도록 했으며, 부산신항 건설 사업이 차질없이 진행되도록 노력했던 기억이 생생하다. 부산-중국 청도 직항로 개설이나 중국 청도에 부산공단을 설립한 일 등은 오로지 부산 기업을 튼실하게 육성하고 부산 경제를 활성화시키겠다는 일념에서 비롯된 꽃과 열매들이다.

부산발전 새 이정표 될
삼성승용차 공장 부산 유치

● ● ●

존경하는 김정수 위원장님을 비롯한 부산출신 국회의원님! 그리고 김기재 부산시장님을 비롯한 각계의 내빈 여러분!

저는 먼저, 삼성승용차 공장 부산유치를 자축하는 뜻깊은 이 자리에서 그동안 삼성승용차 공장 부산유치활동에 보내주신 따뜻한 후의와 뜨거운 성원에 고개 숙여 감사의 말씀을 드립니다.

여러분께서도 잘 아시다시피 부산은 우리나라 제2의 도시로서 1876년 개항 이래 국가경제발전의 중추적 역할을 담당해왔습니다. 하지만 70년대 이후부터 부산의 경제력은 날로 저하되어 서울을 비롯한 5대도시 중 가장 낙후된 도시로 전락하였습니다. 특히 취약한 산업구조와 대기업의 부재 등이 주요 원인으로 작용해왔음은 주지의 사실이라 할 수 있겠습니다.

이에 저희 부산상공회의소는 삼성승용차 공장 부산유치를 침체된 부산경제의 활성화를 위한 최대 현안과제로 정하고 이의 실현을 위해 나름대로 최선을 다해왔습니다. 우선 지난 5월 9일 '부산상공회의소 의원총회'에서 삼성승용차 공장 부산유치 결의문을 채택하면서 본격적인 유치활동을 시작하였으며, 그 후 여러 차례의 의원총회를 통해 삼성승용차 재촉구 결의문을 채택하는 등 유치활동을 가속화해왔습니다.

그러나 그동안 삼성승용차 공장의 부산유치는 주무부처의 불허설 등으로 수많은 우여곡절이 있었습니다. 저희 상공회의소는 삼성승용차 공장의 부산유치는 지역이기주의에서 비롯된 것이 아니라 국익 차원에서 반드시 성사되어야 함을 강력히 주장해왔습니다.

뿐만 아니라, 남녀노소, 계층을 불문한 400만 부산시민 전체가 침체된 부산경제의 회생을 위해서는 승용차 공장의 유치가 유일한 대안이라는 공감대 속에서 '자동차산업 부산유치 범시민추진위원회' 등이 시민의 서명을 받기 위해 나서는 등 지역경제 활성화를 위해 결연한 의지를 보여주셨습니다.

이러한 부산시민의 결집된 노력의 결과, 지난 11월 30일 김영삼 대통령의 '세계화 구상'으로 삼성의 승용차사업 진출을 허용하는 결단을 내림으로써 오늘의 좋은 결과를 낳게 되었습니다.

정부의 이번 삼성승용차 공장 진출 허용은 부산지역만을 위한 정치적 배려에서가 아니라 WTO시대의 개막을 앞둔 현 시점에서 세계화를 향한 새로운 방향을 모색해가는 경제적 논리에 입각한 것입니다. 그리고 이러한 결단은 '규제와 보호'에서 '경쟁과 자율'로 나아가는 문민정부의 신경제정책 기조에도 적극 부합하는 것이라고 생각됩니다.

부산은 지금까지 우리나라 제2도시이면서도 이에 걸맞은 경쟁력을 제대로 갖추지 못하고 있었습니다. 이번 삼성승용차 공장의 부산유치 확정을 계기로 부산지역 경제는 지금까지 겪어보지 못한 새로운 발전의 전기를 맞게 될 것으로 확신합니다.

특히 이번 삼성 승용차산업 진출 허용으로 부산경제의 산업구조가 고도화되고 지역산업의 국제경쟁력 강화와 지방재정 확충에 크게 기여할 것으로 생각합니다. 이처럼 삼성승용차 공장의 부산유치 확정이 갖는 크나큰 의의를 되새겨볼 때 기업인들에게는 활기를, 400만 시민들에게는 자긍심을 높여주는 쾌거라 아니할 수 없습니다.

이 자리에 참석하신 내빈 여러분!

부산 경제계의 신선한 충격이며 부산발전의 새 이정표가 될 삼성승용차 공장 부산유치 확정을 자축하고, 나아가 지역사회 발전과 국가경제 발전을 위한 우리의 의지를 결집시키고자 오늘 조촐한 자리를 마련하였습니다.

아무쪼록 이번 삼성승용차 공장 부산유치에 온갖 노력을 기울여 주신 부산시민과 상공인 그리고 지역출신 국회의원님들을 비롯한 각계각층의 관계자 여러분께 그동안의 노고에 다시 한 번 감사의 말씀을 드립니다. 앞으로도 삼성승용차 공장 선설 사업이 원만히 추진되어 부산지역경제가 크게 활성화될 수 있도록 적극적인 지원과 협조를 바라면서 이만 인사에 갈음합니다.

(1995년 1월 25일 삼성승용차 공장 부산유치 확정 축하 리셉션 인사)

르노·삼성 자동차 탄생 환영 리셉션에서 김기재 전 행자부장관, 이기호 전 청와대 경제수석 등과 함께한 기념촬영

지방에 권한 줘야 국가경제 살아난다

●●●

우리나라는 중앙에서 경제개발 전략을 수립하고 집행함에 따라 지방은 국가전략을 집행하는 하부적 역할만 담당해왔다. 이 과정에서 인구의 45.1%, 사업체수의 55.1%, 금융대출의 64.2%가 수도권에 집중돼 고비용 구조의 문제를 심화시켜왔고 사회전반에 스며든 중앙집권적 의식과 행태로 국가경제의 발전을 저해하고 있는 실정이다.

정부도 이러한 문제점을 인식해 지난 5월 20일 '지방중심 경제활성화 대책'을 발표했다. 정부의 이러한 정책방향 전환은 그동안 부산상공회의소를 비롯한 지방경제계에서 끊임없이 요청해온 것으로 매우 반가운 일이라 생각된다. 그러나 이번에 발표된 정부시책은 아직도 미흡한 점이 없지 않다.

각 지방에서 지역특성에 맞는 경제발전 전략을 모색하기 위해서는 지역문제에 관한 지역주민의 자기결정권 확충이 전제되지 않고는 불가능하다. 특히 그린벨트를 중앙에서 집중 관리할 것이 아니라 이 가운데 일부(1~2%)만이라도 지방정부에 관리권한을 이관해 준다든지 본사 지방이전 기업의 경우 과감한 조세감면과 같은 유인책을 강구해주고 국세중의 일부를 지방세로 전환하는 것과 같은 특단의 조치가 뒤따라야 지방경제 활성화의 대책이 될 수 있을 것으로 본다.

수도권 집중이라는 점에서 우리와 사정이 비슷한 일본은 '지방분권 추진법'을 제정하여 중앙에 집중된 권한 및 재정의 지방이양을 추진하고 있다. 우리나라도 특별법을 제정하는 등 철저한 후속조치를 취해 지방중심의 경제활성화 정책이 뿌리를 내릴 수 있기를 기대한다.

경제의 개방화 추세가 가속화됨에 따라 세계적으로 경쟁의 단위는 국가에서 지방으로 이전되고 있다. 홍콩이나 싱가포르에 못지 않은 지리적 경제적 이점을 갖고 있는 부산을 아태지역의 비즈니스 중심기능을 다할 수 있도록 하는 것이 바로 국가경제의 성장잠재력을 극대화하는 것임과 동시에 지속적 경제발전을 가능케 하는 것이라 생각된다.

최근 부산상의는 부산시를 비롯한 유관기관과 함께 부산의 산업구조를 금융 교역 정보통신산업 중심으로 고도화시키기 위해 선물거래소와 증권거래소 등을 유치하려고 백방으로 노력하고 있다. 이러한 현안 사업들도 관련 금융기관과 대기업 본사 등을 유인할 수 있는 실질적인 수단이 뒤따른다면 충분히 성사될 것이라 믿는다. 정부의 지방중심 경제활성화 후속조치에 거는 기대가 크다.

(1997년 6월 3일 국제신문 '경제칼럼')

선물거래소 부산 유치 타당하다

● ● ●

2월 21일자 부산일보 시론에 실린 "국가전체의 이익을 고려해서 선물거래소 서울설립을 (부산이) 막지 않아야 한다"는 논지의 경성대 김영배 교수의 기고문을 읽고 안타까운 심정을 금할 수 없었다.

부산의 입지적 타당성은 지난 94년부터 국내 선물학계는 물론 국제적으로 명망 있는 선물학자, 선물전문 용역업체로부터 이론적 실무적 뒷받침을 받는 등 충분한 검토를 거친 것이다.

수도권의 과도한 집중으로 인한 고비용 구조는 국가전체의 경쟁력 제고를 위해서도 우리가 반드시 풀어가야 할 과제이며 새 정부의 경제정책 방향이기도 하다. 일본의 경우 오사카에 선물거래소를 먼저 설립했고 미국도 시카고에 선물산업이 번창하고 있는 선례가 있다. 김교수의 부산유치 반대논리는 일부 선물회사의 서울주장만을 따른 것이라고 본다.

첫째, 정치적 논리로 무리하게 (부산에) 선정되어서는 안 된다는 지적을 하고 있으나 현재 설립하려는 거래소는 자연 발생적으로 설립되는 것이 아니라 정부의 계획 아래 설립되는 것이다. 국가의 장기적인 경제정책방향이 고려되어야 함은 당연하다.

둘째, 선물시장은 현물시장과 떨어져서는 경제성이 없다고 지적하고 있으나 선물시장과 현물시장(증권시장)은 오히려 다른 지역에 설립돼야 유리하다는 것이 대다수 전문가들의 일반적인 견해다.

셋째, 통신장애 문제를 지적했는데 전혀 문제가 없고 현재도 증권거래는 전국 어디서나 아무런 지장 없이 이루어지고 있다.

넷째, 부산 유치의 파급효과가 적다고 주장하고 있으나 그것은 부산유치를 열망하는 지역정서를 약화시키기 위한 전략에 불과하다. 금융중추기능 확보, 국제금융도시로의 발판 마련, 선물관련회사 및 고급인력의 유입, 정보·통신 등 관련 산업구조 고도화 등 막대한 효과를 기대할 수 있다. 다만 관련 종사자들이 부산으로 근거지를 옮겨야 하는 불편 때문에 부산유치를 반대하고 있을 따름이다.

(1998년 3월 3일 부산일보 '나의 생각')

부산경제계는 강경식 부총리 취임으로 큰 기대를 걸었으나 선물거래소 부산유치는 미완의 숙제로 남아 DJ 정부로 넘겼다.

선물거래소, 부산이
국제금융도시로 가는 첫걸음

● ● ●

공사다망하신 가운데서도 지역경제 발전을 위해 '선물거래소 발전위원회' 위원직을 흔쾌히 수락해주시고, 바쁜 시간을 내셔서 오늘 이 자리에 참석해주신 위원 여러분께 깊은 감사의 말씀을 드립니다.

오늘 창립회의를 갖게 된 '선물거래소 발전위원회'는 선물거래소 부산유치가 확정되기까지 선물거래소 유치활동의 구심점 역할을 해왔던 '선물거래소 유치위원회'를 발전적으로 해체하고, 기존의 선물거래소 유치위원님들을 중심으로 재편한 것입니다. 앞서 서면을 통해 설명 드린 대로 오늘 '선물거래소 발전위원회'를 개최하게 된 것은 위원 여러분의 적극적인 참여와 협조를 받아 한국선물거래소를 조기에 활성화시키기 위해 필요한 지원 사항을 논의하기 위한 것입니다.

선물거래소 부산 설립 과정을 잠깐 돌이켜보면, 지난 1995년 12월 선물거래법이 제정된 직후인 1996년 2월 '선물거래소 부산유치위원회'를 발족하여 본격적인 선물거래소 유치 활동을 전개해 왔으나, 약 3년 동안 온갖 우여곡절을 겪은 끝에 지난해 10월 12일에야 선물거래소 입지를 부산으로 확정하였습니다. 지난해 12월에는 전산센터의 부산 이전을 마무리 짓고, 약 4개월간의 준비 작업을 거쳐, 오는 4월 23일 개장을 앞두고 있습니다.

우리나라의 경제규모를 볼 때, 선물거래소가 이제야 개장된다는 것은 만시지탄의 감이 없지 않습니다. 미래의 환율을 미리 알려주는 선물거래소가 조기에 개설되었더라면 IMF사태까지도 피할 수 있었을 것이라는 이야기도 있습니다.

역대 정부가 부산을 국제금융도시로 육성하겠다고 공약해왔고, 제3차 국토종합개발계획에서도 부산을 국제금융 무역도시로 육성하겠다고 방향 설정이 되어 있었으나, 구체적인 실천수단이 없었던 것이 사실입니다.

이번에 부산에 설립된 한국선물거래소는 부산을 우리나라 선물시장의 중심지로 변모시켜 지역경제 활성화에도 거대한 파급효과를 가져올 것으로 기대됩니다. 국가적으로도 경제환경의 불확실성에 능동적으로 대처할 수 있는 안전장치를 마련하는 커다란 의의를 갖는다고 생각합니다.

잘 아시다시피 동아시아에서 선물시장이 발달한 오사카, 싱가포르, 홍콩 등은 이미 세계적인 국제금융도시로 성장하였습니다. 제가 지난 연말에 한국선물거래소의 조기육성을 위해 필요한 것이 무엇인지 알아보기 위해 싱가포르와 말레이시아 쿠알라룸푸르를 다녀왔습니다. 입지적인 여건 면에서 우리 부산과 비슷한 싱가포르의 경우 고부가가치산업인 금융서비스업이 국내총생산(GDP)의 30.9%나 차지하고 있었고, 600여 개의 각종 외국계 금융기관이 진출해 있는 것으로 확인하였습니다.

존경하는 위원 여러분!

우리나라에 처음 설립된 선물거래소가 설립과 동시에 자동적으로 활성화될 것으로는 보지 않습니다. 정부의 정책적인 뒷받침은 물론 언론의 홍보와 전 국민적인 성원이 있어야 성공할 수 있을 것으로 봅니다.

현안보고 때 설명 드리겠습니다만, 선물거래소의 조기 활성화를 위해서는 선물거래소가 설립될 때까지 잠정적으로 증권거래소에서 거래하고 있는 KOSPI 200 주가지수선물을 선물거래법의 입법 취지대로 선물거래소로 이관하는 것이 매우 시급하고도 중요한 현안입니다.

주가지수 선물은 상장 2년여 만에 거래량 대비 세계 2위, 거래금액 대비 세계 10위권으로 급성장하였으며, 지난해 거래수수료만 연 168억 원에 달해 선물거래소 이관과 동시에 선물거래소 활성화는 보장된다고 하겠습니다.

또한 부산이 서울과 양대 축으로 발전하기 위해서는 중추관리기능을 확충하여야 하며, 이를 위해서는 수도권에 소재한 기업이 본사를 지방으로 이전할 경우 대폭적인 법인세 감면 혜택을 주는 등 선물회사를 비롯한 금융기관과 대기업 본사의 지방 이전을 유도하는 대책이 절실하다고 봅니다.

(1999년 4월 14일 선물거래소 발전위원회 창립회의 인사)

한국선물거래소 개장에 즈음하여

●●●

마침내 한국선물거래소가 개장했다. 일부에서는 부산에 설치된 선물거래소의 성공에 회의적인 시각도 있다. 물론 국내에 처음 문을 여는 선물거래소가 설립과 동시에 저절로 조기에 활성화될 것으로 보진 않는다. 국민들은 물론이고 기관투자가들마저 선물거래에 익숙하지 못하기 때문이다. 이 때문에 선물거래소 조기육성을 위해 정부의 적극적인 지원과 전 국민적 성원이 있어야 할 것이다.

지난 14일 한국선물거래소 발전위원회가 발족한 것도 선물거래소 유치 때와 마찬가지로 각계의 힘을 모아 거래소를 활성화시킬 수 있는 방안을 모색하기 위한 것이다. 선물거래소 활성화를 위해선 증권거래소가 한시적으로 취급하고 있는 주가지수(KOSPI 200지수) 선물, 옵션을 이관받는 일이 시급하다. 주가지수 선물은 상장된 지 3년이 안 됐으나 거래량 세계 2위, 거래대금 세계 11위로 급성장한 만큼 선물거래소 조기정착에 큰 도움이 될 것이다.

IMF사태 등 외환위기를 또다시 겪지 않기 위해서라도 선물거래소 육성은 매우 중요하다. 미래시점의 환율을 알 수 있는 선물시장이 있었더라면 외환위기를 피할 수 있었다. 선물거래소는 외국투자가들이 환율에 신경 쓰지 않고 안심하고 투자하도록 해 외자유치를 원활히 하는 효과도 있다. 현·선물시장을 균형 있게 발전시켜 나가는 것은 어느 단체, 지역의 이해관계를 떠나 국가적으로 중요한 정책과제이다. 이제 갓 출범한 선물시장의 조기 활성화에 모두 힘을 합쳐나가야 할 것이다.

(1999년 4월 23일 부산일보)

한국선물거래소 표지탑 제막식 광경(상)
한국선물거래소 개장 리셉션(하)

동북아 국제금융도시의 꿈을 향하여

● ● ●

돌이켜보면 부산상의 회장에 취임할 당시 부산경제는 최악의 상황이었다. 부산은 1960~70년대 합판 가발 섬유 등의 업종이 호황을 구가했고, 이런 업종이 사양화되는 시점에는 신발이 그 뒤를 이었기 때문에 80년대 중반까지는 한국경제를 견인했다. 왕성한 산업 활동을 하는 도시였다. 그러다가 1987년 민주화로 고임금이 되면서 신발공장마지 국제경쟁력이 약화돼 도산하거나 동남아 등지로 이전했고, 1990년대 중반에 들어서는 제조업 공동화 현상이 일어났다.

그래서 상의 회장 선거 때 선물거래소와 삼성자동차 유치를 공약으로 내세웠다. 부산의 공장용지 공급이 한계에 다다라 있었기 때문이다. 나는 선진국형 산업인 고부가가치 산업이 아니면 안 되겠다는 것을 뼈저리게 느꼈다. 부산발전시스템연구소 이사장인 강경식 의원의 생각도 같았다. 그래서 강 의원의 도움도 받으면서 1994년 4월초 취임하자마자 재정경제원을 방문, 선물거래소 유치에 시동을 걸었다. 마침 오세민 부산 정무부시장이 경제기획원 출신이어서 친정집인 재경원에 갈 때 동행을 해주는 등 큰 힘이 됐다. 당시 김영섭 금융정책실장이 선물거래법(시안)을 그해 9월 정기국회에 상정하려고 준비하고 있었다. 김 실장에게 "선물거래소 입지가 부산이 아니면 안 되도록 해서, 본사가 반드시 부산에 오도록 법안에 넣어달라"고 했더니, "그렇게까지는 할 수 없다"고 했다. 금융정책실장이 윤증현 씨로 바뀌고 나서는 더 집요하게 재경원을 찾았다. 그럴 즈음에 이환균 재경원 차관으로부터 선물거래소 외에 코스닥 법안도 만든다는 말을 듣고 자본금이 얼마인지 물었더니 50억 원이라고 했다. 그래서 "코스닥을 선물거래소와 함께 달라"고 했더니 "코스닥은 규모가 작다. 작은 것을 가져가면 그보다 훨씬 큰 선물을 놓친다. 아예 이야기 하지 않는 것이 좋겠다"고 했다.

선물거래소 유치가 거의 막바지 단계에 접어들고 있다는 생각을 하고 있을 때에 재경원에 강만수 차관이 와서 부산 설립을 적극 지원했다. 김영섭, 윤증현, 강만수, 강경식, 이런 분들이 전부 부산 경남 출신들이어서 많은 도움을 받으면서 심도 있게 세부적 논의를 할 수 있었고, 또 적극적으로 추진할 수 있었다. 그러나 외환위기가 닥치는 바람에 1997년 11월에 재경원 수장이 강경식 부총리에서 임창렬 경제부총리로 교체됐다.

김대중 당시 대통령 후보는 이보다 조금 앞서 그해 10월 초 부산 상의가 주최한 대통령 후보 초청 토론회에 참석했다. 나는 그때 마이크를 잡고 수도권과 지방의 심각한 불균형을 지적하면서 선물거래소 유치를 선거공약 1호로 채택해달라고 요청했다. 그 후 선물거래소 부산 설립은 국민의 정부 지방공약 제1호로 채택됐고, DJ는 TV 대담을 할 때도 대통령만 되면 부산에 꼭 설립하겠다는 약속을 했다. 대통령에 당선되고 나서는 김원길 정책위의장에게 부산 설립을 지시했으나, 재경원이 말을 듣지 않았다. 임 부총리가 앞장서서 반대했다. 심지어 자기 방으로까지 불러들였다. 재경원 측에선 임부총리와 윤증현 금융정책실장 등이, 부산에서는 나와 오세민 부시장, 조병옥 부은선물 사장 등 3명이 참석했고, 서울 측에선 배정환 선물협회 회장, 권승우 선물거래소 설립준비단장 등이 참석했다. 오전 10시부터 낮 12시까지 두 시간 동안 난상토론을 벌였고, 심지어 고함소리도 나왔다. "부산에 갈 수 없다. 포기하라"는 압력도 받았다.

DJ 집권 후에는 재경원에서 이름을 바꾼 재경부의 이규성 장관을 찾아갔다. 당시는 대통령이 부산 설립을 지시하고 난 후였다. 그러나 재경부가 말을 듣지 않았다. 이른바 DJP연합이 만든 국민의 정부에서 재경부 장관은 JP 사람이었던 것이다. 이 장관은 "어떻게 부산에 갈 수 있나"라고 했고, 나는 "선물은 지점에서 일을 한다. 본사는 독도나 제주도라도 괜찮다"라고 설득했다. 그래도 시원한 대답은 나오지 않았다. 당시 DJ가 당정 주례보고 때 김원길 정책위의장에게 공개적으로 지시를 했는데, 그것이 3번째 지시였다. 김 정책위의장은 기업가 출신으로 후덕한 분이었고, 조정하는 역할을 했다.

김대중 전 대통령에게 지역경제현안을 건의하는 강병중 회장

김원길 정책위의장은 박광태 제2정책조정실장(광주시장 역임)에게 선물을 부산에 설립하게 하라고 지시했고, 그래서 박 실장 주선으로 간담회가 열렸다. 부산 측에서는 나와 최인섭 부시장, 조병옥 부은선물 대표, 김명수 부산상의 조사부장, 배광효 부산시 경제기획계장 등이 참석했다. 또 국민회의 측에서는 박 실장과 송치순 전문위원이 나왔고, 선물협회 측에선 조진형 선물협회 회장과 권승우 설립준비단장 등이 참석했다. 박광태 실장은 거구였고, 배짱이 두둑한 분이었는데 거의 강압적으로 밀어붙여 승낙을 받아냈다. 그 후에 부산시는 인센티브를 제공했고, 상의는 사무실을 무료로 제공했다.

부산시민들은 처음에는 '선물(先物)'을 선물(膳物)로 잘못 알고 "그것 때문에 왜 시끄러우냐."면서 의아해하기도 했으나, 나중에는 다 알게 되었다. 선물거래소 유치를 하는 과정에서 시민들의 적극적 협조에 지금도 감사하게 생각한다. 특히 언론의 협조가 컸던 것이 잊히지 않는다.

유치활동을 하는 기간에 나는 주로 서울 쪽의 움직임이나 청와대 정당 정부 쪽의 큰 흐름을 주시하면서 정·관계 인사들을 만나 정책적 행정적 협조와 지원을 이끌어내는 데 주력했다. 그 외는 성병두 부산상의 상근부회장이 업무 전반에 걸쳐 탁월한 기획과 집행으로 하나부터 열까지 전부 다 챙겨주었기 때문에 유치가 가능했다. 성 부회장의 도움이 없었다면 부산상의 회장 9년간 어떤 중요한 일도 하기 어려웠을 것이다. 또 부산상의 임직원들의 도움은 절대적이었다.

한국선물거래소, 또 그 후의 한국거래소를 밑그림으로 삼아 부산이 금융중심지로 지정된 데 이어, 언젠가는 부산이 목표로 하는 동북아의 대표적 국제 무역 금융도시가 될 것으로 믿어 의심치 않는다. 부산을 국제금융도시로 발전시키기 위해 애쓰시는 분들이 많다는 것이 무엇보다 든든하다. 특히 부산경제살리기시민연대, 부산금융도시시민연대 대표 등을 맡아 오랜 기간 열정적으로 추진해온 조성렬, 박인호 교수를 비롯해 각계각층에서 많은 분들이 적극적으로 활동하고 있다. 허남식 부산시장과 신정택 부산상의 회장을 위시한 관련 기관 및 단체장들의 큰 관심과 지원이 이 같은 희망을 앞당기고 있다는 것은 두말할 필요가 없을 것이다.

(2011년 11월 23일 한국선물거래소 유치 백서 축사)

부산거래소로 이름 바꿔야 한다

• • •

부산은 언제 명실상부한 금융중심 도시가 될 수 있을까. 한국거래소의 본사가 부산에 있고, 금융허브로 발전하려는 노력도 부단히 이어져왔다. 그런데도 시민들이나 상공인들이 느끼는 부산은 아직도 금융중심지와는 거리가 멀다.

부산이 정부의 국토개발종합계획에 따라 금융중심 도시를 지향한 것은 30년도 넘은 1970년대부터다. 1980, 1990년대의 제2차, 제3차 계획을 거쳐 2020년까지가 기한인 제4차 국토종합계획에도 부산은 여전히 국제금융 및 물류 중심도시로 황금 못이 박혀 있다. 지난해 1월에는 부산 문현지구가 서울 여의도와 함께 각각 특화(해양·파생상품)금융중심지와 종합금융중심지로 지정됐다. 그러나 이름만 그럴듯했지 지금까지 제대로 된 것이 거의 없다.

그래서 부산시민들은 이제 금융중심지란 말을 들어도 그저 그러려니 하고 넘긴다. 그러나 지금이야말로 금융중심지의 실현이 지역사회는 물론 동남권 전체에 정말 큰 변화를 불러올 수 있다는 중요성을 재인식하고 전 시민이 힘을 합칠 때라고 생각한다.

1990년대 후반 부산상의 회장을 맡고 있을 당시 부산에 선물거래소 유치가 가능한지를 살피기 위해 싱가포르를 방문한 적이 있다. 그때 한국대사관에 파견 나와 있던 산업자원부(현재 지식경제부) 상무관으로부터 싱가포르 재정수입의 40%가 선물거래소를 통해 나온다는 이야기를 듣고 깜짝 놀랐다. 어떻게 해서 그것이 가능할 수 있는지를 알아보았더니 선물거래소와 관련된 세계 각국의 은행 등 금융회사와 중개회사, 투자신탁회사, 투자자문회사, 연구기관 등 국내외 관련 기관만 130여 개가 입주해 있었다. 싱가포르는 그렇게 해서 국제금융도시로 발전할 수 있었다.

그런데 지금 부산은 어떤가. 각계 인사들과 시민들이 그렇게 갈망했던 한국거래소 본사가 부산에 자리 잡았지만 크게 달라진 것은 없다. 관련 회사와 연구기관이 전부 서울에 있기 때문이다. 정부가 서울과 부산을 양대 축으로 해서 금융중심지로 삼는다고 발표했으나 두 지역의 처지는 엄청나게 다르다. 서울은 가만히 있어도 되지만 부산은 노력하지 않으면 안 되게 돼 있다.

그렇다면 부산에 본사를 둔 한국거래소의 이름을 바꿔 보는 방법은 어떨까. 부산이 진정한 금융중심지가 되기 위해서는 한국거래소의 역할이 무엇보다 중요하다. 그런 거래소의 이름을 부산으로 바꾸면 전체 시민이 마음을 다잡고 새로 시작하는 계기가 될 수 있을 것이다. 어느 나라든 국가명을 거래소 이름으로 사용하는 곳은 없다. 시카고, 오사카, 상하이, 파리, 자카르타 등지의 거래소는 모두 도시의 이름을 쓴다. 그런데 왜 우리만 한국거래소라고 하는가. 본사가 부산에 있으니 부산거래소로 불러야 마땅하다. 부산이 이름 없는 소도시도 아니고 아시안게임과 APEC 정상회의 등을 개최했을 정도로 전 세계에 이름이 알려진 국제도시여서 더욱 그렇다.

어떻게 해서든지 선물 및 증권 거래소와 관계되는 본사가 부산에 많이 오게 만들어야 한다. 물론 산업이 발달돼 있지 않으면 힘들다. 그러나 부산 인근에는 포항제철을 비롯해 울산, 양산, 창원, 거제 등지에 많은 공업단지들이 있다. 동남권에 금융벨트를 구축하는 것도 절대 불가능한 일이 아니다. 은행도 많이 유치해야 한다. 부산은행이 경남은행과 합쳐 대형화한다거나, 정부에서 제2산업은행 등 국책은행을 부산에 만드는 방법도 있을 수 있다.

최근에 국제금융중심지로 변모시키기 위해 관계 전문가와 시민들이 의욕적인 움직임을 보이는 것은 매우 반가운 일이 아닐 수 없다. 부산은 시민이 하나가 돼 삼성자동차와 선물거래소 유치를 성사시켰던 옛일을 회상해보고 당시의 절박했던 심정으로 되돌아가 분명한 목표를 찾을 필요가 있다고 본다. 상식적인 이야기지만 제조업 분야에서 한계를 느끼고 있는 부산이 동아시아 거점도시가 되기 위해서는 무역 위주의 항만 기능만으로는 미흡하다. 여기에 국제 금융과 정보 기능이 반드시 합쳐져야 하는데 정보 기능은 금융이 있으면 저절로 따라오게 돼있다. 그렇게 되기 위해서는 시민 전체가 나서 힘을 결집해야 한다. 부산시민들은 개념 자체마저 생소했던 선물거래소를 유치해 금융도시의 첫 삽을 뜨게 하지 않았던가.

(2010년 3월 24일 국제신문 CEO 칼럼)

부산사람들과 르노삼성차

● ● ● ●

현재의 르노삼성차의 전신인 삼성자동차를 부산에 유치할 때에는 누가 시킨 것도 아닌데 부산시민 전체가 들고 일어나서 한목소리를 냈다. 부산이 생기고 나서 처음으로 지지에 서명한 사람이 100만 명을 넘었으니, 당시로서는 대사건이 아닐 수 없었다.

삼성차 유치에서부터 르노삼성차로 재탄생될 때까지 지역의 경제계, 관계, 성계, 학계 등 각 분야의 인사들이 맞물려 돌아가는 톱니바퀴처럼 서로 조화를 이루면서 힘을 합쳤다. 시민단체들은 각종 집회 등을 통해 시민여론을 뜨겁게 분출시켰다. 지역 언론은 그 열기를 확대 재생산했다.

그런 르노삼성차가 다음 달 1일로 출범 10주년을 맞는다. 부산지역 매출액 1위의 대표기업으로 자리를 잡았고, 자동차는 선박을 제치고 부산 수출품목 1위로 도약했다.

돌이켜보면 부산에 승용차 공장이 들어서기로 결정된 것이 1994년이었으니 벌써 15년이 지났다. 세월이 흘렀지만 부산사람들은 르노삼성차 10주년 소식을 들으면서 당시의 그 치열하고 긴박했던 순간들을 떠올릴 것이다. 그때 시민들의 열정과 집념은 지금 생각해보아도 어떻게 그렇게까지 할 수 있었는가 할 정도로 가히 폭발적이었다.

거리에 오가는 SM 차량들을 새삼스레 쳐다보며 그때 자신이 했던 일을, 또 자기가 속해 있던 조직에서 맡았던 역할을 회상하는 사람들도 적지 않을 것이다. 다양한 업종에 종사하는 상공계 인사들이 팔을 걷어붙이고 부산경제 살리기에 앞장선 것도 그때가 처음이지 않았나 싶다.

제15대 상공회의소 회장 선거에 나서면서 삼성승용차 유치를 공약 1호로 내걸고 불을 붙였을 당시에는 부산 제조업은 이미 합판, 섬유, 의복, 신발 등 주종산업의 국제경쟁력 약화로 도산하거나 해외이전을 해 공동화 위기를 맞고 있었다. 회장이 되고 나니 상공계는 물론이고 시민들의 첫 번째 요구가 부산경제를 살려내라는 것이었다. 그래서 상의회장단을 비롯한 상의 회원들, 상의 직원들이 함께 삼성자동차 유치에 적극 나서게 됐다. 사람들은 100년 만에 한 번 오는 기회라고 했다.

고비도 여러 번 있었으나, 부산사람들은 그것을 다 이겨냈다. 1994년 4월 말 삼성중공업 이경우 전무가 찾아와 상공부장관과 경제수석이 삼성차 공장은 불가하다는 쪽으로 대통령 결재를 받았다는 이야기를 했다. 그래서 야간에 부산상의 간부회의가 긴급 소집됐고, 그 다음 날 임시 의원총회를 연 뒤 상의회장단이 상경해 청와대 정부 정당 등을 찾아다니며 삼성차 부산 유치를 호소했다.

청와대 비서진들과 점심을 함께하게 됐는데 홍인길 총무수석이 "삼성승용차도 이미 물 건너갔는데 부산경제계 대표들께서 이렇게 느긋해도 되는 겁니까? 내일모레면 상공부장관이 허가 불가 발표를 합니다"라고 말하는 게 아닌가. 그 말을 듣고 급히 반박 기자회견을 하는 한편 대통령과 상공부장관에게 보내는 탄원서와 건의서를 만들었다. 또 상공부장관과 경제수석을 만나 절대 있을 수 없는 일이라면서 싸움을 하다시피 한 뒤 부산에 내려와 조마조마한 심정으로 지켜보았다. 다행히 허가를 하지 않겠다는 공식 발표는 없었다.

그러다가 그해 11월 인도네시아에서 열린 APEC 정상회의 직후에 한이헌 경제수석을 대동하고 호주를 방문한 대통령이 '세계화'를 강조한 뒤 얼마 후에 삼성차 인가가 났고, 정권이 바뀐 뒤 1999년 10월 16일에는 대통령이 부산상의를 방문해 자동차 생산기지 계속 활용을 약속한 뒤 이틀 후에 삼성차가 재가동됐다. 그 밖에도 많은 위기가 있었으나 서의택 부산외대 총장과 박인호 교수 등이 시민단체를 이끌며 큰 역할을 했고, 가동이 중단될 위기 때는 개인택시 기사들이 판매와 시민 홍보에 맹활약을 했다. 또 부산지방법원 김종대 수석부장판사(현재 헌법재판관)는 법정관리에 있던 회사의 파산을 막았다.

오늘의 르노삼성차를 있게 한 부산사람들은 일일이 헤아리기 힘들다. 그 뜨거운 열정과 결집된 힘으로 만들어진 르노삼싱차는 제2공장 증설 등 지역경제계에 더 많은 활력을 불어넣어야 하고, 부산사람들은 변함없는 애정과 지원을 아끼지 말아야 할 것이다.

(2010년 8월 25일 국제신문 CEO 칼럼)

2000년 4월 27일 열린 르노·삼성자동차 탄생기념 리셉션(맨 우측이 강병중 회장)

부산상의 신임집행부에 바란다

●●●

부산상공회의소 회장에 새로 취임한 조성제 회장의 분주한 행보가 연일 매스컴을 장식하고 있다. 기업을 직접 방문해 애로사항을 청취해서 적극적인 해결책을 모색하고, 전국 상의 가운데 처음으로 중소기업 대상의 '신입사원 통합연수'를 실시한다고 한다. 또 김해공항의 가덕도 이전을 위해 '국제공항공사법 제정 시민토론회'도 개최했다.

조 회장이 하고 싶은 사업은 이것만이 아닐 것이다. 그가 두 달전 취임 때 밝힌 계획만 보더라도 가덕도신공항 건설과 도심 철도시설의 외곽 이전, 북항 재개발, 문현금융단지 활성화에서부터 부산기업의 국제경쟁력 강화와 새 시장 개척, 취업정보 네트워크 확대 및 일자리 창출 등 일일이 열거하기 힘들다. 부산상의 회장은 우리나라 제2도시인 부산 경제계의 수장이면서 동시에 비수도권에서 가장 경제 규모가 큰 동남권의 대표적 경제인이기도 하다. 지역에서는 말할 것도 없고 전국적으로도 그만큼 위상이 높다. 지역기업을 대표해서 정부 부처나 청와대, 정당의 고위 인사들을 만나 정책을 건의하고 지원을 요청할 때도 있고, 부산시장과 공동보조를 취하며 지역개발에 적극 나서기도 한다.

위상만 높은 것이 아니라 책무 또한 무겁다. 지역의 현안사업이

나 대형 프로젝트를 추진했던 역대 부산상의 집행부는 하나같이 전투를 치르듯이 사업을 진행시켜야 했고, 수모를 감수할 때도 있었다. 그러고도 성사가 되지 않을 때도 있었다.

부산상의 회장직을 9년간 맡았던 필자의 경험으로는 지역경제가 좋지 않을 때일수록 기업인과 시민들은 상의가 더 큰 역할을 맡아주기를 기대한다. 상의의 본분이 지역의 상공업 발전을 위해 광범위한 활동을 해야 하는 것이지만 상의를 단순히 상공인들만의 단체로 생각하는 시민은 거의 없기 때문이다.

조 회장이 취임 초에 '상공인에 의한, 상공인을 위한' 상의의 역할과 함께 지역사회 발전에 대한 책임도 나누어 가지겠다고 밝힌 것도 그런 이유라고 여겨진다. 요즘 지역경제 사정이 그렇게 좋은 편이 아니고, 유럽 위기 등 돌출변수가 많은 시기여서 내심 걱정도 없시 않았을 것이나.

시간을 쪼개 써야 할 정도로 바쁜 조 회장을 비롯한 신임 집행부에 부탁하고 싶은 것이 있다면 부울경 광역경제권에 대한 관심을 높여달라는 것이다. 최근 부울경의 광역교통 문제를 해결하기 위해 '동남권 광역교통본부'가 출범하는 등 부울경이 하나가 되기 위한 움직임이나 논의가 활발하다. 이런 분위기에 맞춰 부울경 상의들이 함께 나서, 달리는 말에 채찍을 쳐줄 수 있도록 해주었으면 하는 바람이다.

그런 면에서 일본 간사이 지방을 대표하는 교토, 오사카, 고베 등 3개 도시의 상공회의소 사례는 부울경이 한 번쯤 참고할 필요가 있을 것 같다. 흔히 3개 도시 이름에서 한 글자를 따 게이한신(京阪神)이라고 부르는데, 이들 3개 도시의 상공회의소는 1980년대 초반에 각자 독립성을 유지하면서 긴밀히 협력하는 '게이한신 상공회의소'

를 결성했다. 동남권 같으면 부산상의와 울산상의, 또 경남을 대표하는 지역의 상의가 협력하는 형태다. 그렇게 해서 이룬 성과가 오사카만을 매립해 만든 간사이국제공항과 세계에서 가장 긴 현수교인 아카시해협대교 건설을 비롯해 3개 도시의 여름축제, 국제 원예박람회 개최 등 상생을 위한 프로젝트가 많았다.

지난해 동일본 대지진과 원전사고 이후에는 국가의 위기관리를 위해 수도 기능을 도쿄권 한 곳에서 오사카를 중심으로 간사이로 분산시켜야 한다는 '수도 기능의 이원화' 주장을 하고 있다. 3개 상의의 이런 노력은 간사이의 7개 광역단체가 도쿄권과의 격차가 갈수록 벌어지는 것을 막기 위해 2년 전에 일본 최초로 광역연합을 만드는 밑거름이 됐다.

필자가 상의 회장으로 있을 때 관심을 가지고도 하지 못했던 일을 후임 회장에게 부탁드리는 것 같아 염치가 없지만, 조 회장의 의욕이 워낙 왕성해 보여서 참고라도 됐으면 하는 마음에서 주제넘게 이야기를 끄집어내 보았다. 조 회장을 비롯한 새 집행부가 많은 시민들의 기대에 부응하고, 부산상의 역사에 또 하나의 금자탑을 세우면서 지역발전을 앞당길 수 있을 것으로 굳게 믿고 싶다.

(2012년 6월 6일 국제신문 CEO 칼럼)

부산시민이 40년 기다려온 금융중심지

●●●

이제는 금융중심지라는 말만 들어도 식상하다고 하는 부산 사람들도 있을 것이다. 잘돼가는 것처럼 발표를 했다가 어느 날 갑자기 또 어렵다고 하니 언제 실현이 될지 모르겠다는 사람도 있을 것이고, 공장처럼 눈에 보이는 것이 아니어서 실현이 된다 해도 부산에 얼마만한 혜택이 돌아올 것인가 하고 미심쩍어 하는 사람도 있지 않을까 싶다.

따지고 보면 이런 회의적 반응이 잘못된 것도 아니다. '부산 금융도시'란 말은 정부가 개발계획으로 발표했던 때부터 치더라도 그 역사가 무려 40년이나 된다. 그런데도 아직까지 제대로 역할을 하지 못하고 있다.

돌이켜보면 부산은 1971년에 수립돼 그 다음 해부터 시행된 정부의 제1차 국토종합개발계획에서부터 서울과 함께 비중 있는 금융도시로 육성해야 한다고 설정돼 있었다. 이런 계획은 80, 90년대의 국토종합개발계획과 경제사회발전 5개년 계획으로까지 계속 이어졌다. 그러나 늘 '계획'에만 들어 있었고, 1990년 이전까지 단 한 번도 시도조차 되지 않았다. '부산 금융도시'란 말은 대통령 지방순시 때 한두 마디 체면치레로 붙이는 정도였다고 기억된다.

부산국제금융센터 복합개발사업 착공식

1990년대 중반 부산상의회장을 맡고 있었을 당시에 필자는 부산
이 중추관리기능을 가진 산업도시로 발전하기 위해서는 반드시 금
융이 필요하다고 느꼈다. 또 사업차 들르던 오사카에 일본 9대 시
중은행 가운데 스미토모, 산와, 다이와, 다이요고베 등 4개 은행의
본사가 자리를 잡고 도쿄와 경쟁하는 것을 보고 부산이 수도권과
대칭되는 금융중심지 역할을 해야 한다는 생각을 하면서 직접 금
융업에 뛰어들었다. 정부의 국제금융도시 육성 계획을 굳게 믿었던
것은 두말할 필요도 없다.

그래서 동남은행을 부산에 설립하도록 주선했고, 제일투자신탁
도 부산상의 주관으로 공모를 해서 세웠고, 상은리스도 상업은행
장과 의논해서 부산에 본사를 두도록 했다. 당시 부산에 부산생명
보험이 있었기 때문에 인근 마산에다 경남생명보험을 설립했다. 또
경남리스에도 대주주가 됐다. 이렇게 해서 이들 5개 금융기관에 직
간접으로 참여하여 부산 금융중심지의 기초를 닦으려 했다.

그런데 IMF 사태로 모든 것이 허사가 돼버렸다. 경남생명과 제일투자신탁은 운 좋게 매각을 했지만, 나머지 3개 회사들은 IMF가 터지는 바람에 팔지도 못하고 투자한 것이 모두 종이로 변하고 말았다.

IMF 사태가 터지고 난 후의 부산은 금융중심지는 고사하고, '금융기반이 무너졌다'는 말이 나올 정도였다. IMF 관리체제가 시작된 직후에 5개 종합금융회사 가운데 한솔, 고려, 신세계, 항도 등 4개 종금사가 퇴출됐고, 하나 남은 LG종금마저 서울 본사의 금융회사에 흡수됐다. 그 몇 개월 후에는 부산에 본점을 둔 동남은행마저 결국 문을 닫았다. 부산 기업체들의 자금사정이 극도로 악화돼 부도가 잇따르는 다급한 상황에서 지역 금융기관들마저 구조조정으로 문을 닫은 것이다.

당시 부산상의 등이 중심이 돼 청와대와 정치권에 "동남은행을 인수한 주택은행 본점을 부산으로 옮겨달라"고 간곡하게 요청했으나, 본점 이전은 성사시키지 못하고 대신 동남은행 본점 건물에 주택은행 영남지역총본부가 들어서는 것으로 만족해야 했다. 역설적이기는 하지만 IMF 사태와 금융기관 퇴출은 기업은 물론 지역사회 전체가 금융산업의 중요성을 실감하게 만들었던 뼈아픈 교훈이었다.

지금 부산 금융중심지는 정부와 정치권의 도움을 절실히 필요로 하고 있다. 그러나 기반이 취약한 부산이 아니라 특별한 지원이 없어도 잘될 수 있는 수도권에 금융중심지 정책의 초점이 맞춰져 있는 것이 문제다. 다양한 청산 서비스를 제공할 수 있는 장외거래 중앙청산소(CCP)를 부산에 설치하려는 자본시장법 일부 개정안이 지난달 국회 정무위를 통과했으나, 법사위에서 제동이 걸린 것이 단적인 예다.

　다행히도 유력한 대선 후보 두 사람이 모두 선박금융공사와 금융전문대학원의 부산 설치와 각종 지원을 공약으로 내놓았다. 이것이 실천돼 부산이 차별화된 특화금융기능을 가지게 되고, 시민들이 40년을 기다린 보람을 느끼게 될 수 있기를 기대한다.

(2012년 12월 19일 국제신문 CEO 칼럼)

금융중심지가 흔들리고 있다

●●●

부산 문현혁신도시에는 지금 금융중심지를 건설하는 공사가 한창이다. 내년에 완공 예정인 63층 높이의 부산국제금융센터(BIFC)는 금융중심지를 상징하는 랜드마크이고, 그 주위에도 금융 관련기관들이 이용할 건물들이 속속 지어지고 있다. 문현지구가 파생상품·선박금융 특화 금융중심지로 지정된 지 4년 만에 부산 시민들이 그렇게도 염원하던 국제금융도시로서의 면모를 하나씩 갖춰가고 있다는 것은 정말 반가운 일이 아닐 수 없다.

그러나 이런 좋은 분위기에 갑자기 찬물을 끼얹는 일이 일어났다. 대체거래소로 불리는 ATS(다자간 매매체결회사) 및 거래소 허가제 도입 등을 내용으로 하는 '자본시장과 금융투자업법' 개정안이 지난달 30일 국회 본회의를 통과했기 때문이다. 부산을 통해서만이 거래할 수 있던 파생상품이 부산이 아닌 다른 지역에서도 거래를 할 수 있게 된 것이다. 부산 금융중심지를 뿌리째 흔드는 일이 아닐 수 없다.

복수 거래소가 허용이 되면 돈 정보 인재 등 모든 것이 한 곳에 모여 있는 서울에 거래소가 생길 것은 불 보듯 뻔한 일이고, 그렇게 되면 부산은 서울과 경쟁을 해야 한다. 부산과 서울의 경쟁이 과연 가능하기나 할 것인가, 부산 금융중심지가 제대로 기능을 하려면 정부와 정치권 등 각계의 전폭적인 지원이 있어도 될까 말까 한데 이런 암초가 나타났으니 금융중심지의 미래는 과연 어떻게 될 것인 가 하는 등의 걱정이 앞선다.

널리 알려져 있다시피 한국거래소가 부산에 올 수 있었던 명분과 논리는 국토균형발전이다. 블랙홀처럼 모든 것을 빨아들여 갈수록 비대해지는 서울과 수도권을 규제하는 한편 날로 피폐해지는 지방 도 잘살게 해야 한다는 취지였다. 그러나 이 같은 논리나 명분보다 먼저 살펴보아야 할 것이 부산 금융중심지는 부산시민 전체의 열정 과 집념, 그리고 노력으로 만들었다는 점이다.

필자는 제15대 부산상의회장에 출마하면서 현재 한국거래소의 전신인 선물거래소 유치를 공약으로 내걸었고, 당선 후에 본격적인 유치활동을 벌였다. 유치활동 초기에는 재계 학계 관계 언론계 시 민단체 인사들이 중심이 됐으나, 시일이 지나면서 전시민이 열화와 같은 성원을 보내면서 동참을 했다. 선물거래소를 기반으로 한국 거래소가 부산에 오게 됐으니, 전체 부산시민의 힘으로 금융중심지 실현을 앞당겼다고 해야 할 것이다.

부산 금융중심지를 만들어오는 과정에는 늘 서울 측의 집요한 견제와 방해가 있었다. 서울에서는 기회만 있으면 선물거래소나 한 국거래소를 서울로 가져가려고 했고, 그것이 어려울 때는 주요 기 능만이라도 서울로 옮기려고 했다. 지금 복수 거래소가 문제가 돼 있지만, 이런 시도 또한 처음이 아니다. 선물거래소를 부산에 유치 할 때도 서울 측은 처음에는 '부산 불가론'을 주장하다가, 부산 유 치가 확정될 무렵에는 엉뚱하게 전산망을 이원화하자는 억지를 부 렸다. 전산망이 이원화가 되면 대부분의 거래가 서울로 몰려 부산 은 껍데기만 남게 될 수밖에 없기 때문에 도저히 들어줄 수 없는 요구였다.

　부산에 본사를 둔 선물거래소나 한국거래소가 서울에서 볼 때는 눈엣가시와 같았는지 종종 크고 작은 대립과 갈등이 있었다. 서울 측의 주장은 대개 금융 환경과 효율성의 우위를 강조하는 내용이었다. 그러나 수도권과 비수도권의 논쟁에서 균형발전을 무시하고 합리성 효율성만을 강조한다면 어느 비수도권 지역이 수도권을 제치고 미래지향적인 프로젝트를 가져올 수 있겠는가.

　다시 강조하고 싶은 것은 부산이 금융중심지가 되고, 파생상품 거래를 부산 한 곳에서만 할 수 있도록 하는 법을 만든 것은 부산의 힘이었고, 부산시민의 노력이었다. 그 법이 바뀌어 부산 금융중심지를 심각하게 위협하게 된다면 '당장은 문제가 없을 것'이라는 식의 소극적 대응이 아닌, 적극적 대책이 있어야 한다. 복수거래소 허용은 부산은 물론 동남권 전체가 힘을 합쳐 막아야 한다. 지역 정치권 인사들도 이번 사태를 심각하게 받아들여 복수거래가 사문화 되도록 입법화시키겠다고 말하고 있다. 정치권의 이런 약속이 꼭 지켜져서 '복수거래'란 말 자체가 없어져야 할 것이다.

(2013년 5월 8일 국제신문 CEO 칼럼)

부산 경제 초라한 성적표 바꾸기

● ● ●

삼성자동차가 부산에 유치된 지 올해로 꼭 20년이 되었다. 1994년 4월 부산상공회의소 회장에 취임하면서 삼성차 부산 유치 운동을 주도했던 필자로선 감회가 남다를 수밖에 없다. 그 시절 부산은 대기업들의 역외 유출로 산업공동화 현상이 심각한 상태였다. 지역 내 총생산(GRDP) 성장률과 경제성장률은 전국 시·도 가운데 꼴찌를 기록할 정도였다. 그만큼 자동차산업 유치가 절실했다.

하지만 정부는 과당 경쟁을 이유로 신규 자동차 회사 허가에 난색을 표하고 있었다. 이에 대해 부산상의 회장단은 탄원서를 제출하고 시민단체들과 함께 서명운동을 벌였다. 그런 우여곡절 끝에 1998년 2월 SM5가 출시되었지만 이번에는 IMF 외환위기가 기다리고 있었다. 대우전자와 빅딜설이 나도는 등 숱한 고비를 넘긴 후에 르노삼성자동차라는 이름으로 새 출발을 할 수 있었다.

그런 르노삼성차가 지난해 매출 3조 3천억 원을 달성해 부산지역 기업 가운데 매출 1위를 차지했다. 협력업체까지 포함해서 1만 명이 넘는 고용을 창출했다. 이뿐만 아니라 녹산 신호공단에 협력업체들이 들어서면서 기계산업이 부산 제조업의 70% 이상을 점유할 정도로 성장하였다. 자동차산업의 파급효과가 현실로 입증된 셈이다.

하지만 아쉬움도 많다. 올 들어 10월 말까지 누적 판매량이 현대차(400만 대)와 기아차(249만 대)에 비하면 비교조차 힘든 12만 4천 대 수준에 머물고 있기 때문이다.

사회공헌 활동도 기대에 못 미친다. 정부를 상대로 약속했던 '동반성장 출연 약정금' 50억 원을 아직은 내지 않고 있다. 르노삼성차 구매 캠페인을 전개했던 부산시민들로선 섭섭한 마음이다. 물론 프랑스, 인도, 일본, 러시아, 그리고 최근엔 중국까지 진출한 글로벌 기업이라 한국 부산의 르노삼성을 중심으로 경영할 수는 없을 것이다. 하지만 르노삼성의 현실은 연간 50만 대 생산, 매출 10조 원(연관산업 포함), 고용 창출 15만 명이라는 유치운동 당시의 기대치와는 거리가 멀다.

지난 7일 광주시는 '제조업 르네상스 실현을 위한 자동차산업밸리 추진위원회'를 출범시켰다. 노사민정(勞使民政)이 대타협을 통해 미래의 먹거리를 준비하겠다는 각오로 예산 8,300여억 원을 들여 자동차산업밸리를 조성하고 창조경제혁신센터를 가동한다는 계획이다. 현대차 그룹과 손잡고 향후 100만 대까지 생산하겠다는 포부다. 르노차가 연간 20만 대도 생산하지 못하고 있는 부산의 입장에선 부럽기 그지없는 일이다.

최근 서병수 부산시장이 관용차를 '뉴SM7 노바'로 바꾸어 화제를 모았다. 때맞춰 부산 시민단체는 지역 기관장이나 지도층 인사들에게 르노삼성차 타기를 권유하는 편지를 보내고 있다고 한다.

이처럼 부산 시민들의 눈물겨운 '향토기업 사랑'에 이제는 르노삼성 측이 화답할 차례다. 투자를 확대하여 신차종 연구 개발에 박차를 가하고, 생산라인을 증설하여 일자리 창출로 부산 경제에 기여해야 한다.

서 시장 역시 관용차 1대를 바꾸는 데 그쳐선 안 된다. 르노삼성차가 투자를 확대할 수 있도록 지원책을 마련해야 한다. 카를로스 곤 회장과 프랑수아 보로보 사장을 만나 애로사항을 청취한 후 실질적인 대안을 모색해주기 바란다. 필요하다면 부산시청 내에 지원팀이라도 만들어야 할 것이다.

현재 국내 매출 1천대 기업 가운데 부산기업은 고작 38개에 불과하다. 부산 1위라는 르노삼성차는 전국 117위에 그치고 있다. 부산경제의 이처럼 초라한 성적표를 바꾸려면 부산시가 나서고 부산시장이 앞장서야 하는 게 아닐까.

(2014년 11월 21일 부산일보)

처음 생산된 삼성차 SM5에 올라 시승을 한 강병중 회장이 만족한 표정으로 내리고 있다.

세계 4대 미항 부산 가꾼 노고
오래 기억될 것

● ● ●

허남식 시장, 10년이란 세월이 훌쩍 지나갔구려.

부산시장 재임 10년 동안 흰머리도 늘어나고 잔주름도 많아졌지요. 350만 시민의 살림살이를 책임져야 하는 시장이기에 번민도 많았을 테고 밤잠을 설칠 경우도 잦았을 것이오.

하지만 허 시장의 노고 덕분에 부산은 상전(桑田)이 벽해(碧海)로 변하였소. 우선 해운대 센텀시티와 마린시티의 초고층 빌딩들을 보노라면 홍콩이나 뉴욕의 한복판에 온 듯 착각할 정도라오. 벡스코를 중심으로 사흘이 멀다 하고 국제회의나 대규모 전시회가 개최돼 부산의 도시 브랜드 이미지가 크게 높아졌다고 생각하오.

부산의 숙원사업이던 부산외곽순환도로망 건설은 부산항대교의 완공으로 이제 결실을 맺게 되었소. 동해남부선 복선전철화사업도 부산에 활기를 불어넣어 주겠지요. 피가 잘 돌아야 건강할 수 있듯이 물류가 원활해야 도시가 발전할 수 있다는 점에서 무척 뜻깊은 일이오.

'금융 중심지 부산'의 핵심 중추인 문현금융단지도 완공을 눈앞에 두고 있으니 함께 축하해야 할 일이 아니겠소. 부산이 서울과 함께 금융의 양대 축으로 발전하여 홍콩이나 싱가포르 못지않은 금융도시로 성장한다면 질 좋은 일자리 창출에 큰 도움이 되겠지요.

부산국제영화제는 지난 10년 동안 세계적인 영화제로 위상을 계속 높여왔지요. 특히 영화의 전당과 부산영상센터가 건립됨으로써 영화제는 물론 영상산업이 도약할 수 있는 발판을 마련했지요. 오랜 숙원이던 부산시민공원이 문을 열고, 송상현 광장과 동물원 '더파크'가 개장하면 시민들의 삶의 질을 높여주고 도시의 면모를 새롭게 하는 계기가 되지 않겠소.

지난 1월 신년인사회 석상에서 나는 "시드니, 리우데자네이루, 나폴리와 함께 부산을 세계 4대 미항으로 만들자"며 "4대 미항! 부산!"이라는 건배 제의를 했다오. 부산을 찾은 출향인들이 부산의 달라진 면모에 깜짝 놀라는 모습을 볼 때마다 '4대 미항 부산'이 결코 헛된 얘기는 아닐 것이오.

허 시장은 소리만 요란한 빈 수레와는 달리 조용하게, 차분하게 일을 추진하므로 일부 오해하는 인사들도 있었지요. 그러나 나는 허 시장이 '소리 없는 불도저'라고 생각하오. 금융중심지를 추진하면서 당시 금융감독위 금융정책국장을 찾아가 "부산을 도와달라"고 설득했지요. 그는 뒷날 장인인 나에게 허 시장의 소신과 추진력에 대해 깜짝 놀랐다고 하더군요.

허 시장이 시작한 동부산관광단지가 조성되고 추진 중인 오페라하우스가 건립되면 부산의 면모는 더욱 달라지겠지요. 부산의 발전을 위해 애쓰는 분들이 여럿이지만 그 중심엔 언제나 허 시장이 있었다는 사실을 시민들은 기억할 것이오. 무학 동문의 한 사람으로 무척 자랑스럽게 생각하오.

이제 두 달 남은 임기를 잘 마무리하여 유종의 미를 거두길 빌겠소. 퇴임하면 휴식을 취하며 무엇보다 건강을 돌보시기 바라오. 그리고 그동안의 경륜을 바탕으로 국민을 위해 좀 더 봉사할 수 있었으면 하는 바람이오. 제갈량이 말하기를, 모사재인(謀事在人)이나 성사재천(成事在天)이라고 하였소. 허 시장은 겸손하고 성실하니 하늘이 도와줄 것이오.

(2014년 4월 '무학춘추')

숲의 소중함을 되새기며

● ● ●

김용 세계은행(WB) 총재가 "기후변화의 위험성을 간과하면 10년 안에 물과 식량 전쟁이 일어날 수 있다"고 경고했다고 한다. 영국의 유력 신문인 가디언과의 인터뷰에서다. 김 총재는 "기후변화에 대응하는 노력이 실패하지 않고 성공했다면 지구 온도 상승을 2도 아래로 억제하는 일도 가능했을 것"이라고 강조했다는 것이다.

기후 변화는 지구촌에 놀라운 재앙을 가져올 수 있는 엄청난 아젠다가 아닌가. 하지만 일반인들은 실생활에선 둔감할 수밖에 없다. 이상고온 현상 탓에 벚꽃이 예상보다 열흘가량 빨리 개화했다든가, 여름에 국지성 집중호우가 잦아지고 태풍의 위력과 진로를 예측하기 어려워지는 사례를 겪고 나서야 어렴풋이 짐작할 뿐이다. 그러나 찬찬히 생각해보면 기후 변화는 우리의 삶과 너무나 밀접한 문제다. 제주도에서나 겨우 재배가 가능했던 아열대성 과일이 경남이나 전남 지방에서도 재배할 수 있게 되고, 대구가 주산지였던 사과는 이제 충북이나 경북 북부 지방에서 더 많이 생산되고 있다. 국민적 생선이라고 불리던 명태를 맛보기 어려워진 까닭도 해수 온도의 상승 때문이라고 한다. 기후 변화는 우리의 식생활에 직접적인 영향을 미치고 있다.

올해 우리나라는 중국발 미세먼지 때문에 봄 같지 않은 봄을 경험했다. 희뿌연 하늘은 우리의 정서에도 좋지 않을 뿐 아니라 건강에는 더욱 해롭다. 미세먼지 가운데 중금속 함유량이 높으면 여러 질병의 원인이 될 수 있을 것이다. 수년 전 중국 허난성 정저우(鄭州) 공항에서 상하이로 가려던 여객기가 뜨지 않아 여러 시간 동안 대기했던 경험이 있다. 바로 스모그, 미세먼지 때문이었다. 중국의 경제가 급속히 성장하고 보니 자동차 수가 늘어나고 각종 공단에서 내뿜는 대기오염도 미세먼지의 주요 원인이라는 것이다. 동일본 대지진으로 방사능 오염 공포를 겪었고, 중국발 미세먼지와 황사 피해를 앞으로도 상당기간 각오해야 할 처지다. 이웃 나라의 재앙이 우리나라에도 더 이상 '강 건너 불'이 아닌 세상이다.

얼마 전 한국의 '미래 숲 봉사단'이 중국 내몽골 자치구에서 '녹색장성'을 만든다는 보도를 보았다. 부산시 국제자문대사를 역임하기도 했던 권병현 전 주중대사가 대표를 맡은 이 봉사단은 세계에서 아홉째로 큰 쿠부치 사막 2500ha 면적에 13년 동안 나무 640만 그루를 심어왔다는 소식이다. 올해 60만 그루만 더 심으면 목표치 700만 그루가 달성돼 녹색 장성이 완성된다고 한다. 사막에 강한 수종을 골라 나무를 심기 시작하니 모래 먼지가 줄어들고 타 지역으로 이주했던 사람들이 다시 돌아온다는 것이다. "어차피 실패할 것"이라며 팔짱만 끼고 뒷전에 섰던 중국인들이 이젠 스스로 나무를 심는다고 한다.

2000여 년 전 진시황이 건설했던 만리장성은 북방 이민족의 침략을 막기 위한 것이었지만, 한국의 젊은이들과 중국이 함께 협력한 녹색장성은 사막 지역의 모래와 바람을 막고, 두 나라는 물론 지구촌 전체에 희망을 안겨줄 것이다. 나무를 심으면 물과 자원을 얻게 되고 토지의 황폐화를 방지할 수 있다. 국제협력 사업으로 이 보다 더 좋은 게 있을까. 이 단체는 장차 북한의 민둥산에도 나무 심기 사업을 하고 싶다고 한다. 남북이 어깨를 나란히 하여 민둥산에 나무를 심는 모습을 하루속히 보고 싶다.

중견 제약회사의 창업주인 김기운 옹은 재산을 사회에 환원하는 방안의 하나로 1968년부터 전남 강진군 민둥산에 나무를 심기 시작했다. 46년 동안 심고 또 심었다고 한다. 여의도 면적의 3배가 넘는 1천만㎡ 면적에 삼나무, 편백나무 등 17종 150만 그루로 늘어났다. 경제적 가치만 1,500억 원이나 된다고 한다. 올해 아흔네 살인 그는 죽는 날까지 나무를 심겠다는 포부다. 어린 묘목이 아름드리 나무로 자라나고 울창한 숲을 이루었을 때 그의 마음은 얼마나 뿌듯했을까.

숲 가꾸기는 몇 몇 육림가의 노력만으로는 부족하다. 정부와 지방자치단체가 미래에 대한 투자라고 생각하고 지속적인 관심을 기울여야 한다.

필자의 고향인 경남 진주시 이반성면에 자리 잡은 경남수목원은 58만㎡ 면적에 국내외 식물 2,700종을 수집 보관하고 있다. 다양한 테마시설과 가족단위 체험시설, 경관 숲, 물 순환시설 등을 조성하여 개방하고 있는 중이다. 경남수목원은 식물유전자원의 보존 증식, 식물 표본 수집 등 전문 연구기능도 하고 있지만, 일반인들에게 숲의 소중함을 체험하고 숲을 사랑하는 마음을 길러준다는 점에서 매우 의미가 있다. 산림박물관 로비에는 수령이 800년이나 된 함양 안의의 소나무 당산목과 진주시 내동면에서 온, 산림헌장이 양각된 느티나무 상징목을 볼 수 있다. 이런 노거수(老巨樹)들을 보면 인간이 얼마나 왜소한 존재인지, 자연에 대한 경외심이 저절로 우러나

온다.

의학전문가들에 의하면 자연 속에서 걷는 '그린 샤워(green shower)'를 하면 칼로리를 소비해 뱃살을 빼는 데 도움이 된다고 한다. 뿐만 아니라 정신적인 안정감을 얻어 스트레스를 정화, 관리시켜준다고 한다. 숲 속에서 15분 정도 걸으면 심리 안정을 유도하는 뇌파가 나오고, 행복감을 유발하는 세로토닌 분비가 늘어나며, 숲의 녹색이 눈 근육의 긴장도를 낮춰 피로감을 줄인다는 것이다. 음이온과 피톤치드가 풍부한 숲 속 공기를 들이마시면 얼마나 시원한가. 숲을 바라보기만 해도 면역 세포가 활성화돼 항암효과가 있으며 우울감을 낮춰준다는 연구 결과도 나왔다. 속도와 경쟁에 시달리는 현대의 도시인들에게 숲은 '만병통치약'과 같은 보물이 아닌가.

문제는 접근성이 좋아야 한다. 제주도의 사려니 숲이나 강원도 평창 월정사 전나무 숲이 아무리 아름다워도 자주 찾기는 어렵다. 거주지나 직장 가까운 곳에 공원이 있으면 점심 식사를 마치고 잠시라도 '그린 샤워'를 할 수 있을 것이다. 숲 속 산책을 하면서 심신을 치유한 직장인은 업무 효율을 훨씬 높일 게 아닌가.

부산의 경우 수목원다운 수목원, 공원다운 공원이 드물어 안타까운 심정이었다. 그런데 북구 화명동에 10년 동안 조성해온 화명수목원이 개원한 지 벌써 1년이 넘었고, 해운대구 석대동에 부산 수목원 공사가 시작되었다. 화명수목원은 편백나무 숲길과 시(詩)가 있는 관람코스가 조성되어 있어 '그린 샤워'를 하기에 안성맞춤이다. 11만m² 면적에 1,052종 19만 그루의 수목을 갖추고 있다. 미리 신청하면 숲 해설도 들을 수 있다고 하니 자연학습에 도움이 될 것이다. 금정산의 봉우리를 보고, 대천천 맑은 물소리를 듣고 갖가지

봄꽃들을 완상하면 가족 나들이 장소로는 더할 나위가 없다. 석대동 부산 수목원은 앞으로 공사를 몇 년 더해야 하니 어떤 모습일지 궁금하다. 혐오시설이었던 쓰레기 매립장이 친환경, 친자연적인 수목원으로 다시 태어날 수 있을지 자못 기대된다.

부산 시민으로선 가장 반가운 소식이 부산시민공원의 개장이다. 옛 하야리아 미군부대 부지였던 시민공원은 47만 3,279m² 규모인데, 부산 도심 한복판에 위치해 접근성이 뛰어나 많은 시민들이 찾을 것으로 예상된다. 부산 시민과 기업, 출향 인사들이 기증한 나무 등 모두 90여 만 그루를 심고, 전포천, 부전천을 생태하천으로 복원하였다고 한다. 세월이 흘러 숲이 무성해지고 잔디광장이 녹색으로 바뀌었을 때 뛰어노는 어린 아이들과 산책하는 시민들을 미리 떠올려보아도 흐뭇한 일이다. 일제의 시설물이었다가 미군의 주둔지로 사용됐던 우리 땅이 100년 만에 시민들의 품으로 돌아왔다는 역사성도 망각해서는 안 된다. 부디 미국 뉴욕의 센트럴파크 못지않은 명품 공원으로 잘 가꾸어서 후손들에게 길이길이 물려줘야 한다. 인간과 자연은 둘이 아니다. 곧 '불이(不二)'다. 그러므로 동체대비(同體大悲), 인간은 제 몸 돌보듯 자연을 보살펴야 한다. 숲의 소중함, 숲의 고마움을 되새겨보았다.

(2014년 4월 '환경시대')

삼성자동차 부산 유치 20주년

-최석철의 파워토크

● ● ●

네. 침체된 지역경제를 살리자는 일념으로 삼성차를 부산에 유치한 지 올해로 꼭 20년입니다. 지금의 경제상황이 20년 전과 크게 다르지 않다면, 과거에서 배울 점은 분명 있지 않겠나 싶습니다. '최석철의 파워토크' 오늘 두 번째 순서는 20년 전 상의 회장으로 삼성차 유치를 주도했던 분이죠. 강병중 넥센그룹 회장을 스튜디오에 초대했습니다.

- 안녕하십니까? 삼성차 유치 시민궐기모임으로 부산역 광장을 가득 메웠던 기억이 아직도 생생합니다. 삼성차가 있는 신호공단 보시면, 기분이 남다르시죠?

네. 사실 90년대 초가 부산경제가 가장 어려운 시기였습니다. 그때 제가 상의 회장이 돼 부산경제를 살리기 위한 제일 처음 추진한 사업이 삼성차 유치였습니다. 그러니까 벌써 20년이 됐다니 감회가 새롭죠.

- 상의 회장에 취임하시자마자 삼성차 유치에 공을 들이셨는데, 그만큼 지역경제가 어려웠다는 얘깁니까?

네. 우리나라 경제개발이 60년대부터 시작됐는데. 60년. 70년대에는 부산경제가 한국경제 전체를 이끌어나가는 견인차 역할을 했습니다. 그래서 삼성그룹, LG그룹, 대우그룹, 미원그룹이 다 부산에서 창업을 해서 잘 성장하다가 사실 부산이 그 당시에 그렇게 사업하기 여건이 안 좋았던 도시였습니다. 그래서 서울로 이전해 지금 다 성공했습니다. 재벌이 됐지요. 그러나 부산을 지키겠다고 한 기업들, 삼화고무, 동명목재, 국제상사는 결국 다 공장이 무너지고, 지금 그 자리에 아파트가 들어서 있을 겁니다. 그래도 80년대까지만 해도 신발 산업이 그 뒤를 이어줬기 때문에 부산경제는 괜찮았습니다. 그러나 1987년도에 민주화운동이 일어나면서 임금이 급격히 오르면서 신발 공장도 무너지기 시작했습니다. 태화고무, 진양화학도 그때 다 없어졌죠. 그리고 일부 남은 업체들은 해외로 떠났습니다. 그러니 부산에 제조업 공동화 현상이 일어났습니다. 그래서 시민들은 뭔가 성장 동력이 있어야 한다, 뭔가 이벤트가 있어야 한다, 이런 시기였는데 그때 제가 부산 상공회의소 회장 선거에 출마했습니다. 그래서 이런 내용을 알기 때문에 삼성자동차, 선물거래소 부산 유치를 공약으로 내세워 선거에 임했죠. 사실 자동차 산업은 2만 개의 부품으로 이뤄져 있기 때문에 그 연관 산업효과가 굉장히 큽니다. 이것을 아무것도 없는 부산에 가져오는 게 빨리 부산경제를 이끌어 발전시킬 수 있겠다 싶어 그런 생각하에 삼성자동차에 신경을 많이 쓰게 된 겁니다.

- 부산으로 봐서는 절실했고 출구가 필요했는데. 정부는 이 자동차산업에 새로운 가입, 신규 주자가 들어오는 걸 반대했지 않습니까?

그랬죠. 그때 5개 자동차회사가 있었습니다. 지금도 그 회사들다 있죠. 현대, 기아, GM, 쌍용, 아시아, 다 지금 잘하고 있습니다. 이 업체들은 삼성이 들어오는 걸 굉장히 반발하고 두려워했습니다. 그때 제가 상공회의소 회장을 맡았는데, 앞길이 사실 쉽지 않을 거라 생각했습니다. 1994년 4월 13일에 취임했는데. 부산시내 여러 가지 챙길 것 챙겨놓고 서울에 빨리 가야겠다. 이 문제를 해결하기 위해 우리 다시 새롭게 구성된 회장단과 함께 서울로 갔습니다. 아마 5월 초로 기억이 나는데. 가장 먼저 연락한 데가 제일 가깝게 지내는 홍인길 청와대 총무수석이었습니다. 마침 그 양반이 서울 효자동의 큰 한정식당을 하나 마련해가지고 점심을 같이 먹자더라고요. 그리 갔더니 청와대 비서관을 다 데리고 나왔어요. 근데 앉자마자 삼성자동차 얘기가 나왔는데 홍인길 총무수석이 야, 이미 물이 떠내려갈 것 같다, 빨리 움직이지 않으면 안 된다, 그런 얘길 먼저 시작하더라고요. 그러니까 한쪽에서는 이미 결정된 상황인데 어떻게 이걸 다시 하나, 괜히 괴롭히는 것밖에 안 된다, 다른 방향을 찾아라… 비서관들끼리도 사실 의견을 일치하지 못하고 왈가왈부하더라고요. 그래서 거기선 도저히 답을 못 얻고, 점심 먹고 나오면서 부산의 정문화 시장에게 이 얘길 알리고, 우병택 시의회 의장에게도 이 사실을 알렸습니다. 거기도 알아야 할 것 같아서요. 그리고 부산 상의 사무국장에게 알려서 언론에도 우리 상의가 강력히 이 부분에 반발한다는 얘길 하라는 얘길 하고, 최형우 당시 내무부장관실을 찾아갔습니다. 박재윤 청와대 경제수석, 김철수 상공자원부 장관과 시간을 잡아달라고 했더니 바로 잡아주더라고요. 나와서 청와대 들어가 박재윤 경제수석을 만났더니, 이미 결재가 끝난 상황, 발표만 안 했지 결재가 끝난 상황이었습니다. 안 된다고, 안 된다고 그래서 만났더니 하는 얘기가 아, 내가 힘이 없습니다, 도와주긴 도와줘야 하지만 도저히 힘이 없습니다, 그래요. 자꾸 힘없다는 얘기만 하더라고요. 학자 출신이고 해서 더 다그치진 못하고 바로 박관용 실장실로 갔습니다. 박관용 비서실장은 부산 발전에 상당한 관심을 가지고 부산 지도를 벽에 걸어놓고 도리어 나한테 설명을 해줄 정도로 관심이 있더라고요. 그래, 됐다 싶어서 우선 자동차 문제를 어른 만나면 얘기해달라고, 삼성차가 꼭 필요하다고 얘기해달라고 그런 얘길 하고 나왔습니다. 그런데 마침 우리가 비행기 타고 내려올 시간이 됐는데, 온 김에 이럴 게 아니다, 하루 자더라도 완전히 하고 가자, 그래서 조그만 호텔에 짐을 풀고 거기서 대책회의를 하고 나서 상의에 연락해 직인을 가져오라고 했죠. 그래서 성병두 부회장이 저녁 내내 탄원서와 건의서를 만들었습니다. 만들어서 그 다음 날 장관실을 먼저 갔죠. 김철수 상공자원부 장관실로 찾아갔는데, 거기는 불가 결정을 하는 장본인이라 주도적 역할을 하기 때문에 좀 강하게 얘기했습니다. 그랬더니 자기도 어떻게 될지 모르지만 힘닿는 데까지 돕겠다는 약속을 받고 건의서를 제출하고 나왔습니다. 그래 바로 청와대로 다시 가서 탄원서를 접수시키고 내려와서 사실은 2~3일 내로 불가하다는 결정을 해서 발표를 한다는 얘기가 있었고 실제 그렇게 하려고 했습니다. 혹시 그래도 발표 안 하지 싶은 생각은 있었는데 역시 발표 안 했습니다. 그때부터 본격적인 유치운동에 들어갔죠.

- 삼성차는 안 된다는 것을 일단 보류시킨 것만으로도 1차 성과인데, 기존 완성차 업계의 반발도 상당하지 않았습니까? 어느 정도였습니까?

사실 그쪽에서는 기존 5개 사가 만들어놓은 한국자동차공업협회라는 게 있습니다. 그 협회를 앞세워 반대 운동을 아주 심하게 했죠. 해외 사례를 가져와서 유명한 인사들에게 언론에 기고를 한다든지, 자기들이 심지어 길거리에 나와서 어깨띠를 매고 서명을 받는다든지 하는 게 언론에 나왔습니다. 그래서 우리도 거기 못지않게 해야 되겠다 생각해서 마찬가지로 유명한 분들 모셔다가 언론에 맞불을 놓고, 그리고 또 더 중요한 것은 부산에 자동차 부품회사가 많이 있었습니다. 이 사람들이 다 그쪽 편이었습니다. 그분들이 다 말깨나 하는 분들인데 다 상공회의소 회원사이고 저하고는 개인적으로 친한 분들입니다. 그래 할 수 없어가지고 부산부터 불을 꺼야겠다 싶어 그분들을 일일이 찾아다니면서 설득을 했습니다. 결국은 부산도 잘되지만 당신네들한테도 잘될 수 있을 것이다. 부산에 오면 아무래도 자기들에게도 연관이 돼 매출이 될 것이고 그러니 대의를 생각해서 도와달라 했더니 흔쾌히 승낙하더라고요.

- 당시 대통령 의중이 안 되는 방향이었고 기존업계가 반발했는데, 결국은 정부는 입장을 바꿨습니다. 어떤 과정을 거친 겁니까?

그게, 바꾼 게 사실 박재윤 수석에서 한이헌 수석으로 경제수석이 바뀌었습니다. 바뀌기에 이거 뭐가 낌새가 있다, 될 것 같다는 생각을 가졌습니다. 그리고 좀 있으니까 대통령이 호주 시드니로 APEC 정상회의 참석차 출국을 했습니다. 그때 한이헌 수석이 따라갔어요. 근데 비행기 안에서 기자들 모아서 간담회를 하는데, 이제 국제화가 아니고 폭을 넓혀 세계화를 해야 한다, 이제 해외 기업체도 받아들이고 해서 좀 더 크게 해 보자, 그런 식으로 막 아나운서가 멘트를 하더라고요. 그래서 아 돌아오면 틀림없이 된다, 그런 생각을 하고 있었는데 마침 순방 끝나고 돌아오셔서 12월 7일에 기술도입신고서가 승인됐죠. 승인되고 나서 삼성에서는 법인을 만들고

3년 후에 SM5 승용차가 탄생하게 됐습니다.

- 삼성자동차 공장을 부산에 유치하더라도 어디로 가느냐도 관심사였는데 신호공단은 매립지 아닙니까. 어떻게 여기로 가게 됐습니까?

 신호공단이 원래는 경남 쪽이었습니다. 그런데 경계조정을 하면서 대저 일대가 부산으로 편입이 됐습니다. 그러니까 부산시로서는 이 넓은 땅을 어떻게 활용하나 고심하던 중에 삼성자동차가 유치되니 바로 주게 된 것이죠. 그때 삼성에서도 부산 아니면 다른 곳에 간다고 6군데 검토를 해놨더라고요. 그중에 신호공단이 들어가 있어요. 자기들도 신호공단이 좋다고 생각했는데 그게 앞으로 신항만도 오게 돼 있고 그쪽에 부품공단도 많이 있었거든요. 그리고 녹산공단도 그때 비어 있었어요. 매립을 했는데 안 팔려가지고. 그러니까 자기들도 부품공장을 크게 해야 하는데 그것도 쉽게 계약이 될 것 같고, 사실 삼성전기가 녹산공단 8만 평을 그때 사서 지금 부품 지원을 하고 있습니다. 부산경제에 큰 역할을 하고 있는데, 뭐 그런 장점도 있었고 해서 아마 삼성도 부산이 좋다는 식으로 내용결정을 해놓은 것 같더라고요. 그러니까 우리도 유치운동을 하면서 삼성의 그런 반응을 알고, 또 이를 상당히 좋게 받아들이고 힘을 실어주는 결과가 됐죠.

- 삼성이 자동차 산업에 진출해야겠다는 생각을 한 게 80년대부터니까, 후보지로 부산을 찍어두고 추진한 거라 생각합니다. 삼성차가 우리차라는 인식을 준 게 택시가 먼저 분위기를 잡은 것 같아요?

 삼성차 하니까 시민들이 앞 다퉈 먼저 팔아주려고 하고, 부산시장도 관용차를 그거로 쓰고, 그리고 기관장들 다 그걸로 바꾸고, 저도 그걸로 바꾸고, 우리 회사도 다 그걸 타라 그러고, 부산 분위기가 그랬습니다. 사실 차가 또 좋았습니다. 초창기가 돼 일본에서 부품을 많이 가지고 들어오고, 상당히 오래 인기를 누렸습니다. 그래서 10개월에 4만 1천대까지 예약이 되고 팔리고 한 걸로 기억하고 있습니다.

- 경제 출구를 찾고 일자리 창출을 위한 것이었는데 실제로 삼성차 유치로 지역경제 분위기는 어떻게 달라졌습니까?

삼성차가 유치되니까 어떤 현상이 일어났느냐 하면 괴정, 하단 쪽에 저녁이 되니까 불야성을 이뤘어요. 식당, 술집, 노래방은 밤늦게까지 문을 열어놓고, 손님이 굉장히 많았지요. 서울에서 온 기술자들이 많으니까. 삼성차 직원이 많으니까. 당연히 그런 일이 일어날 거라 생각했지만 그 지역의 아파트도 동이 났습니다. 그러니까 이 사람들이 김해까지 갔어요. 김해 아파트 값이 오르고, 이런 현상이 일어나더라고요. 대기업 유치가 정말 지역경제에 미치는 영향이 크구나 생각해본 적이 있습니다.

- 경제가 살아나는구나, 되겠구나 하는 시점에 삼성차와 대우전자 빅딜 얘기가 나왔습니다. 유치에 공을 들인 만큼 실망도 컸을 것 같습니다.

사실은 가동한 지 채 1년이 안 돼 IMF가 터졌습니다. 나라 전체가 거덜이 난다고 해서 국민들이 상당히 걱정을 많이 하고 있을 때인데 정부에서는 빨리 구조조정위원회를 만들고 해외에 빚이 많은 회사부터 구조조정 해야 한다 발표하고, 특히 은행권에서 해외자금을 많이 쓰고 있었습니다. 은행권도 전부 구조조정 대상이 됐습니다. 그런데 부산도 동남은행이 거기 들어가지 않았습니까? 단자회사, 투자금융도 세 개나 들어갔습니다. 반도투자, 항도투자, 동해투자. 그게 다 없어졌습니다. 당연히 삼성자동차도 들어갔죠. 빚이 4조인데. 그래서 이것 때문에 전 시민이 전전긍긍했습니다. 저는 중앙에 다니면서 삼성차 유치할 때보다 더 뛰었습니다. 그때는 DJ정부였습니다. 강봉균 수석, 이헌재 장관, 뭐 실세들 다 만나서 어떻게든 좀 살려달라, 부산경제를 위해 필요하다 설득하고 다녔던 게 생각이 나죠.

삼성차 기공식 리셉션에서 이건희 삼성그룹 회장과 함께 향후 발전전망에 대해 이야기를 나누고 있다.

- 삼성차가 미래계획을 발표하면서 2010년까지 10조 원을 투자한다 그랬는데, 실제 투자금은 4조원만 됐고, 외국기업에 겨우 6,200억 원에 팔린 상황을 보셨는데요. 그래도 자동차를 살려두는 게 필요하다 판단하신 건가요?

빅딜이 된다 그러더라고요. 대우전자와 삼성을 맞바꾼다는 얘기죠. 그래도 우리는 살아난다는 거니까 다행이라 생각하고 또 대우가 가져가면 대우도 GM이 있었으니까 호환성이 있어 더 좋겠다는 생각도 가졌어요, 사실은. 그런데 이것도 무산되더라고. 빚이 많으니까 실무협상에서 그게 안 돼. 보니까 삼성은 빚을 다 넘기려고 하고 대우는 빚이 많아 안 되겠다고 하고. 결국은 무산됐는데 빅딜 이후에 보니까 이러고 있음 안 되겠다 생각해서 또 서울에 올라갔습니다. 실세를 만나고. 이헌재 금융감독위원장은 저하고 친해서 심도 깊게 얘기하고 도와달라고 하고, 강봉균 경제수석에게 또 가서 얘기하고. 그때 가서 얘길 뭐라고 했냐면 국내에서는 처리할 수 없다, 해외업체를 연결해 좀 받아달라, 그래야 정부 부담도 덜할 것 아니냐고. 그러니까 맞는 얘기거든. 거기만 얘기하면 안 될 것 같고 대통령을 만나야 할 것 같았어요. 마침 김원길 정책위 의장이 주에 2번씩 대통령에게 보고를 한다 그러더라고. 야 거기 좀 끼워서 얘기하면 안 되나. 기나려보라고 얘기가 된 것 같아요. 그래서 가서 얘기했습니다. 대통령 만나 직접 얘기했습니다. 사실 부산경제 참 어려워서 이제 하나 겨우 유치를 했더니 지금 이게 없어진다고 해서 부산은 지금 민심이 흉흉합니다. 지금 거기서도 광주가 어렵지 않습니까? 광주도 경제발전 시켜야 하지 않습니까? 그러기 위해선 이걸 갖다가 기존에 있는 것은 어떻게든 살려주세요. 그러시고 광주 쪽도 발전시키고….

- 대기업 유치로 지역경제에도 기여하게 됐고, 그 배경에는 수도권 규제도 있지 않겠습니까?

제가 1994년부터 상공회의소 회장을 세 번 연임하면서 제가 공약한 삼성자동차, 선물거래소 다 유치를 했습니다. 유치하면서 제가 느낀 것은 지금 수도권 개발을 묶지 않으면 이거 아무리 유치해도 소용없다는 결론이었습니다. 왜냐면 전부 다, 돈이고 사람이고 수도권에 빨대처럼 빨려들어 가는 중이었습니다. 예를 하나 들어보면 90년도에서 2010년까지 경기도만 1년에 30만 명씩 인구가 늘었습니다. 공단하나 만들면 시가 하나 생기고 상공회의소가 생기고. 그런 식으로 아마 하나의 시가 27개 시가 됐습니다. 그런 식으로 인구가 수도권에 몰렸습니다. 그러면 이거 묶지 않으면 안 된다, 그래서 김대중 대통령에게 강력하게 이야기했습니다. 광주도 살리고 부산도 살리고 지방을 살려야 하는데 수도권 정책을 바꾸지 않으면 절대 안 된다, 개발 못하게 해야 한다. 그랬더니 이 양반이 비서관에게 바로 지시해 그게 이뤄졌습니다. 법적으로 된 것은 1999년도인데, 수도권 정비법이 재개정이 돼 수도권에는 지금 공장 못 짓습니다. 공단 못 만듭니다. 그러니까 사람들 안 올라가는 거지 이제. 그대로 됐으면 지방에 사람이 남아 있을 수가 없습니다. 그래서 그 이후에 부산도 많이 좋아지고. 또 부산에 국제영화제도 생기고 해서 관광객도 최근에 많이 옵니다만, 부산이 달라졌다는 것을 부산에 사는 사람들은 잘 모릅니다. 외부 사람들이 말합니다. 부산이 이렇게 달라질 수 있느냐. 너무 깨끗하고 아름답다. 항만도시로 갖출 건 다 갖추고 아주 자랑스러운 도시가 됐다 말합니다. 제가 부산에 고향을 뒀는데 모처럼 부산을 다녀간 사람들을 만났습니다. 그 사람들이 놀라는 게 우리가 어릴 때 부산이 이렇게 될 줄 몰랐는데 이제와 보니까 너무 깨끗하고 좋은 도시다, 자기네들이 이탈리아 나폴리를 가봤는데, 나폴리가 세계 3대 미항 중 하나 아닙니까? 나폴리보다 훨씬 깨끗하고 아름답다, 4대 미항으로 만들어야 한다, 부산 사람들의 앞으로의 과제다, 이런 얘길 하고 가더라고요. 일리가 있는 것 같아 저도 연구해보겠습니다, 하고 말았지만 사실은 부산이 많이 달라졌습니다. 그게 수도권을 묶은 영향도 있고 부산시민이 혼연일체가 돼 자동차, 선물거래소, 영화제, 항만개발, 이런 산업들이 유치도 되고 발전되고 해서 이렇게 된 게 아닌가 생각합니다. 그런데 사실 이 지역 사람들이, 부산 경남 울산에 있는 사람들이 동남권의 사람들이 전부 다 큰일을 하려면 서울에서 합니다. 이걸 고쳐야 합니다. 일본에는 도쿄를 중심으로 한 간토경제권이 있습니다. 그런데 또 오사카를 중심으로 하는 간사이 경제권이 있습니다. 부산은 경제권이 형성이 돼 있지 않습니다. 수도권에만 경제권이 형성돼 있습니다. 오사카가 위치한 간사이 지방에 있는 사람들은 동경 안 갑니다. 거기서 일 다 봅니다. 한때 일본의 9대 은행 중에서 4대 은행이 그쪽에 있었습니다. 오사카 지방에. 중추관리 기능이 있어야 동경에 안 가는데 그중에 가장 중요한 것이 금융입니다. 마침 부산을 금융중심지로 육성하겠다고 정부가 법을 통과시켰습니다. 그래서 문현금융단지에 빌딩이 들어서고, KRX 한국거래소도 들어와 자리 잡고, 방계회사도 들어와 막 자리 잡았는데, 부산은 대기업이 없습니다. 이제 매출액 1조를 넘는 지방기업들이 나타납니다. 중추관리기능이 생긴다 그러면 그런 기업들도 계속 많이 생기지 않겠느냐 하는 생각을 해봅니다. 문현금융단지가 국제적인 금융지가 될 수 있도록 꼭 해주십사 부탁 말씀 드리고 삼성차 유치한 지 20년이 됐는데 저로서는 사실 뜻깊고 감회 깊습니다. 그동안에 삼성자동차 때문에 애쓴 분들이 굉장히 많습니다. 그분들에게 고맙다는 말씀 드리면서 저의 인사에 갈음하고 그분들에게 다시 인사드립니다.

- 출연해 주셔서 감사합니다.

(2014년 10월 KNN '파워토크')

3장

서부경남
대도약하자

$\cdots$

진주에서 태어나 어린 시절을 보낸 저자로서는 진주에 대한 그리움과 애틋한 마음이 절실하지 않을 수 없다. 경남의 수부(首府) 도시였던 진주는 1925년 도청이 부산으로 이전한 이후 쇠락의 길을 걸어왔다. 이에 비해 부산은 해양수산업과 목재, 신발 등 경공업의 발전으로 직할시, 광역시가 되었고, 울산은 1960년대부터 조선, 자동차, 화학공업의 중심지로 성장하였다. 그리고 창원은 신흥 계획도시로 건설돼 기계공업의 메카로 비약적 발전을 이루어 경남도청 소재지가 되었다.

진주를 비롯한 서부경남 주민들이 일자리를 찾아 대도시로 떠나는 바람에 인구는 줄어들고 이 지역 학교들은 신입생을 받기 힘들어 문을 닫기도 했다. 심지어 전국의 6대 낙후지역으로 꼽히는 불명예를 한때 안아야 했다.

그러나 2000년대 이후 이 지역은 항공우주산업의 중심지가 되었으며, 진주혁신도시가 건설되면서 공공기관들이 속속 들어서고 있다. 머지않아 진주에 개청될 경상남도 서부청사는 '서부 대개발'의 전진기지 역할을 맡게 될 것이다.

저자는 그동안 '북쪽에서 온 말은 북풍에 귀 기울이고, 남녘에서 온 새는 남쪽 가지에 깃든다(胡馬依北風 越鳥巢南枝)'라는 옛 시 구절처럼 고향발전을 염원하는 마음을 여러 언론을 통해 피력해왔다. 그리고 진주-부산발전협의회를 창립하고 공동 의장을 맡아왔으며, 재부 진주향우회를 통해 고향 사랑을 실천하고자 애써왔다. 개인적으로는 KNN문화재단과 넥센월석문화재단의 장학사업을 통해 고향의 인재를 육성하기 위해 미력이나마 보태왔다. 서부경남 발전을 위해 피력한 소견들은 지금도 여전히 유효하다고 생각한다.

서부경남도 100만 도시 만들어야 한다

●●●

가끔씩 들르는 고향마을 풍경은 초등학생 때 보았던 수십 년 전과 별반 다르지 않다. 조상대대로 살아왔던 진주 이반성면의 넉넉한 인심과 따뜻한 정도 변함없이 그대로여서 고향을 찾을 때면 나이를 잊고 동심으로 돌아가곤 한다. 그러나 잠깐 머무르다 떠나올 때면 늘 가슴 한쪽이 허전하다. 그 많던 청년과 학생, 어린 이들이 보이지 않기 때문이다. 그래서 떠난 사람들을 다시 불러들이고, 고향이 활기를 되찾을 방법은 없을까 하는 생각을 종종 해보기도 한다.

지난해 11월 부산, 울산, 경남 3개 시·도 광역의원들의 화합행사에 초청을 받아서 1시간여 강연을 하면서 "내 고향 진주가 너무 낙후돼 있다. 인근 지역과 통합하고 대규모 국가산업단지를 유치해서 100만 도시를 만들어보자"는 제안을 했다. 뜬금없이 한 이야기가 아니고, "부산·울산·경남은 뿌리가 같으니까 하나로 뭉쳐야 하고, 그렇게 해야 사람 돈 정보 등 모든 것이 한 곳에 모이는 수도권에 대항할 수 있는 경쟁력을 갖출 수 있다"는 '부울경 하나 되기' 주장을 하면서 했던 말이었다.

예전의 경남처럼 부울경이 다시 하나가 됐을 때, 서부경남의 대표도시인 진주가 부산, 울산, 창원과 어깨를 나란히 할 수 있어야 하고, 하나가 된 부울경은 울산, 부산, 창원, 진주 등 4개 대도시를 축으로 해서 발전할 수 있어야 한다는 이야기였다. 물론 인구 100만 대도시가 쉽게 만들어질 리는 만무하다. 인근 지역과 통합도 해야 하고, 끊임없이 일자리를 만들면서 인구를 늘리고 지역경제를 활성화시켜야 하는데, 이것이 말처럼 쉬울 턱이 없다.

그렇기는 하지만 가장 빠른 길을 찾는다면 전 세계가 공통적으로 사용하는 방법, 즉 공단을 만들고 대기업을 유치하는 것이 아닐까 싶다. 울산시나 창원시도 그렇게 국가산업단지를 기반으로 해서 각각 인구 100만 명이 넘는 대도시를 만들었다. 거제시도 공단에 조선소를 지어 급속히 발전하고 있다. 수도권 집중도 따지고 보면 공단 때문이다.

진주권도 대기업과 국가산업단지 등을 유치해 인구 100만 대도시로 만들어야 한다. 이것은 도청을 품에 안고 있었던 서부경남 대표도시로서의 자존심이고, 권리이기도 하다. 지금 진주 사천에 '경남항공국가산업단지'가 추진되고 있지만 이것만으로는 부족하다. 땅이 모자라면 매립을 해서라도 대규모 국가산단을 만들어야 한다. 국가산단 유치도 그렇지만 지역통합도 쉬운 일이 아니다. 세계 어느 지역에 있는 지자체들이라도 합쳐질 때는 지역주의와 세수 등 경제적, 사회적, 정서적 문제 등으로 갈등을 겪기 마련이어서 단기간에 융합되기는 힘들다. 마창진이 합쳐진 통합창원시만 하더라도 이 문제가 논의되고부터 성사가 되기까지 약 20년의 세월이 걸렸다.

그럼에도 불구하고 도시와 도시지역, 도시와 농촌지역의 지자체들끼리 합쳐져 더 큰 경제권을 형성하고, 또 광역지자체들끼리 합쳐져 더 큰 광역경제권 만들기에 나서고 있는 것이 세계적인 추세이다. 왜 지자체들이 독자적 생존과 발전보다는 합치는 길을 택하고 있을까? 단일 지자체의 힘만으로는 여러 가지 기능에 한계가 있고, 그렇다고 안주를 하면 타 지역에 밀려나기 때문이다. 그래서 인근지역과 연합하거나 통합해서 글로벌 경쟁력을 키우고, 효율을 높이고, 자율적이고 강력한 경제기반을 구축하려 하고 있는 것이다.

사업차 자주 찾는 오사카를 중심으로 한 일본 간사이(關西) 지방은 일본 제2의 경제권을 구축하고 있다. 그러나 도쿄를 중심으로 한 간토(關東) 지방과 격차가 자꾸 벌어지니까, 지난해 말에 광역지자체들인 7개 부(府)·현(縣)이 힘을 합쳐 더 큰 광역단체인 '간사이광역연합'을 일본 최초로 만들었다. 간사이광역연합은 산업진흥, 관광, 문화, 의료, 환경 등 주로 주민생활과 직결된 7개 분야의 행정사무를 공동으로 담당한다. 국제행사 때는 오사카, 교토, 고베 등 개별 도시 이름보다는 '간사이'란 명칭을 사용하고, 정부와의 문제에도 공동 대처한다. 인구 차이도 크고 산업구조도 다른 지자체들이 도쿄 집중을 막으면서 지역을 발전시키기 위해 '간사이는 하나다!'를 외치고 있는 것이다. 간사이뿐 아니라 지역이 연대해 경쟁력과 효율성을 높이는 것은 전 세계적 시대 조류가 되고 있다. 부울경도 힘을 합쳐야 하고, 진주권도 100만 도시로 만들어야 타 지역과 동반 성장할 수 있는 그런 시대가 됐다고 하겠다.

(2011년 1월 31일 경남일보 특별기고)

LH를 유치한 진주가 해야 할 일

● ● ●

정말 우여곡절 끝에 한국토지주택공사(LH) 본사의 유치가 확정됐다. 지역 국회의원들과 시장 등 진주 정치권 인사들이 많은 고생을 하면서 서로 호흡을 맞추었고, 이에 못지않게 각계각층 인사들과 전시민이 하나가 돼 강한 결집력을 보여준 덕분이라고 생각한다.

예전에 번창했던 진주가 지금은 강원도의 휴전선 접경지역 등지와 더불어 전국 6대 낙후지역이 돼 있는 처지여서 LH 본사의 유치 의미는 그만큼 크다고 하겠다. LH뿐 아니라 11개 기관도 함께 이전해서 혁신도시의 면모를 갖추게 된다. LH 유치 등을 발전의 주춧돌로 삼아 지도자들과 지역단체장들, 또 시민들이 힘을 합쳐 활력 넘치는 대도시로 변화시켜나가야 할 것이다.

특히 진주사천항공산업단지 조성에는 전력을 투구해야 한다. 항공산업단지외에 또 다른 국가산단을 조성할 수 있다면 더없이 바람직하겠지만, 현실적으로 한 지역에 2개 이상의 국가산단이 조성되기는 어렵다. 그래서 가능한 한 모든 방법을 동원해서 현재 80만 평규모인 항공우주산업단지를 300만 평 규모로 확대시키고, 이와 연관되는 기계산업단지도 함께 만드는 방안을 강구했으면 한다.

또 오랜 기간 지역경제가 침체돼 있는 진주로서는 전북처럼 자체적인 노력으로 기업을 많이 유치하겠다는 각오를 다져야 한다. 진주에 오는 기업이 많으면 많을수록 좋다.

전국 광역지자체 가운데 가장 적극적으로 대기업 유치를 하고 있는 곳이 전북과 충북이다. 두 지역은 현직 부지사 또는 전직 부지사가 팀을 이끌면서 직접 뛰어다니는 등 기업 유치에 모든 것을 걸다시피 하고 있다. 전북은 서울에도 수도권 기업의 유치를 전담하는 투자유치사무소를 설치하고, 삼성 출신의 전직 부지사가 팀을 이끌면서 대상 기업을 찾아다니고 있다. 대기업이 이전할 때에는 다양한 인센티브를 주면서 각종 지원을 아끼지 않는다. 진주시도 이를 벤치마킹을 해서 적극적이고 과감한 기업유치 전략을 세웠으면 좋겠다.

지금 세계는 제조업을 통한 일자리 창출에 혈안이 돼 있다. 미국은 실리콘밸리를 중심으로 많은 벤처기업들이 첨단기술을 끊임없이 개발해왔으나, 생산 현장이 중국 등 아시아로 옮겨지는 바람에 심각한 문제가 되고 있다. 제조업의 기반 없이는 지역 발전이 그만큼 어렵고, 역으로 제조업 기반만 든든하면 지역 발전을 담보할 수가 있다는 의미가 되겠다.

다행히도 진주는 LG, GS 등 재벌그룹 창업자들의 고향이다. 출향인들과의 이런 인연을 활용해 큰 공장들을 유치할 수 있다면 지역 발전을 앞당길 수 있을 것이다.

예전의 경남은 부산, 마산, 진주 등 3대 축이 중심이었다. 그러나 지금은 진주를 제치고 부산, 울산, 창원 등 동쪽만 발전을 했다. 이제는 진주가 예전의 위상을 되찾아야 한다.

서부경남의 대표도시 진주의 발전은 부울경 및 국토의 균형발전을 위해서도 꼭 필요하다. 부산, 경남, 울산이 예전처럼 하나가 되기 위한 노력은 지역 곳곳에서 감지되고 있고, 경남지사와 부산시장도 부울경 통합을 위한 준비 작업을 소홀히 하지 않는 것으로 알고 있다. 이런 때에 서부경남의 축을 담당할 수 있도록 진주를 발전시켜서 앞으로 동남경제권이 진주를 포함한 4대 축을 중심으로 발전할 수 있도록 해야 하겠다.

부울경 통합 논의는 수도권과 부울경 지역의 격차가 갈수록 커지는 상황에서 나왔다는 점을 주목해야 한다. 지난해 말 일본의 오사카를 중심으로 한 간사이 지방의 7개 광역단체들이 광역행정을 담당하는 간사이광역연합을 발족시켰는데, 그 첫 번째 목표가 자꾸 벌어지는 도쿄 등 수도권과의 격차를 줄이자는 것이었다.

LH 본사 유치는 진주로서는 대사건이다. 유치 과정에서 보여준 정치권을 비롯한 각계각층 인사들과 시민들이 만들어낸 엄청난 결집력은 앞으로도 제2, 제3의 이벤트를 만들어낼 것으로 기대하고 싶다.

인정하기는 싫지만, 인구만 기준으로 할 때 지금의 진주시를 경기도에 옮겨놓으면 도내 13번째 도시밖에 되지 않는다. 진주가 LH 유치를 계기로 침체된 분위기를 털어내고 획기적인 발전을 할 수 있어야 한다. 그래서 사람이 다른 지역으로 빠져나가는 도시에서 찾아오는 도시로 바꾸어야 하겠다.

(2011년 6월 22일 경남일보 특별기고)

진주에서 동남권 활력 찾자

●●●

수도권의 위세에 가려져 빛을 발하지 못하고 있지만, 경남은 대단한 지역이라고 할 만하다. 1960년에 처음으로 인구가 400만 명 이상으로 늘었으나, 불과 3년 후인 1963년 1월 부산이 직할시로 승격하면서 136만 명을 분가시키고 인구가 317만 명으로 크게 줄었다. 그 후 30여 년이 지난 1996년에 다시 400만 명을 넘어섰으나, 그 다음 해인 1997년 7월 울산이 광역시로 승격하면서 또다시 101만 명을 분가시켜주고 305만 명으로 줄어들었다.

행정구역을 바꿨는데도 현재 인구가 330만여 명으로 경기, 서울, 부산에 이어 전국 4위다. 또 지역 내 총생산(GRDP)은 서울, 경기에 이어 3위로, 경남보다 인구는 많으나 6위에 머문 부산을 앞지른다. 울산도 전국 16개 시·도 가운데 인구는 15위이지만 GRDP는 7위다.

현재의 경남은 물론이고 예전에 분리되기 전인 경남, 즉 부울경 또는 동남권이라고 부르는 지역의 이처럼 대단한 힘은 현재까지는 수도권을 제외하고 따라오는 지역이 없다. 그래서 필자는 1990년대부터 부울경의 힘을 합쳐 수도권에 대칭되는 지역을 만들자고 주장해왔다.

그런데 부울경에서 소외된 지역이 있다. 진주를 중심으로 한 서부경남이 그곳이다. 동쪽 울산에서 시작되는 공업벨트는 양산, 김해, 창원, 거제까지 이어지다가 서부에까지 오지 못하고 중부경남에서 그냥 뚝 끊어진다. 서부경남의 중심도시인 진주까지 공업벨트가 뻗어나가지 못하고 있는 것이다. 그 바람에 서부경남은 강원도의 휴전선 접경지역 등지와 더불어 전국 6대 낙후지역이라는 수모를 당하고 있다.

1995년 진주시와 진양군이 합쳐진 당시의 진주통합시 인구가 33만 명을 조금 넘었는데, 지금 인구도 그때와 비슷하다. 예전에 경남이 하나였을 때 상당 기간 경남의 도청 소재지였던 진주는 부산, 마산과 함께 3대 도시였고, 그때는 동부, 중부, 서부 이렇게 경남 전체가 균형을 이루었다. 그러나 그 균형이 깨어진 지가 오래됐다. 진주를 뒤에 남겨놓고 부산, 울산, 창원 등 동쪽만 발전했던 것이다. 필자의 고향인 진주 이반성면은 수십 년 전이나 지금이나 똑같은 모습의 전형적인 농촌지역인데, 인구만 대폭 줄었다.

그런 진주가 조금씩 변하고 있다. 우여곡절 끝에 진주 정치권과 각계각층 인사들, 또 모든 시민이 하나가 돼 한국토지주택공사(LH) 본사를 유치했다. LH뿐 아니라 11개 기관도 함께 이전해서 혁신도시의 면모를 갖추게 된다. 여기다 진주 사천에 80~90만 평 규모의 '경남항공국가산업단지' 조성 사업이 추진되고 있다. 1980년대 대동공업이 떠나면서 제조업이 활기를 잃은 이후 정말 오랜만에 보는 공업화 바람이다. 대기업 계열사도 들어오고 있다.

그러나 이것만으로는 많이 부족하다. 가능한 한 모든 방법을 동원해서 현재 80만 평 규모인 항공우주산업단지와 연계되는, 기계 등 다른 업종의 산업단지들을 함께 만들어 300만 평 규모로 확대할수 있는 방안을 강구해야 할 것이다.

지금 세계 각국의 화두는 제조업을 통한 일자리 창출이다. 실리콘 밸리를 중심으로 많은 벤처기업들이 첨단기술을 끊임없이 개발해온 미국도 생산 현장이 중국 등 아시아로 이동하는 바람에 일자리 창출에 혈안이 돼 있다. 의욕을 갖고 동분서주하고 있는 진주의 제조업 확장에 동남권 전체가 관심을 기울였으면 하는 바람이다.

　　공단의 신설과 확장을 통해 일자리를 만드는 것과 더불어 서부경남의 몇 개 시·군이 통합을 해서라도 중심도시의 인구를 100만 명 수준으로 늘리는 것도 경쟁력을 높이는 방안이 될 수 있을 것이다. 부울경 통합이 자주 거론되는 시기여서 서부경남의 지자체 통합에 대한 긍정적 검토가 필요하다고 생각된다.

　　진주를 명실상부한 서부경남 축이 될 수 있도록 발전시켜 동남권 공업벨트에 들어가게 하고, 동남경제권이 부산, 울산, 창원, 진주 등 4대 축을 중심으로 발전할 수 있기를 희망한다. 전체 국토의 균형발전이 중요하듯, 부울경의 균형발전도 이에 못지않게 중요하다.

(2011년 10월 12일 국제신문 CEO 칼럼)

진주시민상 수상

서부경남은 하나다

● ● ● ●

진주 인근 지역에 사는 사람들은 물론이고 타지방 사람들도 '서부경남'이란 말을 자주 쓴다. '중부경남'이나 '동부경남'이란 말도 물론 있지만 그렇게 자주 사용하지는 않는다. 여러 가지 이유가 있겠으나 그만큼 서부경남의 지역적 특색이나 일체감이 강하다는 의미로 볼 수 있겠고, 지역과 지역민들이 공유하는 역사, 문화, 생활의 토양이 같다는 것으로 받아들여도 무방할 것이다.

경남도청이 있을 때만 해도 진주와 서부경남은 어느 것 하나 부족함이 없었다. 그러나 산업화 이후에는 오랜 기간 낙후지역이란 부정적 이미지도 갖게 됐다. 가장 큰 이유는 말할 것도 없이 큰 기업이 없고, 창원, 울산 같은 국가산업단지가 없기 때문이다.

울산, 창원, 김해, 양산, 거제 등지에서 공장을 짓고, 일자리를 만들고, 인구를 늘릴 때도 진주의 인구는 늘 제자리걸음이었다. 1995년 진주시와 진양군이 합쳐진 당시의 진주통합시 인구가 33만 명을 조금 넘었는데, 지금 인구도 그때와 비슷하다. 서부경남 대부분의 시·군은 인구가 오히려 줄어들었다.

이렇게 경제가 허약하던 진주에 한국토지주택공사(LH) 등 11개 공공기관의 이전이 올해부터 본격화 된다. 또 뿌리산업기술혁신센터가 들어서고, 융합소재 세라믹 산업화 기반이 조성된다. 대기업

계열사도 계속 유치되고 있고, 진주, 사천에는 '경남항공국가산업단지'가 추진되고 있다.

정말 오랜만에 불고 있는 산업화를 향한 뜨거운 바람이다. 그래서 진주가 새로운 성장동력을 얻어 글로벌 산업거점 도시가 될 수 있을 것이라는 기대를 갖게 한다.

그러나 이것만으로는 부족하다. 동남권 공업벨트를 이끌고 있는 부산, 울산, 창원과 한 번 비교해보자. 기업도, 공장용지도, 인구도 모두 크게 모자란다. 진주와 서부경남은 힘을 합쳐 공장용지를 만들고, 대기업을 유치하고, 인구도 크게 늘려서 동남경제권이 동부, 중부, 서부에서 균형 있게 발전하도록 만들어야 한다.

지금 세계 각국의 화두는 경제이고, 경제의 중심은 제조업을 통한 일자리 창출이다. 또 하나는 인근 지자체들끼리 서로 힘을 합쳐 광역경제권을 만들어 부족한 부분을 서로 메워주며 상생발전을 꾀하고 있다는 것이다.

지난 2010년 12월 일본에서는 오사카부를 중심으로 해서 7개 광역지자체들이 '간사이는 하나다'란 구호를 외치면서 일본 최초의 광역행정조직인 간사이광역연합을 출범시켰다. 광역단체장 기초단체장 광역의원 기초의원들의 소속 정당이 다르고, 지자체별 이해관계가 달랐지만 서로 힘을 합쳤다. 간사이 지방의 대기업들이 도쿄 등 수도권으로 자꾸 빠져나가면서 지역경제가 위축되자 수도권에 맞서는 광역경제권을 만들어 지역경제를 활성화시키고, 지방분권을 강화하자는 것이 연합의 목표이다.

그런데 이 광역연합에 지역적으로 따져 볼 때는 간사이 지방이 아닌 인근의 2개 광역지자체들까지 동참했다. 말하자면 서부경남 연합을 만드는데 전남 광양시나 전북 장수군이 경제를 살리기 위해 참가한 셈이다.

나는 오래전부터 부산, 경남, 울산의 경제가 하나로 이어지는 동남광역경제권과 3개 시도의 인구 800만 명이 합쳐지는 '부울경 특별시'를 주장해왔다. 또 진주가 대기업을 유치하고 인근 시·군을 통합해서라도 100만 명 수준의 대도시가 돼야 하고, 동남권이 부산, 울산, 창원, 진주 등 4대 축을 중심으로 해서 발전해야 한다는 말을 해왔다. 진주 따로, 인근 시·군 따로 발전한다고 해도 발전이 되지 않을 리는 없다. 그러나 덩치를 키우고 힘을 합치면 그만큼 발전이 빨라질 것이다.

우리 사회의 많은 부분이 달라졌지만 서부경남은 예전에도 하나였고, 지금도 하나다. 지금은 지역과 지역이, 공단과 공단이 연결돼 시너지를 만들어내면서 국내외의 다른 광역경제권과 치열하게 경쟁을 하는 시대다. 그래서 서부경남 지역주민들의 정서가 오랜 기간 하나가 돼 있다는 것 자체가 큰 재산이라고 할 수 있다. 서로 먼저 양보하면서 신뢰를 쌓고, 힘을 합치면 상생은 저절로 이뤄질 것이다.

(2012년 2월 22일 '진주소식')

진주를 활짝 열린 도시로

●●●

필자의 고향은 진주지만, 사는 곳은 부산이다. 부산이 경남에 속해 있던 시절에 부산에 와서 지금껏 생활하고 있다. 진주 출신 향인들이 부산에만 약 30만 명이 살고 있는데, 재부산진주향우회 등이 중심이 돼 '진주 출신'과 '진주 사람'의 모임도 비교적 자주 갖는 편이다. 그러다 보면 진주에 대한 이런저런 이야기를 나누게 된다.

두세 달 전에 진주상공회의소 회원들과 재부산진주향우회 회원들의 친선모임에서는 부산에 있는 향인들이 고향을 생각하는 마음을 담아 진주·부산 발전위원회를 만들자는 의견이 나오기도 했다. 부산 쪽의 발전위원회가 만들어지면 향인들이 더 많고 영향력이 더 큰 서울 쪽에서도 발전위원회가 만들어질 것이고, 고향의 발전에 조금이라도 도움이 되지 않을까 하는 등의 이야기를 나누었다.

이런 모임에서 간혹 '진주가 지나치게 보수적이다'는 이야기가 나오면 모두 공감을 한다. 만약 지역의 개성이나 특성, 정체성 등으로 순위를 매긴다면 진주는 틀림없이 전국 도시 가운데 최상위권에 들 것이다. 진주뿐 아니라 서부경남도 개성이 뚜렷하다. 그러나 진주와 서부경남이 이 소중한 역사와 전통, 개성과 특성을 십분 활용하고 있는가 하는 점에서는 많은 의문이 든다.

진주가 과연 전통을 기반으로 지역의 힘을 한곳에 모아 늘 새로운 가치와 문화를 재창조하는 도시인가? 새로운 일자리를 자꾸 만들어내는 생산적 도시인가? 하는 물음에는 답변이 망설여진다. 혹시 전통과 보수가 다양성과 변혁으로 가는 길을 막고 있는 것이 아닌가? 또는 개방적이고 열린 도시로 가는 길에 장애가 되고 있지는 않은가? 하는 걱정을 할 때도 있다.

　필자가 어렸을 때 경남이란 행정구역에는 현재의 부산, 울산지역이 함께 들어 있었다. 그리고 도시는 진주, 마산, 부산 이렇게 세 곳뿐이었다. 진주, 마산, 부산은 각각 경남의 서부, 중부, 동부를 대표했고, 그래서 경남은 균형을 이루며 발전할 수 있었다. 지금은 동부와 중부만 발전해 있고, 서부는 그대로다. 서부경남은 오히려 인구가 줄고 있다.

　진주는 예전부터 교육 문화도시임을 자랑스럽게 여겨왔다. 그런데 교육 문화도 지역 생산성이 받쳐주지 않으니까 빛이 나지 않는다. 지금은 딱히 교육 문화도시를 강조할 수 있는 처지도 아니다. 교육에 대한 지역의 관심 하나만 놓고 본다면 거창이나 창녕 쪽의 열의가 진주 못지않다. 문화도 그렇다. 부산, 창원, 울산 등 인구 1백만 명 이상의 대도시들도 하나같이 문화도시를 지향하고 있다.

　다른 지역이 이렇게 장족의 발전을 하는 동안 진주와 서부 경남은 원래의 자리를 지키지도 못했다. 진주가 이렇게 침체된 원인은 무엇일까? 지역이 나빠서도 아니고, 땅이 없어서도 아니다. 또 인물이 없어서도 아니다. 아무리 생각해보아도 명확한 답은 얻기 힘들지만, 지나친 보수 성향이 영향을 미친 것만은 분명하다고 모두 그렇게 이야기하고 있다

　다행히 근년 들어 진주의 문이 조금씩 열리면서 지역의 전체 분

위기도 빠르게 변하고 있다. 한국토지주택공사(LH) 등 11개 공공기관의 이전이 본격화 돼 혁신도시가 만들어지고, 뿌리산업기술혁신센터가 들어서고 있다. 또 GS 등 대기업 계열사와 유망 중소기업도 계속 유치되고 있다.

진주와 서부경남에는 아직 큰 국가공단이 하나도 없지만, 진주가 문을 지금보다 더 활짝 열고 기업을 받아들이면 하루가 다르게 발전을 해나가지 않을까 생각한다. 이웃 지방자치단체들과도 마음을 열고, 줄 것은 주고 받을 것은 받으면서 공동발전을 해야 한다. 대단위 공단 조성과 같은 큰 사업을 하면 정부와 경남도가 도와주고, 이웃에 있는 지방자치단체들도 도와줄 것이다. 많은 지원금과 보조금을 주면서까지 수도권 및 타 지역 기업을 적극 유치하고 있는 전북과 충북의 사례도 눈여겨볼 필요도 있을 것이다.

고향을 위해 한 일이 별로 없는데 올해 진주시민상을 수상하게 됐다. 미력하나마 여생을 고향 진주를 위하는 일에 힘쓰고 싶다. 그리고 진주 도시브랜드 가치를 높여나가는 일에 출향인들과 함께 동참할 수 있었으면 좋겠다는 생각도 해본다.

(2012년 10월 5일 경남일보 특별기고)

진주·부산발전협의회 창립과 과제

● ● ●

지난 16일 오후 진주와 부산을 잇는 다리 하나가 놓여졌다. 진주가 고향인 사람들과 현재 진주에 살고 있는 사람들이 함께 진주·부산발전협의회를 만든 것이다. 그 다리는 진주의 발전을 위한 것이었고, 다리를 만든 사람들은 진주 사람들이었다.

이 협의회는 고향 진주가 서부경남과 함께 전국의 대표적 낙후지역이란 말을 듣는 것을 안타깝게 여긴 부산 향우들이 진주상공회의소 등과 협의해서 발족시킨 기구로 진주의 발전, 또 진주·부산의 상생 협력에 앞장선다는 취지로 만들어졌다. 협의회 창립식장에서는 '북 평양·남 진주'라 불렸던 진주의 명성과 영광을 되찾자는 열기가 매우 뜨거웠다. 부산과 진주의 경제인들이 중심이 됐고, 부산시장과 진주시장, 진주 출신 국회의원을 비롯한 기관·단체장과 각계 인사들이 동참해 한목소리로 '진주의 경제발전'을 외쳤다.

뜻밖에도 공동의장을 맡게 된 필자로서는 왜 진주는 발전을 하지 못했는가? 하는 말을 한 번 더 하게 된다. 각계각층의 리더들을 무수히 배출했고, 한국의 대표적 기업의 창업자나 오너들을 많이 배출한 지역이 진주와 서부경남이다. 지역이 나빠서도 아니고 인물이 없어서도 아닌데 진주는 이웃에 있는 여수나 광양, 또 함안보다도 발전이 훨씬 더디다.

이 정부 들어 새로 생겨난 국가산업단지만 해도 대구, 경북 구미, 포항, 광주(전남 함평), 충남 서천 등 5곳이다. 각각 수천억 원에서 조 단위의 예산이 투입되는 첨단산업단지들로 정부 지원을 받아 대부분 2년 이내에 공사를 끝내고 업체들을 입주시킬 예정이다.

그런가 하면 경기도 평택시는 삼성전자의 수출용 반도체 라인 등이 들어설 120만 평 일반산업단지를 경기도와 함께 조성하고 있다. 기반시설 설치에 국비도 5,600억 원 지원을 받는다. 삼성전자는 100조 이상을 투입해 국내외 공장 가운데 최대 규모로 건설할 계획이며, 3만개 정도의 새 일자리를 예상하고 있다. 진주처럼 낙후돼 있던 광주도 2000년도부터 삼성전자 백색가전공장이 온 후로 제조업이 활기를 띠면서 호남을 선도하는 기술개발 및 산업생산기지로 변모했다.

진주는 경제가 침체돼 있고, 일자리 구하기가 힘든 도시라면 적어도 전국에 40개나 있는 국가산업단지 하나 정도는 가져왔어야 했고, 또 삼성전자 반도체 같은 큰 공장을 유치하기 위해 전력을 다했어야 했다. 물론 이런 일은 진주시 혼자의 힘으로 할 수 있는 것이 아니라 경남도가 같이 나서주어야 한다.

그래서 왜 진주는 발전하지 못했는가를 진주 사람들이 함께 모여 반성도 하고 해결책도 찾자는 것이 발전협의회의 설립 목적이다. 혁신도시 건설과 잇따른 기업 유치를 통해 변화하고 있는 진주가 더 큰 발전을 이룰 수 있게 지원하자는 것에 다름 아니다. 진주 시민과 진주 출신 향인들이 힘을 합쳐 각계의 협조와 지원을 얻어낸다면, 진주에도 분명히 국가산단이 들어서고 대기업이 유치될 수 있다고 믿는다.

진주·부산발전협의회는 진주가 지나치게 보수적이라는 이미지를 털어내고 다른 지자체와 원활한 협력과 상생을 하는 데도 도움을 줄 것이라 생각된다. 일본과 EU(유럽연합)을 비롯한 세계 각국의 지자체들이 지역 경쟁력을 높이기 위해 이웃 지자체는 물론이고 외국의 지자체와도 협력, 연합, 통합을 하고 있다. 필자는 평소 진주를 경쟁력을 갖춘 인구 1백만 이상의 도시로 만들어 동·중·서부 경남이 균형발전을 해야 한다는 주장을 해오고 있다. 그렇게 되려면 마음을 열고 인근 지자체와의 상생하겠다는 의지도 필요하다.

강병중 회장의 주도로 열린 제1차 부산발전협의회 광경

진주·부산 발전협의회처럼 지역 상공인들과 출향인들이 지역발전을 위해 공식기구를 만든 예는 거의 없다. 공동의장인 하계백 진주상의 회장은 창립식장에서 "새로운 진주의 1000년을 위한 출발점으로 만들고, 진주 부산이 서로 돕는 아름다운 동행을 다짐하는 자리"라고 의미를 부여하면서 울산, 창원, 서울 등지로 확대시키겠다는 의욕을 보였다.

1인당 GRDP(지역내 총생산)가 경남 시·군 가운데 최하위권인 진주는 왜 1인당 5만 달러에 육박하는 울산시나 3만 5천 달러를 넘어선 거제시와 같은 발전을 하지 못하고 있는가. 공단을 만들고 소득을 높여 사람들이 몰려드는 도시로 만들어야 한다. 인근 시·군과 합쳐서라도 시민이 잘 사는 100만 도시를 만들어내야 한다.

(2012년 11월 29일 경남일보 특별기고)

홍준표 경남지사에게 바란다

● ● ● ●

새해에는 새 정부가 들어선다. 경남도에는 홍준표 도지사가 취임해 업무를 시작했다. 어느 지역이든 마찬가지이겠지만, 진주시민들과 서부경남 주민들의 최대 관심사도 역시 지역 발전과 연관된 현안 사업일 것이다.

특히 서부경남 주민들의 기대는 그 어느 때보다 크다. 홍 지사가 경남의 균형발전을 강조했고, 사천·진주 항공산업국가산단의 지정과 경남도 제2청사 설립을 약속했기 때문이다. 그래서 경남도청을 1925년 부산으로 넘겨주고, 산업화시대 이후에도 발전 계기를 찾지 못해 소외돼왔던 진주 시민과 서부경남 주민들은 설레는 마음으로 변화를 기다리는 듯하다.

홍 지사가 강조하는 균형발전은 중·동부 쪽만 발전해온 경남을 서부 쪽도 발전하게 만들어서 지역 간 균형을 이루자는 것에 다름 아니다. 수도권 집중으로 인해 지방이 피폐해지자 국가 차원에서 국토균형발전을 위한 갖가지 법과 정책이 나왔듯이, 지역 간 빈부 격차가 큰 경남의 전체 균형발전을 위해서도 서부경남을 위한 특단의 대책이 필요하다는 뜻이라고 해석된다.

특히 새로 취임한 홍준표 경남지사가 가능하면 빠른 시일 안에 사천·진주 항공산업국가산단 지정을 마무리해서 서부경남의 새로운 성장 동력으로 삼겠다고 밝힌 것은 매우 고무적이다. KAI 민영화와 관련해서도 바람직한 해법을 찾겠다고 했다.

오랜 기간 낙후돼 있던 진주와 서부경남의 발전을 앞당기기 위해서는 경남도 제2청사도 꼭 필요하지만, 그보다 더 중요한 것이 국가산단이다. 상식적인 이야기가 되겠지만, 울산과 창원이 급속한 발전을 이룰 수 있었던 것은 박정희 대통령 시절에 중화학공업 위주의 국가공단, 즉 국가산업단지가 만들어졌기 때문이다. 거제가 전국에서 손에 꼽히는 부자도시가 될 수 있었던 것도 조선업 발전을 위한 국가산단이 들어섰기에 가능했다. 그러나 그 이후에는 경남에 큰 국가공단이 조성된 적이 없고, 서부경남은 방치되다시피 했다.

이런 이유로 진주와 서부경남에는 전국에 40개나 되는 국가산단이 하나도 없다. MB정부 들어서도 경북 포항 블루밸리와 구미 하이테크밸리, 대구 싸이언스파크, 광주, 전남 함평의 빛그린산업단지, 충남 서천 장항국가산업단지 등 모두 5개의 국가산단이 새로 지정됐으나 진주와 서부경남은 여기에서도 제외됐다.

진주가 일자리가 부족하고, 젊은이들이 떠나가고, 그래서 발전이 없는 도시가 된 것은 국가산단이 없고 공장이 적기 때문이다. 진주를 먹여 살릴 수 있는 중심 산업, 특히 많은 일자리를 창출할 수 있는 제조업은 없다시피 했다. 근년 들어 한국토지주택공사(LH) 등 11개 공공기관의 이전이 시작돼 혁신도시가 만들어지고, GS 등 대기업 계열사와 유망 중소기업이 유치되고 있는 것은 그나마 다행한 일이다.

그러나 이것만 가지고는 우리나라의 대표적 낙후지역으로 남아 있는 진주와 서부경남의 문제를 풀기에는 부족하다. 때문에 진주와 서부경남이 절실히 필요로 하는 국가산업단지 지정은 무엇보다 앞서 해결해야 할 과제라고 하겠다. 전국 곳곳에서 국가산단 지정을 신청해놓고 있어 경쟁이 치열한데다, 지정이 됐을 경우에도 완공에 이르기까지의 기간을 최대한 단축시켜야 한다는 과제가 남는다. 국토균형발전을 위해 수도권을 억제한 '수도권정비계획법'이 조금씩 완화되고 있어 지방의 대기업 유치는 더 힘들어질 가능성도 있다.

홍준표 지사에게 하나 더 부탁을 드린다면 먼 장래를 보고 항공산업국가산단 외에도 서부경남에 국가산단이 하나 더 들어설 수 있도록 해달라는 것이다. 진주와 서부경남의 국가산단 전체 면적이 300~500만 평 정도는 돼야 서부경남 발전을 빠르게 견인할 수 있을 것이다.

경남도청을 품고 있던 진주와 서부경남이 휴전선 부근이나 강원도 폐광촌 등과 함께 낙후지역이라는 말을 듣는 것은 누가 보아도 납득하기 어렵다. 매립을 하거나 산을 깎더라도 국가산단을 계속 만들어 대기업의 큰 공장이 진주에 오게 해야 하고, 진주를 사람이 떠나가는 도시에서 몰려오는 도시로 변모시켜야 한다. '당당한 경남시대'를 새 도정 지표로 내건 홍준표 지사가 서부경남 주민과 함께 고민하면서 경남 서부에도 100만 명 도시가 만들어지고, '당당한 서부경남시대'가 펼쳐질 수 있는 초석을 놓아주길 희망한다.

(2013년 1월 18일 경남일보 특별기고)

진주 미래 걸린 항공산업 국가산단

● ● ●

먼저 민선 5기에 이어 민선 6기 시정을 맡게 된 이창희 진주시장에게 축하의 인사를 드린다. 지난 6·4 지방선거는 지역발전을 위한 방향을 모색하고 시정의 적임자를 찾으려는 성격 보다는, 세월호 참사의 여파로 중앙정부에 대한 중간평가의 성격이 짙어지고 말았다. 이런 까닭에 집권여당의 후보로 나선 이창희 시장도 힘겹게 선거운동을 펼쳤으리라 생각된다. 여하튼 이 시장의 재선은 당선소감에서 이미 밝혔듯이 "진주시를 당당한 경남 시대의 으뜸 명품 도시로 만들라는 진주시민의 준엄한 명령"임에 틀림없다.

이 시장이 재임했던 지난 4년은 경남도청이 진주를 떠난 이후 계속됐던 장기간의 침체에서 겨우 벗어나 활력을 되찾기 시작한 회복기였다. 한국토지주택공사(LH) 본사 이전 유치를 비롯해, GS칼텍스 복합수지공장 등 130여 개 대기업 및 유망기업이 유치되었다. 또 진주 혁신도시의 조성이 본격화돼 중앙관세분석소, 한국남동발전, 국방기술품질원이 이전해 왔다. 사봉일반산업단지가 조만간 분양 완료될 것이고, 진주 상평공단이 재생사업을 통해 리모델링할 수 있는 기틀이 마련되었다. 진주국제농식품박람회를 통해 농업의 선진화 산업화의 가능성을 열었고, 남강유등축제는 글로벌 축제로 도약할 디딤돌을 확보하였다.

기업 유치를 위해 발 벗고 나섰던 진주시장이 드물었던 과거에 비해 이 시장과 진주시의 노력은 눈에 띄게 달라졌으며, 그 성과 또한 적지 않았다. 하지만 아직은 '워밍업' 단계에 불과하다. 축구에 비유하자면 이제 전반전 15분가량 뛰었을 뿐이고, 농사라면 씨 뿌린 후 새싹이 겨우 돋아난 셈이다. 진주가 인구 50만, 나아가 인구 100만의 명품도시가 되려면 아직 갈 길이 멀다는 말이다.

　명품도시로 가는 그 첫걸음은 진주 사천 지역을 항공산업 국가산업단지로 지정하는 것이다. 이 지역에는 이미 조성했거나 조성중인 산업단지가 29곳이나 있으며, 한국항공우주산업(KAI)을 중심으로 항공산업 기반이 튼튼하고 우수한 인력을 원활하게 수급할 수 있는 최상의 조건을 갖추고 있다. 생산 가능한 항공기 부품을 특화해 기술을 집중 개발하고, 항공부품인증센터나 항공운항교육센터를 유치할 수도 있다.

　경남발전연구원 송부용 선임연구위원에 따르면 보잉787 기종은 대당 가격이 2억 달러 수준이어서 중형 자동차 6천 대 가격과 맞먹는다고 한다. 2031년까지 세계 항공기 수요가 3만 4천대로 예상된다고 하니 어마어마한 시장이 아닌가. 항공기 제작에 사용되는 첨단 복합소재는 다른 산업에도 활용할 수 있다. 이 때문에 보잉사가 자리 잡은 미국 워싱턴주 시애틀의 항공우주산업 클러스터에는 이탈리아 자동차회사 람보르기니, 독일 자동차회사 BMW 등이 대규모 설비투자를 하기로 결정했다고 한다. 항공산업은 첨단기술과 막대한 자금이 필요하면서도 그 파급효과는 엄청나다. 이 때문에 대구 경북은 경제자유구역인 영천하이테크파크지구에 항공전자산업 부품단지 조성을 추진하면서 보잉사의 투자유치를 추진하고 있다. 자칫하면 항공전자 부문을 영천이 선점하는 게 아닌가 우려된다.

진주·사천 항공산업 국가산단 지정의 필요성은 어제 오늘의 문제가 아니라 오래전부터 제기되어왔다. 국내 항공산업의 80%가 집적된 곳임에도 정부는 공공기관의 경영악화와 지방 산업단지의 부실 운영 등을 내세워 계속 미루어왔다. 그런데 지난 정부는 국가산단 5곳을 지정하면서 대구와 구미, 포항 3개 지역을 포함시켰다. 지역 균형 발전이 시대정신임에도 불구하고 특정지역에 편중된 것은 바람직하지 못했다. 새 정부가 들어설 때마다 지역경제 활성화를 부르짖고 있음에도 '국가특화산업단지'라는 애매모호한 이름으로 우리나라 항공산업의 메카인 진주 사천의 성장 발목을 잡아서는 안 된다.

이창희 시장과 진주 시민, 그리고 경남 도민들이 국가산단 지정의 당위성을 공감하고, 논리를 개발하여 정부 당국을 설득하고 촉구해야 한다.

미국의 원로 사회학자 벤자민 R 비버는 저서 『뜨는 도시 지는 국가』에서 추상적이고 이념 논쟁에 빠져있는 국가와 달리, 도시는 시민들의 일상사와 관련된 현실문제에서 스스로 치유할 능력을 갖추고 있다고 역설했다. 진주 사천지역의 항공산업을 진흥하기 위해선 국가산업단지 지정과 인프라 구축, 국비 조달 등 중앙정부가 해야 할 일이 적지 않다. 골리앗 중앙정부의 관심과 분발을 유도하기 위해선 지방도시 진주와 사천이 솔로몬의 지혜를 발휘해야 한다.

연세대 모성린 교수가 펴낸 『작은 도시 큰 기업』도 많은 시사점을 던져준다. 세계 최대의 가구기업 이케아가 왜 스웨덴의 인구 8천 명인 소도시 알름홀트를 떠나지 않는가. 스포츠 용품 세계 1위 나이키는 미국 포틀랜드를, 보잉과 스타벅스는 시애틀에 왜 뿌리내렸는지 벤치마킹해야 한다.

진주 사천이 비록 인구가 적은 도시라고 해도 세계적인 항공산업 도시로 성장할 수 있는 잠재력은 충분하다. 이창희 진주 시장이 앞으로 4년, 나아가 8년 동안 진주시민과 경남도민의 역량을 한데 모아 꿈을 이뤄주는 데 앞장서주기를 바란다.

(2014년 7월 7일 경남일보)

100만 인구 서부경남 거점도시 만들자

● ● ●

우리나라에서 본격적인 지방자치제도가 시행된 지 벌써 20년이 지났다. 지방자치제도는 '풀뿌리 민주주의의 구현'이라는 기본 취지에 충실할 뿐 아니라 도시경쟁력 강화와 삶의 질 향상에 상당한 기여를 하였다. 이제 막 민선 6기가 출범했으니 7기, 8기로 나아갈수록 뿌리가 더욱 튼튼해지고 꽃을 피우며 열매를 맺게 되리라 기대한다.

한편으로는 부작용도 적지 않았다. 국비지원 없이는 공무원 인건비를 주지 못할 정도의 열악한 재정자립도, 지자체간 과당 경쟁으로 인한 중복 및 과잉 투자 등을 꼽을 수 있다. 이 같은 문제점을 해소할 수 있는 방안의 하나가 지방행정체제 개편이다. 광역자치단체의 개편은 워낙 복잡한 사안이므로, 주민들이 자발적으로 동의하는 인접 기초단체들의 통합부터 하나하나 성사시켜나가야 한다.

영국의 잉글랜드 지역은 1994년부터 1997년까지 광역자치단체를 39개에서 34개로, 296개였던 기초자치단체를 238개 기초단체와 46개 단일자치단체로 개편했다. 통합된 자치단체는 인력이 3분의 1가량 줄어들었다. 일본도 1999년 3,232개였던 기초자치단체를 2010년 1,727개로 줄였다. 행정 인력이 21.9%, 약 12만 명 감축되었고 인건비 등 예산은 1조 8,000억 엔 절감되었다. 교육, 복지, 문화 등 주민서비스가 향상되었음은 물론이다.

우리나라에서도 1998년 전남 여수시와 여천시, 여천군이 통합했고, 2010년엔 경남 창원시와 마산, 진해시가 통합해 인구 100만 명이 넘는 광역시급 창원시가 탄생하였다. 지난 1일 충북 청주시와 청원군이 주민투표를 거쳐 통합돼 인구 84만 명의 청주시가 출범하였다. 지역 주민들이 도시 발전을 위해선 행정구역 통합이 필수적이라는 사실을 깨달았기 때문에 가능하였다.

한국외국어대학 국가브랜드연구센터가 전국 77개 시 단위 자치단체를 대상으로 실시한 '2014 지방브랜드 경쟁력 지수 종합평가'에 따르면 경남의 지차체들은 대부분 중하위에 머무르고 말았다. 창원이 4위, 진주가 9위를 기록했으나 통영, 김해, 양산, 밀양 등은 크게 뒤쳐졌다. 이번 조사는 주거환경, 투자환경, 관광환경 세 분야로 구성돼 종합평가한 것이다.

오랜 침체에서 벗어나지 못했던 진주가 10위권에 진입한 것은 비교적 선전했다고 할 수 있다. 교육, 문화관광 도시로서의 오랜 전통과 높은 인지도를 바탕으로, 최근 혁신도시 건설과 130여 개 기업 유치가 높은 평가를 받았으리라 생각된다. 하지만 살기 좋은 도시 1위 고양, 기업하기 좋은 도시 1위 창원, 관광하기 좋은 도시 1위 서귀포에 비해, 진주는 아직 강력한 도시브랜드를 가지지 못하고 있다.

34만 인구로는 자족 자급하기엔 역부족이다. 중장기적으로 사천 산청과의 행정구역 통합으로 성장 잠재력을 극대화시켜야 한다. 오랜 숙원인 진주와 사천시의 통합 문제는 별다른 진전이 없다. 여수나 청주도 몇 차례 표류하거나 무산되기도 했고, 창원은 20년 가까이 논란을 빚기도 했다. 그러므로 조급한 마음을 버리고 서부경남

발전이라는 공감대를 확산시키는 게 급선무다. 우선 항공산업 국가 산업단지 지정을 위해 양 도시가 경남도와 함께 힘을 모아야 한다. 국가산단으로 지정돼 기업유치가 실현되면 교육 및 주거를 위한 배후도시 건설에 역할 분담을 할 수도 있다. 항공 산단의 물류를 담당할 남부내륙철도가 건설되고 사천을 경유할 수 있도록 두 도시가 연대해야 한다. 나아가 장기적으로는 사천국제공항 승격이나 확장을 위해 함께 노력할 필요가 있다.

송도근 사천시장은 당선 직후 인터뷰에서 "진주시와의 통합이 적절하지 않다"며 "우리의 행정 통합은 성공한 곳이 없다"고 말했다. 창원의 경우 시청사와 야구장 소재지 문제로 갈등을 빚고 있는 게 사실이다. 시청 소재지에 대한 사전 합의 없이 통합을 서둘렀기 때문이다. 이를 제외하면 통합 창원시의 기업은 크게 늘어났고 주거 환경은 갈수록 개선되고 있다. 청주도 오송바이오밸리, 오창과학산업단지 등을 배경으로 비약적 발전 가능성이 점쳐진다. 진주와 사천이 통합한다면 통합시의 이름을 진주로 정하더라도, 시청사와 각종 공공기관을 사천으로 이전하는 방안을 적극 검토해야 한다. 사천 지역에 문화 및 교육시설을 집중 투자하는 게 바람직하다.

유럽연합 25개국은 국경은 있으나 자유왕래를 한 지 벌써 30년이 되었다. 세계는 점점 가까워지고 서로 힘을 합하는데 우리만 행정구역이라는 '울타리'에 갇혀서는 곤란하다. 인구 100만 서부경남 거점도시 건설을 위한 본격적인 논의의 물꼬를 틔우고, 주민들에게 의사를 물어야 한다.

(2014년 7월 23일 경남일보)

경남도 서부청사 조기 개청에 뜻을 모으자

● ● ●

경상남도 서부청사가 이르면 2015년 7월 진주에 개청된다는 소식이다. 경남도청이 진주에서 부산으로 이전한 게 1925년이니 정확하게 90년 만이다. 경남도청이 부산을 거쳐 창원으로 옮겨가면서 부산은 광역시로, 창원은 인구 100만이 넘는 광역시급 대도시로 성장하였다.

하지만 진주는 경남 수부도시로서의 위상을 상실하면서 장기간 침체의 늪에 빠져 있었다. 진주를 포함한 서부경남 지역은 면적이 경남 전체의 절반에 가깝지만, 지역 총생산은 17%, 인구는 22%에 그쳐 중동부 경남과 큰 격차를 나타냈다.

서부청사가 개청되면 비록 4개의 국과 일부 도 단위 공공기관의 이전에 불과하지만 '진주 중흥'의 계기가 될 수 있다는 점에서 무척 반가운 일이 아닐 수 없다. 나아가 창원이 광역시급 특례도시화가 추진된다면 경남도청을 진주로 환원할 수 있는 단초가 될 수 있기 때문이다.

이뿐만 아니라 진주시민들의 자긍심을 고취시킬 수 있고, 대외적으로 도시 이미지를 크게 높일 수 있다. 진주혁신도시의 발전과 연관 기업 유치, 그리고 지역경제 활성화에 긍정적 효과가 기대된다. 항공산업 국가산단이 지정되고 남부내륙철도가 조기 개통되면 '인구 50만 자족도시'라는 진주시민들의 오랜 염원이 이루어질 날도 그리 멀지 않을 것이다.

이렇듯 시민들이 크게 기대하고 있는 서부청사가 조기 개청되지 못하고 이런저런 이유로 개청이 늦어져서는 곤란하다. 옛 진주의료원 건물을 서부청사로 리모델링하기 위한 실시설계 용역비 예산안이 경남도의회를 통과한 마당에 진주의료원 건물 사용 반대 주장은 납득하기 어렵다.

서부청사를 신축할 경우 예산 600여억 원이 필요한데다 각종 행정절차를 밟는데 4~5년이나 소요되므로 바람직하지 않다. 홍준표 경남지사는 지난 7월 진주 지역사회 일각의 의료원 건물 사용 반대 여론을 의식해 "지역민들이 갑론을박을 하면서 갈등을 보인다면 상당한 시일 늦어질 수 있다"며 "내년 7월 개청한다고 못 박지 말라"고 간부회의에서 지시한 바 있지 않은가.

지난 1월 경남도 서부권개발본부의 진주 이전 개청에 이어 경남도 서부청사가 내년에 조기 개청돼 진주 발전의 청신호가 계속 이어져야만 한다.

서부경남 지역민들이 크게 기대하고 있는 남부내륙철도 문제도 노선을 둘러싸고 정치인들끼리 이견을 보이고 있어 조기 착공이 될 수 있을지 걱정스럽다. 대전-진주-거제를 잇는 직선이냐, 대전-김천-진주-거제 우회노선이냐는 논란에다 사천을 경유해야 한다는 의견까지 나와 노선 선정을 둘러싼 갈등이 첨예화하는 상황이다.

예비타당성 조사가 늦어지는데다 '일러야 2018년 착공'이라는 국토부 관계자의 발언마저 전해지고 있어 이러다가 장기 표류되는 게 아닌지 우려된다.

민주주의 사회에서는 다양한 의견이 개진되고 충분하게 논의하는 게 바람직하지만, 결정된 사안에 대해서는 다함께 수용하고 추진하는 게 마땅하다. 진주 발전의 열기가 모처럼 고조된 마당에 비록 일부이지만 진주 시민들이 찬물을 끼얹는 우를 범하지 말았으면 하는 바람이다. 서부청사가 조기 개청돼 진주를 비롯한 서부경남의 발전을 견인할 수 있도록 뜻을 모았으면 한다.

(2014년 10월 15일 경남일보)

서부경남 대도약, 이 기회를 살리자

●●●

경남도청이 1925년 부산으로 이전한지 90년 만에, 비록 일부 조직이지만 진주로 귀환하게 되었다. 경남도의회가 지난달 21일 경남도청 서부청사 설치 관련조례를 통과시키면서 법적 절차가 마무리되었다. 이젠 서부청사로 사용할 옛 진주의료원 건물을 리모델링하는 일만 남았다.

서부청사에는 서부권개발본부, 농정국, 환경산림국 등 본청 3개 국과 인재개발원, 보건환경연구원 등 4개 사업소가 입주하며 직원 410명이 근무하게 된다. 최구식 정무부지사가 서부 부지사를 겸하며 총괄 관리한다고 한다. 진주를 비롯한 서부경남 주민들로선 크게 반기지 않을 수 없다. 이창희 진주시장이 환영기자회견을 가졌고, 서남부경남발전협의회가 환영 입장을 밝힌 것은 너무나 당연한 일이다.

1925년 부산으로 떠난 경남도청은 1983년 창원으로 다시 이전했다. 1960년대 경제개발계획이 추진되면서 울산 및 창원은 중화학공업 및 기계공업단지로, 거제는 조선공업단지로 크게 성장하였다. 도시개발과 인구 증가에 힘입어 부산은 직할시에 이어 광역시로, 울산은 광역시로 승격되었다. 과거 부산, 울산과 함께 동남권의 거점도시 역할을 했던 진주를 비롯한 서부경남은 상대적으로 쇠락의 길을 걸고 말았다. 젊은이들이 일자리를 찾아 수도권으로, 부산 울산 창원으로 떠나고 나니, 전국 6대 낙후지역이라는 불명예를 떠안게 되었다. 고향을 찾는 향인들 마다 안타까운 마음이었으며 아쉬움의 한숨을 내쉬어야 했다. 그러다 홍준표 경남지사가 취임하면서 서부 경남 발전에 대한 공감대가 확산되었고, 도청 서부청사나 서부 대 개발이라는 획기적인 정책이 제시되었다. 필자는 올해 경남 신년하 례회 석상에서 "경남도민은 똑같이 잘 살 권리가 있다. 진주 등 서 부경남만 왜 못 사느냐"고 밝혀 박수를 받은 바 있다. 서부청사 개 청을 계기로 이제는 정말 달라져야 한다.

진주 중흥을 위한 발판은 하나둘 갖춰지고 있다. 우선 진주혁신 도시가 조성돼 한국토지주택공사(LH)를 비롯한 11개 공공기관이 속속 진주로 옮겨왔거나 옮겨올 것이다. 인구 증가는 물론 지역경 제 활성화에 큰 도움이 되리라고 확신한다. 둘째 한국항공우주산업 (KAI)이 한국형 차세대 전투기 생산 우선협상대상자로 선정됨으로 써 항공우주산업단지의 성장발전이 가능하게 되었다. 생산유발효 과가 90조 원, 연인원 30만 명 일자리 창출이 가능하다는 분석이 나 왔다. 셋째 아직은 논의 단계이지만 남부내륙철도 건설이 가시화되 고 있다. 물류가 원활하게 되면 항공우주산업단지는 물론, 뿌리산 업과 농식품산업 발전에도 큰 힘이 되지 않겠는가. 넷째 산청군 금 서면 평촌리에 조성될 한방 항노화산업단지는 서부경남권의 산업 을 다양화하는 데 크게 기여할 것이다. 2018년까지 244억 원이 투 입되며, 항노화산업 생산 6개사와 370억 원 투자협약을 체결했다고 한다.

지난 4월 말 입주가 마무리된 LH 본사 직원은 1,500여 명, LH와 관련된 설계 및 감리회사가 70개에 이른다. 진주의 주택시장이 활기를 띠기 시작했고 음식점 단체손님이 늘어나 매출도 증가하고 있다고 한다. 11개 공공기관이 모두 이전해 오면 그 직원만 3,500명이나 된다. 진주시는 혁신도시를 인구 3만 5천 명 규모의 자족형 거점 도시로 성장시킬 계획이다. 지방세수만 270억 원 증대시켜 진주로서는 '보물단지'가 아닐 수 없다.

진주시를 비롯한 지역사회는 이전해 온 공공기관들이 불편한 점이 없도록 지원해야 한다. 직원 및 가족들이 진주시민으로 정착할 수 있도록 교육이나 문화, 교통, 생활편의시설에 이르기 까지 세심하게 뒷받침해야 할 것이다. 특히 자녀 교육문제 때문에 '기러기 가족'이 되지 않도록 교육환경 개선에도 힘을 쏟아야 한다. 경남 김해시가 영재교육을 위해 '김해외고'를 설립한 사례를 벤치마킹할 필요도 있다. 대학 진학률이 우수한 고교 덕분에 거창군의 귀농 귀촌 인구가 늘어나고 있는 대목도 관심을 가져야 한다. 대전-통영고속도로 건설 이후 진주의 접근성은 크게 개선되었지만, 항공편은 아직 미흡한 실정이다. 사천공항과 김포공항을 오고 가는 항공편이 하루 왕복 4편에 불과해서야 되겠는가. 항공사 입장에서는 수요를 따져야 하겠지만 적어도 왕복 8편은 되어야 하지 않을까.

사람이 몰려야 돈이 몰리고, 경제가 살아나야 인구도 증가한다. 진주를 비롯한 서부경남은 모처럼 맞은 대도약의 호기를 놓쳐선 안 된다. 경남 서부청사의 직원들이 그 주도적 역할을 맡아야 한다.

(2015년 5월 20일 경남일보)

고향 진주와 부산의 상생발전을 기원하며

● ● ●

재부산 진주향우회 창립 5주년을 진심으로 축하드립니다. 향우회 창립 이후 5년 동안 조직의 기틀을 갖추고 회원들의 마음과 힘을 하나로 모을 수 있도록 애쓰신 박주태 회장의 노고에 뜨거운 박수를 보냅니다. 아울러 향우회의 더욱 큰 도약을 견인해 나갈 김영주 신임 회장의 취임을 진심으로 환영합니다. 재부 경남도 향우회 가운데 회원 및 가족 수가 가장 많은 우리 진주향우회의 내실을 다지면서 비약적 발전을 이끌어나가기라 기대합니다.

지난 2010년 백지상태에서 출발한 우리 진주향우회는 5년 동안 각 읍 면 단위 향우회까지 조직되었고, 여러 산하단체를 결성하였으며, 회원들의 복지 증진에도 관심을 쏟았습니다. 뿐만 아니라 회원들의 고향 방문 행사나 청와대 및 국회 방문 행사를 통해 단합을 도모하고 상호교류를 확대해왔습니다. 이 모두가 박주태 회장의 헌신적인 노력 덕분이었다고 생각합니다.

우리들의 고향 진주는 혁신도시에 들어선 LH공사 신사옥이 최근 완공돼 입주가 본격화되었고, 경상남도 서부청사가 연내 개청할 예정이어서 도시 면모가 달라지고 있습니다. 진주유등축제가 미국 대륙에 진출하였고, 진주 최초의 전문 미술관이 곧 개관될 예정이어서 문화관광 도시로서의 위상을 드높이게 되었습니다. 또 진주시의

4대 복지시책 가운데 '진주 아카데미'는 이창희 시장이 최근 청와대 토론회에 참석해 설명했으며, 정부정책 포털사이트인 '정책 브리핑'에 소개돼 크게 주목받았습니다.

특히 한국항공우주산업(KAI)이 한국형 차세대 전투기 생산 우선협상대상자로 선정됨에 따라 90조 원의 생산유발효과와 연인원 30만 명의 일자리 창출이 기대됨으로써 획기적인 도약이 기대되고 있습니다.

하지만 서부경남의 거점도시인 진주가 부산이나 울산, 창원과 어깨를 나란히 하려면 험한 산을 넘고 또 넘어야 합니다. 저는 3월 하순 진주의 고향 마을 학교에 장학금을 수여하기 위해 방문하였습니다. 과거 1,600명을 넘었던 한 중학교의 전교생이 몇 년 전 200명으로 감소했다가, 이젠 129명에 불과하다는 교장 선생님 말씀을 듣고 너무나 안타까웠습니다. 양질의 일자리가 부족하니 젊은이들이 수도권이나 그 밖의 대도시로 옮겨가게 되고, 학생 수도 계속 줄어들게 되었던 것입니다.

적어도 인구 100만인 도시가 되어야 경쟁력을 갖출 수 있는데, 그러기 위해선 대규모 산업단지의 조성과 인근 시·군과의 통합이 필수적입니다. 진주를 '100만 도시'로 성장시키려면 재부 향우회원님들의 관심과 성원이 필요합니다.

향우회 출범 이후 '진주 부산발전협의회'도 가동되었습니다. 진주 발전을 위한 여러 가지 논의가 오고 갔으며, 실지로 고향을 위한 지원과 협력이 실행되었습니다.

그러나 부산 측의 적극적인 노력과는 달리 진주 측의 소극적 태도가 매우 아쉽습니다. 특히 남강이나 지리산 댐의 물을 부산과 창원 지역의 식수로 제공하는, '먹는 물을 통한 상생' 논의가 전혀 진전이 없는 실정입니다. 부산과 중부 경남에 식수로 이용되는 낙동강 물은 서울에 비해 그 수질이 굉장히 열악한 형편이라는 연구결과도 최근 발표된 바 있습니다. 진주 시민이 35만 명이지만, 부산에 사는 진주 출신 출향인과 그 가족도 35만 명에 달합니다. 홍준표 경남지사가 '물 나누기 상생'에 적극적인 반면, 진주를 비롯한 서부 경남 지역민들의 반응이 소극적이어서 몹시 아쉽습니다.

'북쪽에서 온 말은 북풍에 귀 기울이고, 남녘에서 온 새는 남쪽 가지에 깃든다(胡馬依北風 越鳥巢南枝)'라는 옛 시 구절이 생각납니다. 고향 진주를 떠난 출향인들도 고향사랑과 고향에 대한 그리움은 변함이 없습니다. 재부산 진주 향우회 새 집행부 출범과 함께 고향 사랑과 상생 발전이 진일보하기를 희망합니다. 회원 여러분의 건강과 건승을 기원합니다. 감사합니다.

(2015년 6월 '재부진주향우회보')

4장

국토 균형발전

●●●

수도권 집중현상이 심화되면 각종 폐해가 발생한다. 수도권은 과밀화 때문에 교통난, 주택난, 고물가, 각종 공해에 시달리게 되며, 지방은 산업 공동화로 인해 인구 감소, 고령화, 경제난을 겪게 된다. 우리나라는 사람도 돈도 문화도 서울을 비롯한 수도권에 지나치게 집중되었다.

지역의 인재가 수도권의 대학에 진학하게 되면, 고향에서 직장을 구하려 하지 않고 수도권에 머물기 일쑤다. 젊은이가 부족한 지방은 어린 아이 울음소리를 듣기 힘들고, 노인들만 터줏대감처럼 뿌리내린다. 직장에서 은퇴한 출향인들도 고향으로 돌아가려 하지 않는다. 서울생활의 '달콤함'을 맛보았기 때문이다. 그러니 지방은 선순환이 아니라 악순환의 고리에서 좀처럼 벗어나기 어렵다.

나는 부산상의 회장으로 재임하던 지난 1997년 9월 29일부터 10월 4일까지 김대중 새정치국민회의 총재, 이회창 신한국당 총재, 조순 민주당 총재, 이인제 전 경기도지사 등 당시 대통령선거 후보자들과 가진 지역상공인 간담회에서 수도권 경제력 집중 완화 정책을 강력히 건의하였다. 수도권 집중완화와 중추관리기능의 지방 분산을 위해 부산을 금융, 무역의 중심도시로

●●●

육성시켜 동남권의 중추관리기능을 수행할 수 있도록 해야 한다
고 역설해 긍정적 답변을 받아냈다.

삼성자동차 공장을 이미 부산에 유치했고 선물거래소 부산
설립을 추진하던 단계였지만, 수도권 비대화를 막지 않고
는 균형발전을 이루기가 어렵다고 판단했다. 따라서 당시 김대중
대통령은 물론 정치인이나 중앙부처 인사들을 만날 때마다 국토
균형발전을 강조한 결과, 1999년 8월 정부는 '수도권 기업 지방
이전 촉진 대책'을 발표해 2000년부터 시행하게 되었다. 또 수도
권의 과도한 집중을 억제하는 '수도권 정비법'도 김대중 대통령
당선 직후 제정돼 선물거래소의 부산 유치에 근거가 되기도 했다.

노무현 정부 들어 중앙정부의 일부 부처가 세종시로 이전하
는 기틀이 마련됐고, 수도권에 밀집했던 공공기관들이 최
근 수년 사이 지방의 혁신도시로 이전하였다. 지방 도시가 활력
을 되찾을 수 있는 전기가 마련된 것은 틀림없다. 하지만 수도권
규제 완화를 요구하는 목소리는 끊임없이 들려온다. 아사 상태에
빠졌던 지방이 생기를 되찾기도 전에 독점하고 독식하려는 탐욕
이 고개를 들고 있는 셈이다. 따라서 수도권 규제와 국토 균형발
전이라는 과제는 아직도 미완인 상태다.

'수도권 억제' 유지하라

● ● ●

참여정부 최대 치적 중 하나로 손꼽히는 '수도권 집중 억제' 정책의 기조가 최근 심하게 흔들리고 있다는 의구심이 든다.

지난해부터 시나브로 허용되거나 재검토되고 있는 경기도 일대의 대기업 공장 신·증설이 그렇고 대통령 선거를 맞으면서 수도권 표심을 잡기 위해 우후죽순으로 터져 나오고 있는 각 정당 후보들의 발언이 또한 그렇다.

상당히 우려스럽다. 이러다가 1990년대 이후 꾸준히 유지돼온 '수도권 집중억제' 정책이 사실상 무너지는 것이 아닌가 하는 생각이 든다. 필자는 10년 전 국민의 정부 출범 직전 부산상의 회장 자격으로 부산을 방문한 김대중 대선후보를 만난 적이 있다. 그때 김 후보에게 "당선 후에 반드시 수도권 집중을 억제할 수 있는 법안을 입법화할 것"을 촉구했다.

김 대통령은 당선 직후 '수도권 정비법'을 곧바로 제정했고 결국 이는 현재의 국토균형발전의 시금석이 됐다. 현재 부산지역 경제의 큰 축을 담당하고 있는 한국증권선물거래소와 르노삼성자동차의 유치도 그때 이 법에 근거해 이뤄진 것이다.

사실 우리 사회에서 국토 균형발전의 문제는 근대화 이후 줄곧 이어져온 국가 의제 중 하나다. 이에 대해 수도권은 각종 규제를 풀어야 국가경쟁력이 되살아난다는 논리를 꾸준히 제기하고 있다. 수도권 집중 억제와 관련된 규제가 기업 경쟁력 강화에 도움이 되지 않는다는 것이다.

하지만 수도권 집중을 억제해서 국가경쟁력이 상실됐다는 증거도 딱히 찾을 수 없다. 오히려 기업 활동의 큰 비용인 지대 상승으로 인해 원가 경쟁력이 약화되고 상당수 기업들은 그 후유증에 크게 시달리고 있을 뿐이다. 문제는 지대 상승이지 수도권 규제가 아니라는 얘기다.

규제 반대론자들은 또 일본 사례를 든다. 하지만 분명히 말하건대 일본은 한국과 사정이 크게 다르다. 특히 일본 수도인 도쿄는 서비스 산업 중심 도시로 발전하고 있다. 한국 수도권이 제조업 중심의 블랙홀이 된 것과는 판이하다.

따라서 지방분권과 국가 균형발전을 국정과제로 삼고 수도권 과밀화를 방지하기 위해서는 다음 요소를 감안해야 한다. 먼저 중앙과 지방 간의 권한 및 재원 배분의 민주성과 효율성을 담보해야 한다. 이를 위한 재원 확충도 불가피하다.

또 수도권에 편중된 공공기관 및 기업을 과감히 지방으로 옮겨 지역경제 기반을 전략산업 위주로 재편해야 한다. 최근 부산·울산·경남권에서 폭발적으로 성장하고 있는 조선기자재 및 조선업은 지금 지방 경제의 희망 지표다. 지역전략산업 육성을 통해 수도권에 대응하는 광역경제권의 조성도 절실하다.

한나라당 대통령 후보가 20일 최종 결정됐다. 범여권에서도 곧 후보를 확정지을 것이다. 이제 본격적인 대선 정국인 셈이다. 대선 정국이 심화되면 될수록 각 후보들의 공약도 종전과는 다른 양상으로 확대 재생산될 것이다. 수도권 표심을 잡기 위한 공약도 봇물

터질 듯 등장할 것이 분명하다. 지방 경제를 위해, 국가 균형발전을 위해 수도권 억제 정책이 반드시 필요하다면 대선후보들의 공약을 받아내는 일도 그만큼 시급해졌다고 하겠다.

(2007년 8월 21일 부산일보 기고)

국가균형발전, 선택 아닌 필수

• • •

최근 과도한 수도권 집중화에 반대하는 비수도권의 절박한 외침이 서울 한복판에 울려 퍼졌다. '지역 균형발전 촉구 1000만인 결의대회'가 서울역 광장에서 열린 것이다. 우리가 살고 있는 영남권은 말할 것도 없고 충청·호남권 등 서울·경기를 제외한 모든 지역민들의 균형발전 의지가 하나의 열기로 모아진 것이다.

국토의 균형발전에 대한 요구는 오래 전부터 있어 왔지만 비수도권 자치단체들이 모두 참여, 1000만 명 이상의 서명을 받아내고 서울 중심부에서 집회를 가진 것은 이번이 처음이다. 이날 참가자들은 무조건 수도권 배척을 외친 게 아니다. '수도권과 비수도권을 대립과 갈등의 관계로 보지 않고 상생의 관계로 설정하자'는, 다시 말해 국토가 균형 발전하는 게 나라 전체의 이익에 부합한다는 사실을 주장한 것이다.

참여정부는 지역 균형발전을 국가적 과제로 내걸고 여러 정책을 추구했지만, 임기 말로 다가올수록 정책 실행 의지가 퇴색하고 있는 게 사실이다. 수도권정비계획법을 개정해 여러 곳에 신도시를 건설하고 공장을 유치하는 등 규제 완화를 허용하는가 하면 SOC시설 편중도 가속화되고 있다. 최근 열린 국정감사 자료에서도 2003년 17.48%였던 수도권 광역도로건설 사업비중이 올해는 55.83%로 증가한 반면 지방은 82.52%에서 44.17%로 줄었다.

당분간 피할 수 없는 수도권 집중현상을 생각하다 보면 가슴이 막막해진다. 현재 대한민국 인구의 수도권 집중은 일본(32.6%) 영국(12.5%) 프랑스(18.7%)보다 훨씬 높다. 하지만 이것이 끝이 아니라는데 문제가 있다. 2005년 48.2%이었던 전체 인구대비 수도권의 인구 구성비는 2011년 50.1%를 차지해 처음으로 50%를 넘은 뒤, 2015년 51.1%, 2025년 53.3%, 2030년 54.1%까지 상승할 것으로 추정되고 있기 때문이다. 최근 수년간 수도권 집중 현상이 가속화되면서 주택비용, 교통혼잡비용 증가로 수도권 주민들의 삶의 질 또한 매우 악화되고 있다고 한다. 수도권 집중은 지방과 수도권의 동반 몰락을 가져온다는 점에 그 심각성이 있다.

그렇다면 우리는 이 같은 수도권 집중을 왜 기필코 막아야 하는가. 무엇보다 수도권 집중은 정부정책 집행의 왜곡을 가져온다는 점을 필자는 강조하고 싶다. 최근 5년간 수도권 집값이 폭등한 사실이 좋은 예다. 집값은 정부의 정책을 비웃는 듯 폭등하곤 했다. 이런 현상은 몇 번이나 반복됐다. 전국이 다 그랬을까. 그렇지 않다. 수도권만 그와 같은 현상이 있었을 뿐 지방은 정부의 부동산 규제에 맥을 못 추었다.

왜 이런 불합리한 일이 벌어졌을까. 결론적으로 절반 가량의 인구와 대부분의 돈이 몰려 있는 서울과 그렇지 않은 지방에 대해 똑같은 잣대를 놓고 정책을 집행하니 문제가 생긴 것이다. 수도권 규제 철폐를 주장하는 사람들은 일본의 예를 들면서 우리도 수도권 규제를 전면적으로 완화할 것을 요구하고 있다.

하지만 그들은 숨은 진실엔 눈을 감고 있다. 도쿄는 금융 등 서비스산업 위주로 산업구조가 완전히 전환된 상태다. 대한민국 수도

권에 제조업의 진출을 허용하라는 규제 철폐론자들의 주장은 그 전
제조건에서부터 우리와 일본이 다르다는 걸 무시하기 때문에 설득
력이 떨어진다. 일본 오사카지역(간사이권)이 도쿄경제권과 당당히
맞서서 일본 경제의 양대 축으로 발전하고 있는 것이 부러울 따름
이다.

서울 경기권에 제조업 공장을 짓겠다는 발상은 용납되어선 안 된
다. '세방화'란 말이 있다. 세계화와 지방화가 모두 중요하다는 의
미다. 수도권은 지금과 같은 과밀화된 종합도시에서 벗어나 외국기
업과 관광객들이 매력을 느낄 만한 질적인 성장을 해야 한다. 지방
또한 다른 도시가 가질 수 없는 독특한 매력으로 강력한 경쟁력을
갖춰야 한다.

이제 본격적인 대선정국에 돌입했다. 각 당의 대선후보들이 결정
되고 있으며 유력 후보들의 균형발전에 대한 공약도 서서히 나오고
있다. 하지만 아직 미흡한 점도 눈에 띈다. 대선 후보들은 국토의
균형 발전에 대해 실질적이고 발전적인 공약을 내놓아야 한다. 대
선 후보들은 누구든지 국가균형발전 제도화를 약속해야 한다. 수
도권만 남은 대한민국, 수도권이 대한민국 그 자체인 나라는 어떠
한 경쟁력도 가질 수 없기 때문이다.

지방 없는 수도권은 존재하지 않는다. 균형발전은 국가의 대계
이며 우리 사회의 지속가능한 안정 발전을 위해서 반드시 실천해야
할 과제다.

(2007년 11월 12일 국제신문 기고)

지자체와 기업유치

●●●

'기업 유치에 대한 인식이 정말 많이 달라졌구나!' 하고 절감했던 게 2년여 전이다. 지금 경남 창녕에 건설 중인 넥센타이어 제2공장 부지를 구하려고 전국의 이곳저곳을 다니는 과정에서 지방자치단체의 마인드가 크게 바뀌었다는 것을 알 수 있었다.

특히 전라북도가 인상 깊었다. 전북은 우리 회사와 여러 차례 전화 접촉을 하다가 제대로 진척되지 않자 아예 서울에 있는 전북투자유치사무소팀이 직접 양산공장까지 찾아와 설명회를 개최하기도 했다. 삼성 출신으로 전북 정무부지사를 지낸 분이 팀을 이끌고 있었는데 당시에 벌써 LS전선, 두산인프라코어, 현대중공업 등을 유치하는 큰 성과를 거둬놓고 있었다. 모두 종업원 1,500~2,000명 규모의 대기업들이다.

전북유치단은 "땅값도 싸게 해주고 인센티브도 많이 주겠다. 2,000억 원 이상만 투자 해주면 200억 원 정도 무상 지원을 해주고, 투자가 더 많으면 훨씬 더 해주겠다"고 우리에게 제안했다. 귀가 솔깃했다. 우리가 1조 2,000억 원을 투자할 계획이었던 점을 감안하면 전북도로부터 몇 백억 원은 지원을 받을 수 있을 것 같았다. 그러나 늘 동남권이 하나가 돼야 한다는 말을 해왔던 터여서 공장을 가능하면 부울경 지역에 지으려고 했고 다행히 동남권인 창녕에 건설하게 돼 조금이나마 지역발전에 도움이 되고 있는 것 같다.

충북도 기업 유치에 아주 적극적이다. 특히 고용인원 200명, 투자비 1,000억 원 이상 기업에게는 법인세 재산세 등 세제 혜택과 수수료 감면, 인프라 등 특별지원은 물론 별도로 근로자 정착비로 1인당 월 10만 원 한도에서 최대 3년간 지원하는 것으로 알고 있다.

왜 지자체들이 이렇게까지 기업을 유치하려고 혈안이 돼 있을까? 공장이 새로 들어서면 일자리 창출, 인구 증가, 지자체 재원 확충 등등 연관 효과가 크기 때문이다. 특히 대기업의 연관산업 효과는 정말 크다. 전북 군산에 현대중공업과 윙쉽중공업이 들어서니까 군산대 군장대에 조선공학과가 생기고, 군산기계공고가 마이스터고가 됐다. 부품공장도 수십 개 생겼다. 그래서 모두 대기업을 원하고 있는 것이다. 경제 원리로 보면 지자체 입장에서는 이전기업에 200억, 300억 원을 지원해준다 해도 연관산업 효과를 감안하면 5년 내에 본전을 뽑을 수 있기 때문이기도 하다.

지자체들이 기업 유치에 목을 매다시피 하는 것은 세계적 현상이다. 수년 전 기아자동차가 12억 달러를 들여 현지 생산공장을 건설하기로 미국 조지아주와 합의했을 때 조지아주는 공장 부지를 무상 제공하는 등 모두 4억 1,000만 달러의 인센티브를 제공했다.

공장부지의 실수요자 개발 방식으로는 제1호였고, 또 그렇게 해서 성공한 대표적 사례로 꼽혔던 부산 장안산업단지가 지자체와 입주대상 기업체들의 불화로 송사까지 벌이고 있다. 지자체는 공장부지 조성비가 높을 것으로 보고 지원했으나 예상보다 조성비가 낮아졌다며 지원금 100억 원을 환수했고, 기업인들은 조성비가 예상보다 낮아진 것은 사실이지만 자신들이 그만큼 노력했기 때문이라며 반박하고 있다. 어느 쪽의 잘잘못을 떠나 정말 안타까운 일이 아닐 수 없다.

부산은 1980년대 이후 만성적인 공장용지 부족에 시달려왔고 그것이 부산경제 쇠락 요인의 하나가 됐다. 많은 기업이 공장 지을 땅이 없어 부산을 떠났다. 지금도 부산은 공장용지가 턱없이 부족해 공장 부지를 조성하면서 동시에 기업을 유치해야 하는 형편이다. 이런 절박한 시기에 장안산단에서 발생한 지자체와 입주대상 기업들의 불화는 시간이 흐르면서 자존심 싸움에 감정적 대립까지 겹쳐지는 양상이다. 손해를 감수하면서까지 입주를 미루거나, 본사는 남겨놓고 공장만 옮기겠다는 기업도 있다고 한다.

이런 일이 '기업하기 좋은 도시'를 외치는 부산에서 일어나서야 되겠는가. 부산에 오고 싶어 하는 기업에게 어떤 인상을 주겠는가를 우리 모두 심각하게 생각해보아야 한다. 일이 더 이상 커지기 전에 하루빨리 해결책이 나와야 한다. 그렇지 않으면 입주 기업, 해당 지자체, 부산시 모두의 이미지가 실추되고 유형무형의 손실을 입게 된다. 작은 것에 집착하다가 큰 것을 놓치는 우(愚)는 범하지 말았으면 한다.

(2011년 1월 18일 국제신문 CEO 칼럼)

수도권 규제해야 균형발전 된다

● ● ● ●

수도권 집중을 막고 있는 '수도권정비계획법'을 폐지 또는 완화해야 한다는 목소리가 수도권 정치권과 정부 쪽에서 계속 나오고 있다.

최근에 문제가 된 것이 국토해양부로부터 의뢰를 받아 대한국토도시계획학회가 작성한 '대도시권 인구 집중에 대한 인식평가를 통한 향후 수도권 정책 방향연구'라는 긴 이름의 연구용역 보고서다. 이 보고서의 결론부터 이야기를 하면 수도권 규제를 완화할 필요가 있고, 그래서 '수도권정비계획법'을 폐지하고 '수도권계획관리특별법(가칭)' 제정을 해야 한다는 것이다.

이 보고서는 '수도권정비계획법은 인구 집중을 야기하는 제조업 분야 사업체의 입지 및 활동을 규제하는 데 초점을 맞추고 있지만 지금과 같은 사회·경제적 배경에서는 효과는 없고, 많은 부작용만 야기하고 있다'고 분석하고 있다. 또 '산업구조가 자본·지식 집약적으로 바뀌면서 제조업은 더 이상 인구 집중을 유발하는 요인이 아니다'라고 하면서 '수도권정비계획법 때문에 국내외 기업들의 투자환경이 악화돼 수도권과 비수도권이 모두 경쟁력이 약화되고 있다'고 돼 있다.

지난 1월 보고서 내용이 알려지면서 부울경을 포함한 비수도권 지역에서 일제히 반발을 했다. 특히 근년 들어 기업 유치가 비교적 활기를 띠었던 충청권과 호남권의 반발이 크다고 들었다.

국토부가 급히 "용역보고서는 대한국토도시학회 연구용역 차원에서 제안된 것이며 정책으로 결정된 것이 아니다"라고 해명했지만, 비수도권에서는 사실상 수도권 규제를 풀어 수도권을 집중적으로 키워나가려는 의도가 아닌가 하는 의구심을 버리지 못하고 있다. 비슷한 시기에 정종환 국토해양부 장관이 "중복규제 철폐 등을 통해 수도권에서 기업이 토지를 쉽게 이용할 수 있도록 하겠다"고 한 말과 보고서 내용이 일맥상통하기 때문이다.

제조업과 인구 집중은 정말 무관한가?

지난해만 해도 수도권 규제 완화 움직임은 한두 번이 아니었다. 수도권 국회의원들과 지방자치단체들이 수도권을 규제해온 '수도권정비계획법'을 폐지하기 위한 '수도권 계획과 관리에 관한 법률제정안'을 국회에서 통과시키려고 했고, 경기도는 수도권에 4년제 대학 신·증설을 금지한 '수도권정비계획법'의 위헌 여부를 묻는 권한쟁의심판을 헌법재판소에 청구했다. 거기다 국무총리까지 "지가가 안정되면 수도권의 토지거래허가를 해제하겠다"고 밝힌 바 있다.

이에 앞서 2009년 5월에는 국토해양부가 노골적으로 수도권 개발지역을 확장해서 수도권을 국가성장 동력으로 육성한다는 '2020년 수도권 광역도시계획 변경안'을 내놓았다. 2008년 10월에는 국가경쟁력강화위원회를 통해 '국가경쟁력 강화를 위한 국토이용의 효율화 방안', 소위 '10·30 수도권 규제 완화 대책'을 발표해 수도권 공장의 신·증설 규제를 부분적으로 풀었고 이 때문에 수도권 기업의 지방 유치는 훨씬 어려워졌다.

제조업이 아니면 일자리 창출이 어렵고, 인구가 늘어나지 않는다는 것은 개발도상국뿐 아니라 이제는 미국 등 선진국도 하나같이 인정하고 있다. 그런데도 제조업은 더 이상 인구 집중을 유발하는 요인이 아니라고 하니, 얼마만큼 설득력이 있을지 궁금하다.

수도권 규제는 사실 어제 오늘의 일이 아니라, 역대 정부에 의해 계속돼온 정책이고 시책이다. 1960년대 들어 공업화가 진행되면서 수도권에 인구와 산업이 지나치게 집중되는 현상이 나타났고, 이에 따라 교통 혼잡, 주택난, 토지부족, 지가상승, 환경오염 등의 문제와 함께 국토개발의 불균형 문제가 제기됐다.

그래서 1964년 건설부가 서울의 인구 집중을 막기 위해 내놓은 '대도시 인구집중 방지책'을 시작으로 1971년 개발제한구역 도입, 1972년 10년 단위의 국토종합개발계획 발표, 1977년 수도권 인구 재배치 계획 및 임시행정수도 건설계획 발표, 1982년 '수도권정비계획법' 제정, 1984년 '제1차 수도권정비기본계획'(1982~1996) 공포, 1994년 수도권정비계획법령 개정 등을 통해 수도권의 이상비대 현상을 막으면서 비수도권과 지역 간 균형을 취하려 했다.

그러나 이런 대책도 수도권 억제에는 별 효과가 없었다. 서울의 광역화가 세계에서 유례를 찾을 수 없을 만큼 빠른 속도로 진전되면서 수도권 범위도 자꾸 확대돼 1982년 수도권정비계획법을 제정할 때는 지금처럼 서울, 인천, 경기도 전역이 됐다. 1960년 20.8%였던 전국 대비 수도권의 인구 비율은 현재 약 절반을 차지했고, 수도권 인구 집중률이 세계 최고가 됐다. 인구뿐 아니라 국가의 거의 모든 주요 기능이 한 곳에 모여 있다.

경기도내 상공회의소가 무려 22개

서울은 제쳐두고서라도 경기도를 살펴보면 1960년 당시 경기도는 인천 수원 등 2개 시가 있었고, 군은 19개였다. 이 가운데 인천시가 광역시로 분리돼 떨어져나갔고, 경기도 관할이던 강화군과 옹진군도 인천시로 편입돼 빠져나갔다. 현재 기준으로 보면 시는 수원하나이고 군은 17개라고 할 수 있다. 그 외에도 양주 광주 김포 등지의 일부가 서울시에 편입돼 면적이 많이 줄어들었다.

그런데도 불구하고 경기도는 시 지역이 계속 증가해서 현재 시가 27개나 된다. 군은 4개밖에 없는데, 이 4개 군은 전부 강원도와 접경해 있는 휴전선 부근이나 외곽지역이다. 경기도에 이처럼 군이 거의 없고 시가 대부분인 것은 1970년대 이후 서울의 주택난 돌파구로 서울에 통근이 가능한 인접지역이 주거지가 되면서 중소도시들이 대거 생겨나 급속한 성장을 거듭했기 때문이다.

1969년까지는 경기도에서 서울로 전입하는 인구가 많았으나, 1970년을 기점으로 양상이 달라져 서울에서 경기도로 전입하는 인구가 많아졌고, 경기도는 전국 최고의 인구 유입 현상을 나타냈다. 인구가 급증하면서 읍이 대거 시로 승격됐다가 정부의 행정구역 개편 때 규모가 작은 시가 다시 인근 지역의 군과 통합하는 과정을 거치면서 대부분의 지역이 시가 되고, 군은 줄어들게 됐다. 경기도의 1개 군이었던 양주군이 현재 의정부시, 동두천시, 구리시, 남양주시, 양주시 등 5개의 시로 변해 있는 것이 대표적인 예다.

경기도 인구는 2003년 서울을 추월한 뒤 계속 전국 시·도 가운데 1위를 지키고 있으며, 행정안전부 발표에 따르면 2010년 8월 현재 1,162만여 명을 헤아린다. 수원(106만 명), 성남(97만 명), 고양(94만 명), 부천(86만 명), 용인(85만 명), 안산(70만 명) 등 70만 명 이상 준광역시급 도시만 해도 6개나 된다.

신도시도 서울 인근에 우후죽순처럼 생겨났다. 분당(성남시), 일산(고양시), 평촌(안양시), 산본(군포시), 중동(부천시) 등 소위 '1기 신도시'라고 하는 5개 신도시들은 서울에서 25km 이내에 위치한 베드타운 성격을 지니고 있지만, 분당과 일산처럼 대도시 못지않은 유명세를 타는 곳도 있다. 10여 년 전부터는 판교, 파주, 광교, 송파, 송도, 동탄, 김포, 고덕, 오산, 양주 등지에 '2기 신도시'가 건설되고 있다. 대부분 서울에서 30~50km나 떨어져 있는 곳들이다. 뿐만 아니라 그린벨트를 해제해 건설되는 보금자리주택도 속속 들어서고 있다. 광명시에 지으려고 하는 보금자리주택은 분당 신도시급이다.

경기도내 상공회의소도 60년대 이전에는 수원과, '안성유기' '안성맞춤'이란 말이 생겼을 정도로 예전부터 상업이 활발했던 안성 등 두 곳에만 있었다. 그런데 지금은 상의가 무려 22개소나 된다. 공단이 새로 생기는 곳마다 사람이 모여들고, 그래서 도시가 만들어지고, 상공회의소가 생긴 것이다.

인천은 또 어떤가? 수도권 인구 유입에 힘입어 급성장한 인천은 지금 부산을 제치고 국내 제2도시가 되기 위해 총력전을 펼치고 있다. 지자체 수입의 핵심인 지방세는 인천이 부산을 추월했고, 예산 규모도 거의 같아졌다. 지역내 총생산 규모도 격차가 갈수록 줄어들고 있다.

더구나 부산 인구가 360여 만 명으로 인천 270여 만 명보다 90만 명이나 많은 것을 감안하면 재무제표 상으로 부산이 이미 뒤처졌다고 하겠다. 인천 인구는 계속 증가하는 데 비해 부산은 자꾸 감소하는 추세여서 머잖아 인구도 인천이 부산을 넘어설 것으로 전망된다. 전문가들은 인구 증감 패턴으로 볼 때 2030년 이전에 인천이 인구수에서 부산을 제치고 국내 제2도시로 부상할 것으로 전망하고 있다. 인천의 힘은 면적이 뉴욕 맨해튼의 3배, 서울 여의도의 70배에 이르는 경제자유구역과 인천국제공항 등을 기반으로 하고 있다. 인천에서는 2014년 아시안게임도 개최된다.

같은 잣대의 정책으로는 안 된다

수도권의 인구 및 산업의 집중은 주택·토지 가격 상승, 환경오염, 도시빈민 문제, 범죄율 증가, 교통 혼잡 등의 부작용이 뒤따르지만 경제, 교육, 문화 등 여러 분야에 새로운 수요를 만들어낸다. 억제를 하지 않으면 수도권 지역은 투자의 지속적인 확대로 유입 인구가 계속 늘어나는 반면에 지방은 투자 여력 감소로 자립적인 발전이 어렵게 돼 인구가 자꾸 빠져나가는 악순환이 계속될 수밖에 없다.

수도권의 인구 집중은 국회의원 수를 늘리면서 정치권도 변화시키고 있다. 행정안전부 자료에 따르면 내년 19대 총선에서 국회의원 지역구 수를 현행 245개 그대로 유지한다고 할 때 인구 증가로 분할 대상이 되는 곳이 6곳, 인구 감소로 통폐합 대상이 되는 곳이 9곳이다.

그런데 인구가 늘어 선거구를 분구해서 해당 지역의 국회의원 수를 늘릴 필요성이 있는 6곳 가운데 분구가 확실시 되는 용인기흥을 비롯한 4개 선거구가 경기도 지역이다. 나머지 두 곳은 충남 천안을과 강원도 원주다. 이와 반대로 인구 감소로 인해 기준에 미달돼 통폐합 대상이 되는 곳은 경남 남해·하동, 부산 남갑과 남을, 광주 서갑과 서을, 전남 여수갑과 여수을, 전북 익산갑과 익산을 등으로 모두 수도권과 멀리 떨어져 있는 영호남 지역이다. 이 가운데 남해·하동을 제외한 8개 선거구는 한때 인구가 늘어나 갑·을로 나뉘었다가 다시 줄어들어 통합 검토 대상이 됐다. 선거구가 어떻게 조정이 될지 알 수 없으나 수도권 지역구를 가진 국회의원 수가 늘어난다는 것은 분명하다.

역대 정부가 어떤 형태로든 수도권 억제 정책을 펴왔고, 이와 함께 국토를 균형 있게 발전시키겠다는 목표를 가졌던 것도 사실이다. 그러나 결과적으로 수도권 억제에 실패해 수도권은 계속 팽창했고 균형발전은 제대로 안 돼 지방이 피폐해졌다.

그 원인은 성격이 서로 다른 수도권과 지방에 같은 잣대로 정책을 폈기 때문이다. 수도권 억제를 한답시고 지방에 미치는 영향을 면밀히 살피지도 않고 정책을 시행하다 보니 전혀 엉뚱한 결과를 낳기도 하고, 오히려 수도권과 비수도권의 격차를 더 벌어지게 만들기도 했다. 다시 말해 지방 육성과 연계되는 제대로 된 체계를 갖추지 못했고, 비수도권 육성에 중점을 두는 대책도 등한시했다는 이야기다.

1973년 시행된 대도시 내의 공장 신·증설 및 공장 이전 등에 따른 지방세 5배 중과제도는 오히려 수도권 집중을 촉진시키고 부산 등 비수도권 대도시의 성장 기반을 취약하게 만들었다. 부산상의가 적극 건의를 해서 결국 1995년에 정부가 폐지를 했지만, 벌써 많은 기업이 부산을 떠난 후였다.

부동산 정책도 그렇다. 수도권에 인구가 몰리고 아파트 가격이 폭등하자 정부는 집값을 잡기 위해 수시로 부동산 규제 대책을 내놓았다. 그러나 서울 아파트 값은 '강남불패' 신화를 만들어 내면서 하늘 높은 줄 모르고 치솟았고, 반면에 규제할 만한 건더기도 없는 지방은 맥을 추지 못했다.

나라 전체의 절반 가량 되는 인구와 대부분의 중추 기능이 몰려 있는 수도권과 그렇지 않은 비수도권으로 양극화돼 있는 상황에서 같은 잣대를 들이댔으니 제대로 될 리가 없었던 것은 당연했다. 정부의 대학이나 금융중심지 등의 정책이 수도권이냐, 비수도권이냐에 따라 엄청나게 다른 영향을 미친다는 것도 같은 이유라고 하겠다.

비수도권의 사정이 이처럼 어렵고 활력이 떨어지고 있는 상황에서 수도권 규제를 완화하면 수도권 집중은 가속화 될 것이고, '선(先) 지방발전 후(後) 수도권 규제완화'라는 약속은 깨트려질 수밖에 없다. 국토가 균형발전을 하려면 무엇보다 지방에 기업이 많이 생겨 일자리를 많이 창출하고 지역경제를 활성화시켜야 한다. 때문에 지금과 같이 법으로 수도권을 계속 묶어놓으면서, 수도권 대기업을 지방으로 가져오는 것이 중요하고, 신설 대기업의 유치는 더 중요하다.

지금 관심의 대상이 돼 있는 수도권정비계획법만 해도 법 자체는 오래전에 만들어졌지만, 수도권 공장의 지방 이전을 위한 정책 등을 적극 시행해서 각 지방에 실질적 도움을 주었던 것은 1990년대 후반부터라고 하겠다. 1997년 10월 부산상공회의소는 전국 상의 가운데 최초로 대선 후보들을 초청해 토론회를 열고 수도권 억제 및 국토균형발전, 동남경제권의 중추관리 기능을 할 수 있는 선물거래소 설립 등에 힘써줄 것을 공약으로 삼아 달라고 요청했다. 대통령에 당선된 DJ는 취임 직후 수도권정비계획법을 재개정해 국토균형발전의 시금석을 만들었다. 또 '수도권기업 지방이전 촉진대책'을 발표해서 지방으로 이전하는 기업에게 세제 금융 인프라 등을 지원하도록 했다.

그렇게 해서 삼성전자는 수원사업부를 확장하는 대신 가전제품을 광주로 보냈고, 나머지 제품들은 충남 탕정에 건설해 지방경제의 큰 활력소가 됐다. 그 영향이 남부지방에까지 충분히 내려오지는 못했으나 부산에 선물거래소가 설립돼 한국거래소 본사 이전으로 이어지고, LS산전이 부산에 유치되는 등 부산에도 영향을 미쳤다.

2002년 21만 명에 달했던 수도권 유입 인구가 지난해 4만 4천명 수준으로 크게 줄어든 것은 그나마 수도권 집중을 억제하고 있기 때문이라고 보아야 할 것이다. 규제를 해도 지방은 기업 유치가 어렵고 인구가 감소하는데 이것저것 다 풀면 어떻게 되겠는가. 빨대 현상이 더 심해져서 세계 최고의 인구 집중률을 나타내는 수도권이 더 비대해질 것이다. 이것은 국가적으로도 불행한 일이 아닐 수 없다.

'수도권을 이길 수 있다'는 일본 간사이

일본 오사카를 중심으로 한 관서(간사이) 지방은 도쿄를 중심으로 한 관동(간토) 지역과 양대 축을 형성해왔다. 관서 지역은 오사카, 고베, 교토시를 중심으로 해서 광역경제권을 이루며 공동 발전을 하고 있다. 비수도권인 관서 경제권이 이처럼 발전할 수 있었던 것은 일본 정부 차원에서 수도권인 도쿄를 집중적으로 규제하고, 관서지방은 지역의 특성을 살린 산업을 유치하고 육성한 결과이다.

간사이는 1990년대만 해도 오사카시의 스미토모, 산와, 다이와 등 3개 은행과 고베시의 다이요고베 은행 등 일본 9대 시중은행(도시은행) 가운데 4개가 있었을 정도로 번창했다. 그런 간사이 지방도 2000년대 들어 대기업이 본사를 도쿄로 옮기는 사례가 잇따르면서 관동권과 격차가 많이 벌어졌다. 그래서 지난해 12월 간사이의 7개 부현은 총무성의 설립 허가를 받아 부현의 경계를 넘는 사무를 공동으로 담당하는 특별지방공공단체 '간사이광역연합'을 발족시켰다. 일본 최초로 광역단체인 도·도·부·현 차원의 연합을 만들어낸 것이다.

이 연합은 관광 문화 지역개발 환경 방재를 비롯한 여러 분야에서 광역행정을 펴고 있다. 각종 국제회의를 개최할 때에는 오사카 교토 등 개별 도시보다는 '관서지역'을 앞세우는 공동 브랜드 전략을 쓰고, 재해에 대비한 비상식량 비축이나 피해를 입히는 야생조수 제거 등에 함께 대처하고 있다.

"수도권을 이길 수 있다"고 외치는 간사이광역연합의 궁극적 목표는 지방분권 개혁과 도쿄일극집중(東京一極集中) 타파, 즉 도쿄 한 곳으로의 집중을 막자는 것이다. 중앙관청에 인허가 권한이 집중되는 중앙집권체제로는 진정한 지방자치를 할 수 없기 때문에 광역연합이 중앙의 권한을 이양받는 개혁을 통해 지방분권을 이뤄야 하고, 그렇게 해서 지방이 활성화되면 대기업이 도쿄로 옮겨가는 일도 없어질 것으로 기대하고 있다.

간사이의 중심인 오사카부에서는 또 지금, 하시모토 도루라는 40대 초반의 지사가 '오사카도 구상(大阪都構想)'을 주요 정책으로 내놓고 밀어붙이고 있다. 일본의 광역자치단체는 도도부현(都道府縣-도쿄都, 홋카이道, 오사카부와 교토부, 43개 현)으로 구성되는데 이 가운데 도읍 도(都) 자를 쓰는 곳은 수도권인 도쿄 한 곳 밖에 없고, 특별구(特別区)도 도쿄에만 있다. 그런데 하시모토 오사카부 지사는 오사카부와 오사카시를 합쳐 오사카도(大阪都)로 만들고, 오사카시와 주변 시를 없애고 특별구도 설치하겠다고 나섰다. 주민들은 많은 지지를 보내고 있다. 하시모토 지사는 지난해 4월 오사카부의 광역 및 기초지자체 의원들이 중심이 돼 발족시킨 지역정당 '오사카유신회'의 대표이기도 하다.

시선을 끄는 것은 간사이광역연합 설립에 앞장 선 것이 지역 경제계였다는 점이다. 간사이의 경제연합회와 경제동우회, 경영자협회, 상공회의소연합회와 오사카, 교토, 고베, 사카이 상공회의소 등 모두 8개 경제단체가 참가했다.

이들 경제단체 가운데서도 중심 역할을 하면서 설립에 앞장선 것이 '간사이경제연합회'이다. 2003년 간사이경제연합회는 지방분권개혁 모델로 '광역연합간사이주(広域連合関西州)'를 만들자고 제안을 하는데 이것이 광역연합의 출발점이 된다. 그리고 2007년 민과 관이 함께 참여하는 '간사이광역기구(関西広域機構 ·KU: Organization of Kansai Unity)'가 설립돼 광역연합 출범으로 이어졌다.

그렇다면 어떻게 해서 경제단체들이 지자체들의 리더가 돼 광역연합을 결성하게 하는 역할을 맡았을까? 그것은 각 지자체는 해당 지역의 경계를 벗어나는 일을 독자적으로 하기 어렵지만, 간사이 지방의 재계를 아우르는 간사이경제연합 같은 단체는 광역적인 관점에서 추진할 수 있었기 때문이다.

부울경을 특별시로 만들자

우리 동남권은 행정개편을 해서 다시 옛날로 돌아가 하나로 뭉쳐야 한다. 부울경의 큰 도시들이 독자적으로 커지려고 하면 시간이 오래 걸리고 또 힘이 든다. 뉴욕에서 기침을 해도 전세계가 감기가 드는 때에 전체 인구를 다 합쳐도 중국 산동성이나 미국 캘리포니아주 인구보다 작은 나라를 너무 작게 쪼개놓았다.

부울경이 합치면 인구가 800만 명이다. 글로벌 경쟁체제에서 일본이나 EU의 지자체들이 연합을 하고 있듯이 이제는 덩치가 커야 힘을 쓸 수 있는 시대가 됐다. 뿌리가 하나인 800만 명 인구라면 현재 서울특별시 인구와 큰 차이가 나지 않아 충분히 국제경쟁력을 갖출 수 있다. 3개 시도가 하나로 합쳐지면, 또 그렇지 않더라도 협의만 잘되면 사업 중복 등으로 쓸데없이 예산을 낭비하는 일도 없어지고 효율성은 크게 높아질 것이다. 남강물이나 신공항, 부산진해경제자유구역 등으로 빚어지는 갈등도 저절로 없어질 것이다.

서울~부산 KTX의 완전 개통이 이뤄졌고, 창원도 개통이 됐다. 그냥 손을 놓고 있으면 대구나 대전에서처럼 학교, 백화점, 병원 등 사회 경제의 많은 부분들이 서울에 빨려들어 갈 것이다. 그만큼 부울경의 협력과 상생이 더 절실히 필요로 하는 시기가 됐다.

오사카는 중추관리 기능을 가지고 있는 일본 두 번째 대도시이고 신칸센으로 동경으로 가려면 2시간 30분이 넘게 걸린다. 그런데도 간사이의 상당 부분이 동경으로 빠져나가자 광역연합을 결성해 힘을 합치고 있다는 것은 동남권이 참고해야 할 만한 사안이 아닐까 싶다.

부울경이 대한민국의 또 하나의 특별시가 되도록 해야 한다. 특별시가 당장은 어렵다면 일본의 간사이 지방처럼 우리 동남권이 힘을 하나로 뭉칠 수 있는 단체나 기구를 만들어서 쉽고 작은 것부터, 정신적인 것부터 힘을 합쳐나가야 한다.

그래서 동남권이 타 지역에 의존하지 않고 혼자 힘으로 설 수 있는 동북아 경제중심지가 되고, 수도권은 물론이고 중국 상해광역경제권이나 일본 관서광역경제권과도 경쟁하는 그런 지역이 될 수 있도록 해야 할 것이다. 만약 우리 세대에 안 되면, 그다음 우리 자식 세대에서는 될 수 있다는 희망을 지금 보여주었으면 하는 바람이다.

(부산상의 2011년 4월호-통권 494호)

서울 아파트와 부산 아파트값

● ● ◉

부산의 아파트값 상승세가 전국적 관심을 끌기 시작한 지도 벌써 1년 이상 된 것 같다. 부산발(發) 지방부동산 훈풍이 경부선을 타고 대구 대전으로 올라간다느니, 서진(西進)을 해서 광주 아파트값을 올렸다느니 하는 말도 있었다. 그런데 '훈풍'이란 말이 과연 맞는가?

3년 전쯤에 지금 살고 있는 아파트값이 궁금해서 인근 부동산중개소에 물었더니 "1억 5,000만 원 정도"라는 말을 해서 깜짝 놀랐다. 금정산 자락의 공기 맑은 곳에 있어 처음 지었을 때만 해도 시선을 끌었던 집이다. '터무니없이 싸다. 서울 강남에 있었으면 40억 원은 충분히 받을 수 있을 텐데…' 하는 생각이 들었다. 23년 전에 3억 5,000만 원을 주고 구입했을 때는 서울과 부산의 아파트값이 그렇게 큰 차이가 나지 않았다는 기억도 났다.

금석지감이 있지만 30여 년 전에는 부산과 서울 집값이 거의 같았다. 1980년대 중반까지만 해도 부산은 서울과 함께 아파트값 상승을 주도했고, 서울 부산의 아파트값을 규제하던 분양가 상한제 때문에 분양가는 큰 차이가 없었다. 88올림픽 후 아파트값에 대한 규제와 완화 정책이 반복되면서 두 지역의 아파트값은 격차가 크게 벌어졌다.

부동산 정보업체에 따르면 2007년 11월 부산 아파트의 3.3㎡(평) 당 평균가격은 419만 원이었고, 서울은 1,639만원, 경기도(신도시 포함)는 959만 원이었다. 서울 아파트 한 채로 부산 아파트를 약 네 채를 살 수 있고, 경기도 아파트 한 채를 팔면 부산에서 두 채를 사고도 많이 남았다는 계산이 나온다.

그렇다면 부산을 비롯한 비수도권 아파트값은 오르고 서울과 수도권은 내렸다는 지금은 어떤가? 지난 3월 부동산 정보업체의 자료에 따르면 부산 평균이 617만 원, 서울은 1,820만 원이었다. 또 경기도 신도시는 1,310만 원, 그 밖의 지역은 903만 원이었다. 수도권 아파트값이 1~2년 전에 비해 떨어졌다고는 하지만 4년 전에 비해서는 올랐다는 것을 보여준다. 다만 서울 아파트 한 채로 부산에 세 채를 살 수 있고, 신도시 아파트 한 채를 팔면 두 채를 살 수 있을 정도로 격차는 조금 줄었다.

수도권이 전국에서 차지하는 인구비중은 1960년 20.8% 정도였으나 지속적으로 상승해 지난해에는 49.1%로 절반 가까이를 차지했다. 국토 면적의 11.8%에 불과한 수도권에 전체 인구의 절반과 경제력의 80% 이상이 모여 있으니 주택 가격이 폭등하지 않을 리 없다.

끝없이 치솟기만 할 것 같았던 수도권 아파트값이 약간 떨어지고, 제자리걸음을 하던 부산 등 지방의 아파트값이 조금 오르는 것에 대해 전문가들은 다양한 분석을 내놓고 있다. 나는 부동산 전문가는 아니지만 직접적 원인은 한때 20~30만 명에 이르렀던 수도권 유입인구가 2003년부터 8년 연속 감소해 지난해 3만 1,000명 수준으로 크게 떨어졌기 때문이라고 생각한다. 또 수도권 유입인구의 감소는 수도권정비계획법과 산업집적 활성화 및 공장설립에 관한 법률(산집법) 등으로 지속적으로 수도권을 규제, 공장이 수도권에만 집중되지 않고 지방에도 세워질 수 있었기 때문이라고 믿는다.

한편으로는 서울과 부산의 아파트값이 이렇게 서너 배 차이가 나고, 또 서로 정반대로 상승과 하락을 하는 것이 과연 정상인가 하는 생각도 든다. 중국 아파트값은 베이징과 상하이가 앞장서 올리고 있는데 평균가격은 베이징보다 상하이가 더 높다. 일본에서는 도쿄 오사카 나고야 등 3대 도시권의 주택가 및 상가의 지가변동 비율이 하나의 백분율로 제시된다. 가격 차이는 있으나 변동 폭이 비슷하기 때문이다.

부산 아파트값이 서울과 큰 차이가 나고, 지금처럼 반대 방향으로 움직이는 것은 일본 중국의 대도시들과는 달리 부산이 제 역할을 하지 못하고 있다는 증거다. 아파트값이 상승하면 반기는 사람이 있는 반면에 고통을 겪는 사람도 있기 마련이지만 부산으로서는 수도권과 큰 격차가 나는 아파트값이 지금보다 훨씬 더 많이 올라야 대도시 체면을 세울 수 있는 처지다. 부울경 지역이 하나로 힘을 합쳐 덩치와 경제력을 키우며 공동발전을 하고 중추관리 기능을 제고시켜 나간다면 부울경 아파트값은 저절로 상승할 것이다.

(2011년 6월 1일 국제신문 CEO 칼럼)

수도권 정비법이 흔들리고 있다

● ● ● ●

자칫하면 수도권 규제가 한꺼번에 무너질 수 있다는 위기의 식 같은 것을 느낄 때가 종종 있다. 공장 및 대학의 신·증설과 대규모 개발사업 등을 억제해서 수도권의 집중화·비대화를 막고 국토를 균형 발전시키기 위해 제정된 '수도권정비계획법'이 이리저리 흔들리고 있기 때문이다. 그만큼 수도권의 공세가 심해지고 있다.

지난달에는 전국경제인연합회가 수도권 억제는 국제경쟁력을 약화시키는 '갈라파고스 규제'라면서 정부에 법령 재정비를 요청했다. 이 달 들어서도 서울 경기 인천 등 수도권의 3개 광역지자체 단체장들이 경기도 연천군과 인천시 강화·옹진군 등 3개 군을 수도권에서 제외시켜달라고 공동으로 정부에 건의문을 냈다. 서해 5도를 비롯한 3개 군이 휴전선에 접해 있는 낙후지역이기 때문에 공장 등을 마음대로 지을 수 있도록 아예 수도권에서 빼달라는 것이다. 서울시가 경기, 인천과 함께 수도권 규제 해제에 적극 나선 것은 이번이 처음이다.

이뿐만이 아니다. 지난 4월에는 지식경제부가 '산업집적 활성화 및 공장설립에 관한 법률(산집법) 시행 규칙'을 개정해 수도권에 공장을 세울 수 있는 첨단업종을 대폭 확대하려 했고, 지난 9월에는 인천 국회의원들이 김포공항과 인천항 주변에 공장의 신·증설이 가능하도록 규제를 완화하는 것을 내용으로 하는 '수도권정비계획법' 개정안을 발의했다.

사실 수도권의 규제 완화 주장은 어제오늘에 나온 것은 아니다. 오래전부터 끊임없이 이어져 왔고, 또 소리 소문 없이 규제가 조금씩 완화돼 왔다. 특히 2008년 10월 국가경쟁력강화위원회를 통해 발표된 '10·30 수도권 규제완화대책'은 수도권 공장의 신·증설 규제의 한쪽 모서리를 허물어뜨렸다. 그 때문에 수도권은 공장이 늘어나고 지방은 수도권 대기업을 유치하기가 훨씬 어려워졌다. 물론 비수도권도 수도권의 규제완화 주장에 강하게 반발하고 있고, 그래서 공방이 끝없이 이어지고 있다. 한 가지 걱정되는 것은 수도권이 수위를 계속 높여 집요하게 총공세를 펴고 있으나, 비수도권이 계속되는 공세에 지치거나 무덤덤해져서 적극적이고 체계적인 대응을 할 수 없게 되지 않을까 하는 것이다.

수도권에서 규제완화 주장이 나오면 가장 앞장서서 반대하는 지역이 충청과 호남이다. '수도권정비계획법' 덕분에 기업과 첨단산업을 대거 유치하고 있는데, 그 기반이 위태로워졌기 때문이다. 그렇지만 이보다 앞서 1990년대 후반부터 수도권 규제와 지방경제 활성화를 촉구해서 정책에 적극 반영시킨 지역이 당시 제조업의 공동화 위기에 처해 있던 부산이었다. 그리고 그 주체가 부산 경제계였다는 것은 아직도 많은 지역 상공인들의 자긍심으로 남아 있다. 부울경은 서울과 멀리 떨어져 있는 관계로 수도권 기업이 쉽게 내려오지 못해 수도권 억제에 따른 혜택을 다른 지역에 비해 많이 보지는 못했다. 그러나 나라 전체로 보면 수도권을 계속 묶어놓았기 때문에 그나마 유입인구를 조금 줄여 수도권 집중을 견제할 수 있었다.

수도권의 주장은 일본 영국 등 선진국이 수도권 규제를 과감히 풀고 있는 마당에 우리나라만 지역균형발전을 이유로 수도권의 발목을 잡고 있어 국가 전체의 경쟁력을 약화시킨다는 것이다. 통계청이 지난 1월에 발표한 '2010년 인구주택총조사 잠정집계 결과'에 따르면 서울 경기 인천을 합친 수도권은 면적이 전국 11.8%에 불과하지만 전국 대비 인구는 49%, 제조업은 46.9%였다. 예금액은 68.0%로 발표됐으나 실제로는 80% 이상이라고 판단된다. 이런데도 수도권 규제를 풀고 대규모 공장을 더 많이 세우면 비수도권은 계속 인구가 유출돼 자립하기 힘들게 될 것이다.

수도권이 이처럼 모든 것을 빨아들여 공룡처럼 된 나라는 세계 어디에도 없다. 수도권이 그렇게 예를 많이 드는 영국과 일본의 수도권 인구집중률도 각각 20%, 30%대에 머문다. 수도권 규제는 비수도권 전체의 생존과도 직결된다고 할 수 있다. 더 이상 규제가 완화되지 않도록 하려면 특히 지역 정치권의 역할이 절대적이다. 시민들도 수도권과 비수도권이 대칭될 수 있도록 노력하는 지역 정치인들을 기억해 두었다가 선거 때 더 많은 표를 던졌으면 한다.

(2011년 12월 21일 국제신문 CEO 칼럼)

수도권 규제와 동남경제권 발전

● ● ●

허남식 부산시장과 김두관 경남지사가 임진년 새해가 시작되고 얼마 지나지 않은 지난 1월 11일에 상대 시·도 청사로 출근해 하루 동안 역할을 바꿔 교환근무를 했다. 그런 뒤에 17년을 끌어온 신항의 경계구역 조정에 합의했고, 시·도 범위를 벗어나는 광역교통을 협의하는 교통본부도 설립하기로 했다. 두 시·도가 동남권신공항, 남강물 및 광역상수도 등의 문제로 그동안 첨예하게 대립해왔다는 점에서 상대방 입장에서 살펴보고 이해의 폭도 넓힐 수 있었던 좋은 기회였을 것으로 생각된다.

두 시장·도지사의 교환근무는 지난 2008년 여름에 일본의 오사카부, 교토부, 시가현 등 3개 광역자치단체장들이 배를 타고 일본 최대의 호수이자 명승지인 비와호를 둘러보면서 호수 물을 떠서 함께 마셨던 일을 떠올리게 만든다. 당시 일본 정부는, 시가현의 비와호에서 시작돼 교토 오사카 등지를 거쳐 흐르면서 관개와 상수도·공업용 수원으로 중요한 역할을 하는 요도가와 강에 댐을 여러 개 건설하려고 했는데, 3명의 지사는 지자체의 이해가 서로 상충되는데도 불구하고 일부 댐의 건설을 저지하는 등 정부에 공동 대응했다.

그리고 나서 2년여 후인 2010년 12월, 간사이지방의 광역지자체들이 모여 부현(府縣)보다 더 넓은 범위의 사무를 처리하는 광역행정조직인 간사이광역연합을 전국 처음으로 출범시켜 일본을 떠들썩하게 만든다. '지방행정의 대개혁'이라고도 불리는 이 연합에는 단체장들이 함께 호수 물을 마셨던 오사카, 교토, 시가를 포함한 2부 5현의 7개 광역지자체들이 참가했다.

사실 간사이광역연합의 출범을 선도한 것은 간사이지방의 경제계였다. 말을 바꾸면 광역연합이 만들어진 가장 큰 이유가 경제 때문이었다는 이야기도 된다. 일본의 두 번째 대도시인 오사카를 중심으로 하는 간사이는 한때 도쿄를 중심으로 한 간토 지방, 즉 수도권과의 격차가 크지 않았다. 그런데 사람 물류 돈 정보가 도쿄 등 수도권에만 모여드는 도쿄일극집중으로 인해 간사이 대기업들이 도쿄 부근으로 자꾸 이전하는 바람에 지역경제가 침체되고, 수도권과의 격차가 갈수록 벌어졌다.

간사이광역연합의 목적은 이 같은 지역경제에 대한 위기의식의 발로이자, 도쿄 한 곳만 번성하게 만드는 중앙집권체제 및 수도권 위주의 정책을 타파하기 위한 것이라고 할 수 있다.

경제계가 앞장을 섰지만, 지자체의 적극적 참여 없이는 불가능한 일이었다. 광역연합을 준비하는 상설조직 '간사이광역기구'를 만들어놓고 경제계와 지자체, 또 지자체들끼리 계속 협의하면서 의견 차이를 좁혀나갔다. 마지막 단계에서 힘을 하나로 모을 수 있게 한 주역은 해당 광역지자체의 지사들이었다. 비와호 물을 마셨던 야마다 게이지 교토부지사는 요도가와 강의 댐 문제로 시가, 교토, 오사카 등 3개 부현이 이해관계를 뛰어넘어 합의했던 좋은 선례가 있었기 때문에 광역연합이 성공적으로 출범할 수 있었다고 말한다. 민감한 문제를 서로 양보하고 협력해서 풀어나간 것이 계기가 돼 인근 지방끼리 결속할 수 있었다는 의미다.

부울경의 동남경제권이 상생 발전해야 한다는 큰 명제에 대해서는 3개 지역이 원칙적으로 동의하고 있다. 또 그 필요성에도 공감하고 있다. 그러나 한걸음 더 나아가 어떤 방법으로, 또 어떤 방향으로 발전해야 하는가 하는 문제에 이르면 상당히 복잡해진다. 사안별로 입장이 다르고, 이해가 다를 수 있기 때문이다. 무엇보다 부울경을 하나로 만들기 위해 앞장서서 이해와 협조를 이끌어낼 만한 상설조직이나 구심체가 없다는 점이 아쉽다.

글로벌 경쟁체제에서는 덩치가 작은 지자체들이 힘을 쓰기 어렵다. 인근 지자체들끼리 광역경제권을 만들어 국제경쟁력을 높이며, 동반 성장을 해야 한다. 필자는 수년 전부터 부울경특별시를 만들자고 주장하고 있다. 부울경이 행정개편을 해서 다시 옛날로 돌아가 하나로 뭉쳐야 하고, 당장 행정개편이 어렵다면 관광 환경 등 쉬운 것부터, 정신적인 것부터 힘을 합쳐서 하나가 돼야 한다고 강조하고 있다.

부울경이 합치면 800만이다. 뿌리가 하나인 800만 명의 인구라면 현재 서울특별시 인구와 큰 차이가 나지 않고, 충분히 국제경쟁력을 갖출 수 있다고 판단된다. 그래서 동남권이 타지역에 의존하지 않고도 혼자 힘으로 동북아 경제중심지가 되고, 수도권은 물론 중국 상해광역경제권이나 일본 간사이광역경제권과도 경쟁하는 그런 지역이 될 수 있어야 한다.

그러나 동남경제권의 발전방안 모색에 앞서 우리가 먼저 주목해야 할 것은 수도권 집중과 이에 대한 규제이다. 우리 속담에 '사람이 나면 서울로 보내고, 말은 나면 제주도로 보내라'는 말도 있지만, 지금 서울은 모든 것을 빨아들이는 블랙홀이 돼 있다. 수도권이 전국에서 차지하는 인구 비중은 1960년에만 해도 20.8%에 불과했으나, 1970년 28.3%, 1980년 35.5%, 1990년 42.7%, 2000년 46.2%가 되더니 현재 49%를 넘겨 전체 인구의 절반 가까이를 차지한다. 수도권 인구 집중률은 세계 최고 수준이다.

이에 비해 동남권은 1960년엔 16.7%로 수도권과 큰 차이가 없었으나, 매 10년마다 15.8%, 17.3%, 17.1%, 16.5% 등으로 큰 변화 없이 이어지다가 지난해 11월 현재 1970년과 똑같은 15.8%를 나타내고 있다.

이렇게 되고 보니 서울을 견제하지 않고는 동남권을 포함한 비수도권이 제대로 발전을 할 수 없게 됐고, 자칫하면 비수도권의 경제 전체가 힘없이 와해될지도 모르는 처지에 놓이게 됐다. 사정이 이런데도 수도권 정치권과 지자체 등은 온갖 방법을 동원해, 수도권의 집중화·비대화를 막고 국토를 균형 발전시키기 위해 제정된 '수도권정비계획법'을 허물기 위해 총공세를 펴고 있다. 공장 및 대학의 신·증설과 대규모 개발사업 등을 억제하기 위해 만들어놓은 '수도권정비계획법'은 아직 살아 있지만, 수도권 규제가 알게 모르게 조금씩 풀리면서 공장이 하나씩 들어서고 수도권은 계속 팽창하고 있다. 만일 이 법마저 없어진다면 지방경제의 위축이 가속화될 것은 불 보듯 뻔한 일이다.

수도권에서 규제완화 주장이 나오면 가장 강력하게 반대하는 지역이 충청과 호남이다. '수도권정비계획법' 덕분에 기업과 첨단산업을 대거 유치해왔는데, 그 기반이 위태로워지기 때문이다. 수도권 규제로 지방이 덕을 본 대표적 사례가 충남 아산시 탕정과 광주다. 삼성전자는 본사가 있는 수원 인근에 공장을 증설하려 했으나 '수도권정비계획법' 때문에 큰 공장을 더 이상 짓지 못하게 되자 반도체 분야는 탕정으로 가서 138만여 평에 공장을 지었고, 생활가전 (백색가전) 공장은 광주로 보냈다. 이 때문에 지역경제에 큰 도움을 주었다.

부산대학교 경영대학원 초청강연

부울경은 서울과 멀리 떨어져 있는 관계로 수도권 기업이 쉽게 내려오지 못해 수도권 억제에 따른 혜택을 다른 지역에 비해 많이 보지는 못했다. 그러나 나라 전체로 보면 수도권을 계속 묶어놓았기 때문에, 1980년대 후반에 매년 30만 명을 넘었고 2000년대 초반만 해도 20만 명 이상이었던 수도권의 한 해 유입인구를 5만 명 안팎으로 줄여 수도권 집중을 조금이나마 견제할 수 있었다

수도권의 주장은 일본, 영국 등 선진국이 수도권 규제를 과감히 풀고 있는 마당에 우리나라만 지역균형발전을 이유로 수도권의 발

목을 잡고 있어 국가 전체의 경쟁력을 약화시킨다는 것이다. 그러나 영국과 일본의 수도권 인구집중률도 각각 20%, 30%대에 머문다. 특히 일본에서는 고이즈미 정권이 들어선 뒤, 수도권을 억제해도 기업들이 지방이 아닌 동남아 등 해외로 빠져나간다는 이유로 50여 년간 유지됐던 '기성시가지 공장제한법'과 '공장재배치 촉진법'을 2002년과 2006년 각각 폐지했다. 그 결과 도쿄 집중이 더 심해졌고, 간사이광역연합이 출범하는 원인을 제공했다.

부울경은 뿌리가 같고 역사, 문화, 생활, 사회, 경제까지도 이어져 있기 때문에 하나로 합칠 수 있다. 특히 부산 · 울산시장과 경남도지사 역할이 중요하고, 부산 · 울산 · 창원 상의회장 등 상공계 인사들도 앞장서서 공동발전을 이끌어야 한다. 동남경제권의 대학들도 달라져야 하고, 그 가운데서도 부울경 중심대학인 부산대 역할은 매우 중요하다

지난해 오사카부 지사는 도쿄도 지사를 만나 오사카가 부수도라고 주장하며 수도 기능도 대체할 수 있어야 한다고 주장했고, 도쿄도 지사도 부수도라고 평가했다. 지금 오사카를 중심으로 한 간사이광역연합은 독자적 생존이 가능한 '미니국가' 쪽으로 가고 있다는 말도 듣는다.

우리 동남권은 수도권의 블랙홀에 빨려들어 가지 않을 만큼 충분한 노력을 하고 있는가?

부산시장이 서울시장에게 부산은 부수도이니, 수도 기능도 대체할 수 있다고 말하면 서울시장은 어떤 답을 할까?

우리 모두 함께 생각해보아야 할 문제가 아닌가 한다.

(2012년 3월 7일 부산대 경영대학 소식지 '효원경영' 제2호)

5장

인재경영
나눔경영

내가 처음 시작한 사업은 운수업이었다. 일본에서 중고 화물차를 수입하여 기업형 운수회사를 경영하였으며, 앞바퀴 하나에 뒷바퀴가 두 개인 삼륜차를 '용달차'라고 이름 붙여 판매하였다. 30대 때의 일이다. 그러다 재생 타이어공장을 인수하게 되었고, 자동차용 튜브 생산 공장인 흥아타이어공업을 설립하였다. 일본의 대기업인 스미토모 고무와 기술제휴를 하였으며, 1980년대 미국 시장에서 큰 성과를 거두었다. 사업 다각화를 위해 골프공 '빅야드'를 생산, 인기를 모았다. 금융업에 진출해서는 국내 경제난으로 어려움을 겪기도 했으나, IMF사태 직전 제일투신과 경남생명보험을 매각함으로써 위기를 미연에 방지할 수 있었다.

1999년 만년 적자에 허덕이던 우성타이어를 인수해 3개월 만에 법정관리에서 탈출했고, 1년 만에 흑자로 전환시켰다. 2000년 2월 넥센타이어로 이름을 바꾸었다. 인수 당시 1,500억 원이던 연간 매출이 2012년 1조 8,000억 원 규모로 늘어나는 비약적 성장을 이루었다. 중국 칭다오 현지 공장에 이어 세계 최첨단, 친환경 공장인 창녕공장을 가동하면서 증설하고 있고, 유럽대륙에 효과적으로 진출하기 위해 체코에 공장을 건설 중이다. 우성타이어 인수는 기업인으로서 일대 모험이었지만 대도약의 계기가 되었다. 이에 앞서 2002년 부산 경남을 대표하는 지역 민방인 KNN을 인수해 지역 발전과 새로운 언론문화 창달에 힘을 쏟고 있다.

돌이켜 보면 기업은 역시 사람이 중심이 되어야 하고, 생물처럼 끊임없이 변화해야 한다고 확신한다. 그래서 '인재 경영'과 '스피드 경영'이야말로 갈수록 치열해지는 글로벌 경쟁에서 앞서 나갈 수 있는 핵심전략이 아닐까. 가정형편이 어려운 학생들에게 장학금을 지원하고 꿈을 심어주는 '나눔 경영'도 사람이 존중받는 사회를 만들기 위한 노력의 일환이었다. 기업과 기업인들의 사회공헌활동이 더욱 확산되었으면 하는 바람이다.

기업 생존을 위한 수출과 투자

● ● ●

10년 전 대한민국에 불어 닥친 외환위기 이후 우리 경제는 짧은 기간 동안 많은 양적·질적 변화를 경험했다. 세계경제를 이끌어 가는 큰 흐름, 이른바 글로벌 스탠더드 개념을 중심으로 하는 세계경제 환경은 개별 기업의 존재 기반이 한 국가의 범주에만 머물러 있지 않음을 우리 모두에게 실감시키고 있다.

필자가 보기에는 최근 우리 기업들이 가장 주안점을 두어야 할 이슈는 크게 두 가지로 생각된다. 수출과 투자가 그것이다.

우리나라의 수출액은 지난해에 3,700억 달러를 훌쩍 뛰어 넘었다. 월간 수출액도 요즘엔 월 300억 달러대 행진을 거듭하고 있어 그야말로 비약적인 성장세이다. 하루 수출액이 10억 달러에 달하는 셈이니 세계 10대 경제 강국의 위용을 실감할 수 있다. 더욱 중요한 것은 극심한 내수부진과 유가상승 속에서도 우리 경제를 지탱해 온 수출이 최근 가속도를 높여 지속적인 증가율을 보이고 있다는 점이다.

수출이 이처럼 크게 증가하여 국민경제에 효자노릇을 톡톡히 하고 있는 이유는 무엇일까? 세계경제의 호조나 환율 상승으로 우리나라 수출제품의 가격경쟁력이 높아졌기 때문만은 아닐 것이다. 필자는 국내경기 부진이 기업들로 하여금 수출에 더욱 전력하게 만들고, 대기업 못지않게 중소기업들도 수출 비중이 절반 이상을 차지하는 곳이 수백 개에 이를 정도로 글로벌 경쟁력을 갖춘 것이 수출호황의 주된 원인으로 작용했다고 생각한다. 이는 과거에는 볼 수 없었던 특이한 일로서 상당히 고무적인 현상이다.

기업의 투자 또한 기업생존을 위한 중요한 화두다. 기업이 지속 가능하고 완전한 경쟁력을 갖추기 위해서는 내부적인 역량강화가 우선일 것이다. 그것의 토대가 기업의 건전한 투자이다. 기업이 투자에 나선다는 것은 미래에 대한 희망을 일구는 것이다.

최근 보도에 따르면 기업들의 현금성 자산이 과거 어느 때보다도 크게 늘었다고 한다. 부채비율 또한 사상 최초로 두 자릿수를 기록했다는 발표도 있었다. 하지만 필자에게는 그리 반갑게 들리지 않는다. 이는 기업이 영업활동을 통해 벌어들인 돈을 건전한 투자에 쓰질 않고 불확실한 미래에 대비해 예금 등의 형태로 쌓아 둔 것으로 풀이되기 때문이다.

지난 수년간 꾸준한 투자를 한 기업들은 그 성과가 가시적으로 나타나고 있다. 그들은 글로벌 경쟁력을 갖추었으며 이제 세계의 시장에서 일류상품으로 거듭나고 있다. 일류상품의 수요는 가격이 아니라 품질에 의해서 더 큰 영향을 받는다. 엄밀히 이야기해서 세계 시장에서 이제는 독점상품은 없으며 경쟁기업들의 시장진입은 자유롭게 이뤄진다.

따라서 기업투자의 중요성은 아무리 강조해도 지나치지 않다. 기업의 투자는 다만 생산시설 확충에만 국한되는 것은 아니다. 기업의 미래를 책임질 우수한 인력확보에 대한 투자 또한 병행되어야 한다. 기업들이 건전한 투자에 나서 첨단의 생산시설과 우수한 인력을 확보한다면 지속가능한 성장의 토대가 될 것이다.

2011년 가장 존경받는 기업인상 수상

넥센타이어는 수출액이 최근 2년 동안 2억 달러에서 4억 달러로 배 이상 증가했다. 매년 두자릿수의 증가율을 보인 수출증가가 최근 회사의 고성장을 이끌었다. 또한 4년 전 경남 양산 본사에 자본금 보다 배나 많은 1,100억 원을 투자해 제2공장을 지어 고부가가치 타이어를 생산중이다. 연구소 인력 또한 배로 늘였다. 올해부터 본격 가동에 들어가는 칭다오 중국공장의 투자도 이젠 글로벌 시장을 향한 첨병역할을 하게 될 것이다.

기업들은 무엇보다 지속가능한 투자활동으로 경쟁력을 확보해 나가야 한다. 수출과 투자를 쌍두마차로 무장하면 기업의 미래는 밝을 것이라고 확신한다.

(2008년 2월 18일 부산일보 'CEO 창')

왜 창녕에 공장을 세웁니까?

● ● ●

창녕에 제2공장을 짓는다고 하니까 많은 사람들이 왜 국내에다 큰 공장을 세우느냐고 물었다. 외국에 나가면 땅값이 싸고, 인건비 부담이 적고, 공장 건설비도 훨씬 적게 드는데 굳이 국내에 짓겠다는 이유가 궁금하다는 것이었다.

지난해 가을에 넥센타이어는 경남도, 창녕군과 투자협약을 체결하면서 승용차 및 경트럭용 타이어를 제조하는 단일공장으로는 세계 최대 규모로 건설하겠다는 계획을 발표했고, 얼마 전에 기공식을 갖고 공사에 본격 착수했다. 큰 공장이 국내에 세워지는 일이 드물고, 간혹 있다 해도 대부분 수도권이어서 그런지 전국적으로 큰 관심을 끌었다.

해외 공장을 운영해본 사람이라면 그것이 얼마나 어려운 일인지 안다. 같은 나라 국민이 아니라는 이유로 현지 근로자들과 크고 작은 갈등을 빚고, 불량품이 늘고, 생산성이 오르지 않는 것은 약과다. 한국에 와 있는 외국 기관이 해외공장을 가진 한국 기업과 관련된 각종 정보를 본국에 보내 견제나 간섭을 하게 하는 사례도 흔하다. '언어의 장벽과 문화의 차이를 극복해야 한다'는 정도가 아니라 예상치 못한 어려움을 숱하게 겪게 되는 것이다.

해외공장을 바라보는 시각도 변했다. 경영 여건을 호전시키는 만

병통치약처럼 생각하는 사람은 이제 아무도 없다. 국내 제조업을 공동화시키고 실업률을 높이기 때문에 국익을 위해 자제해야 한다는 지적이 많아졌고, 기업 내부적으로는 세계경제의 불안 요인으로 변수가 더 늘어난 점을 걱정하고 있다.

해외공장은 현지 내수시장 확대를 위한 수출전진기지 역할을 해야 하는 불가피한 측면이 있다. 넥센타이어도 중국 공장에서 3년 전부터 제품을 생산해 현지의 시장 점유율을 계속 높이고 있다. 그러나 전 세계에 수출하는 제품은 거의 국내에서 만든다. 중국의 인건비는 분명히 국내보다 낮지만 생산성은 한국의 80% 수준이고, 수출가격은 한국서 만든 제품보다 10~15% 정도 싸기 때문이다. 한국과 중국의 인건비 차이가 생산성과 효율성의 차이를 뛰어넘지 못하고 있는 것이다.

가격 차이는 국가 브랜드, 즉 '메이드 인 코리아'와 '메이드 인 차이나'의 차이에서 생겨난다. 삼성과 LG의 전자제품과 반도체 자동차 등의 한국제품은 일본제품보다 가격이 싸면서 품질은 좋다 보니 인기가 대단하다. 이런 분위기에 힘입어 타이어 등 다른 제품들이 고가에도 잘 팔리고 있다. 다시 말해 현지의 내수시장 확대가 목적이 아니라 전 세계로 수출하려 할 경우, 차별화된 기술과 경쟁력을 가진 제품이라면 인건비 때문에 외국에서 제조할 필요가 없어졌다는 이야기가 되겠다.

땅 문제도 종전과는 달리 별 어려움이 없다. 예전에는 대기업들이 우선 공장 지을 땅을 국내에서 구하지 못해 외국에 나가는 예가 적지 않았다. 그러나 현 정부 들어 산업단지특별법을 제정해 인·허가 등 행정 절차를 밟는 데만 2~3년씩 걸리던 것을 6개월 이내로 줄였고, 국내서도 얼마든지 적절한 가격으로 용지를 구해 공장을 세울 수 있게 됐다. 특히 지방자치단체들이 앞 다투어 각종 인센티브를 제공하면서 공장을 유치하고 있다. 실업자를 줄이고, 소득 수준을 높이고, 급감하는 농촌인구를 늘리기 위해서다.

어느 기업인이 비슷한 조건인데 자기 나라를 놔두고 남의 나라에 가서 공장을 세우고 싶겠는가. 이웃나라 일본만 하더라도 해외공장 건설이 주춤해지면서 다시 국내에 공장을 짓는 추세다. 한국도 해외공장 건설을 자제하고 다시 국내에 세울 때가 됐다고 생각된다. 아직 많은 기업들이 국내 설립을 주저하거나 회피하고 있지만, 머리를 맞대고 함께 고민하면 머지않은 장래에 반드시 그 해법을 찾을 수 있을 것이다.

수도권에 공장을 세울 경우 땅값 상승에 따른 기대심리를 가질 수 있고, 투자비 보전이 수월하다. 여러 지방자치단체가 넥센 제2공장 유치를 희망했으나 물류 용수 등에서 장점이 많은 창녕을 선택했다. 부산 경남에서 평생 기업을 해온 사람으로서 조금이나마 지역경제의 활성화에 기여하고, 국토의 균형발전에도 나름대로의 역할을 하고 싶었기 때문이다.

(2010년 7월 7일 국제신문 CEO 칼럼)

넥센타이어 창녕 공장

타이어가 아니라 브랜드를 판다

●●●

사업상 자주 찾는 독일 에센은 과거와 현재가 공존하는 인구 약 60만 명의 아름다운 소도시다. 유럽의 대표적 탄광지대 였으나 1980년대 석탄 생산량 감소로 폐광이 되고 나서 급격히 쇠락했고, 그러다가 산업과 문화가 공존하는 도시로 화려하게 변신했다. 에센은 또 박정희 대통령이 파독 광부들을 찾아가 "여러분 이게 무슨 꼴입니까. 여러분의 새카만 얼굴을 보니 내 가슴에서 피눈물이 납니다"라고 하면서 대통령 체신도 잊고 눈물을 훔쳤던 뒤스부르크 인근이어서 1960년대 우리의 아픔이 묻어 나오는 곳이기도 하다.

필리핀 국민소득이 170달러, 태국 220달러이던 시절에 우리는 76 달러였고, 세계 120개국 중 우리 밑에는 달랑 인도 하나만 있었다. 그렇게 어려웠던 한국이 세계 10위권 경제 규모에, 국가브랜드 순위가 경제협력개발기구(OECD) 30개국 중 19위가 됐으니 금석지감이 들지 않을 수 없다.

지난 6월 초에도 에센에서 며칠을 보냈다. 2년에 한 번씩 개최되는 '라이펜 에센(Reifen Essen)'이라는 타이어 및 관련 부품 기술을 선보이는 세계적인 박람회가 열렸기 때문이다. 그 두 달 전인 4월 초에는 창녕의 넥센 제2공장 건설에 필요한 설비 구입차 이곳에 갔다가 화산재가 유럽 상공을 뒤덮으면서 항공 대란이 일어나는 바람에 1주일간 꼼짝 못하고 갇혀 있었다. 귀국해서 반농담조로 "이젠 절대로 독일에 가지 않는다"고 했는데, 말이 그렇지 가지 않을 수는 없는 노릇이었다.

통상 쇼라고 부르는 타이어 박람회 및 전시회는 전 세계의 타이어 업체 및 자동차 업체 관계자와 딜러들이 전부 모여들기 때문에 브랜드 이미지를 높일 수 있는 절호의 기회다. 특히 에센쇼는 미국 라스베이거스에서 매년 11월 초에 열리는 세마쇼(SEMA Show)와 함께 최대 규모의 타이어 쇼다. 이번에도 세계 42개국 600여 개 업체 관계자들과 2만여 관람객이 찾았다. 넥센은 넉넉한 공간에 특색 있는 복층형 부스를 세워놓고 출시 예정인 신제품 5종을 포함해 모두 24개 패턴의 제품을 전시하는 등 신경을 썼고, 현장에서 많은 상담과 계약을 이끌어냈다.

전 세계 125개국에 수출하다 보니 유독 벽이 높은 곳이 있는데 유럽 쪽이 그랬다. 우선 소비자들이 변화를 거부하는 보수적 성향을 갖고 있다. 그런데다 타이어업계의 선두주자인 프랑스 미쉐린을 비롯해 독일 자동차산업과 함께 성장한 콘티넨탈, 이탈리아의 피렐리까지 최고 품질의 토종 브랜드들이 수십 년간 시장을 장악하고 있다.

이런 철옹성 같은 유럽시장을 공략하려면 브랜드 가치를 높이는 방법밖에 없었다. 에센쇼를 적극 활용했고, 2006년 독일월드컵 때는 유동인구가 연 4,000만 명에 달하는 프랑크푸르트의 중앙역 앞에 옥외전광판을 세웠다. 독일 영국 이탈리아 등지에 판매법인 및 지사를 설립한 것은 물론이고, 국내에서와 마찬가지로 타이어 업계의 특성을 살려 '넥센'이라는 이름을 단 자동차 경주팀을 후원했다.

그렇게 하자 유럽시장에서 브랜드 이미지가 조금씩 달라지기 시작했고, 지난해는 1억 8,500만 달러 정도를 수출했다. 3억 달러 이상의 미국과 비교하면 미흡한 수준이지만, 브랜드를 앞세워 본격 공략할 수 있다는 자신이 생겨 지난 9월 독일에 기술연구소도 설립했다.

유럽의 예를 들었지만, '타이어가 아니라 브랜드를 판다'는 전략은 세계 어디에서나 마찬가지로 통용된다. 청교도 정신의 영향으로 어디서 만들었든 품질과 가격만 고려해 제품을 선택했던 미국도 달라졌다. 이제 미국시장에서도 브랜드를 키우지 않으면 성공하지 못한다.

넥센은 '넥센 히어로즈' 프로야구단의 타이틀 스폰서를 맡아 큰 효과를 거두는 등 국내외에서 브랜드 인지도를 계속 높여가고 있다. 브랜드는 신뢰로부터 출발해야 하고 기술력이 뒷받침되지 않으면 가치를 이어갈 수 없다.

최근 수년간 국내 연구소에 석박사급 연구개발 인력을 3배 이상 늘렸고, 미국 중국 등지에도 기술연구센터를 세워 국가별 특성에 맞는 제품을 개발하고 있다. 연구 인력이 늘었다 해서 당장 눈에 띄는 변화는 없다. 10년 후에는 아시아의 최고 브랜드가 되고, 또 10년이 흐르면 세계 최고 브랜드도 될 수 있지 않을까 하는 기대를 하고 있다.

(2010년 10월 20일 국제신문 CEO 칼럼)

동남권 농촌에 세우는 큰 타이어공장

● ● ●

그동안 큰 공장을 여러 번 지어봤지만 경남 창녕 타이어공장만큼 많은 시선을 끌었던 공장은 없었다. "왜 땅값 싸고 인건비도 적게 드는 외국에 짓지 않고 국내에 세우느냐"며 다들 의아하게 생각했다. 비수도권의 농촌지역에 대단위 공장이 들어선다는 것 자체가 전국적 화제가 됐고, KBS에서 특집 편성을 하는 등 언론에서도 큰 관심을 나타냈다.

그런 공장이 이달 중순부터 부분 가동이 되고, 3월 초에는 정상 가동된다. 15만 평 부지 위에 1조 2,000억 원을 투자해 세우는 이 공장은 최첨단제품을 생산하면서, 계속 증설돼 4~5년 후에는 매출 2조 원을 기록하게 된다. 이 공장에서만 하루 6만 개, 연 2,100만 개의 타이어를 생산할 계획이다. 여유 부지에 생산시설을 추가 설치해 생산량을 더 늘리는 방안도 고려하고 있다. 회사를 운영하는 사람으로서는 감회가 남다를 수밖에 없다.

사실 공장을 어디에 지으면 좋을까 싶어 외국도 살펴보았고, 국내에서도 이곳저곳을 알아보았다. 그러고 나서 최종적으로 창녕을 선택했던 것은 이제는 우리가 굳이 해외공장에 집착할 필요가 없다고 보았기 때문이다. 우리 국가브랜드가 크게 높아져 '메이드 인 코리아'가 전 세계에 명성을 떨치고 있고, 중국이나 동남아 등지의 제품에 비해 훨씬 비싼 가격에 팔 수가 있게 된 것이다.

동남아 등지에 공장을 지으면 땅값 임금 건축비 등이 적게 들어가지만, 그만큼 관리가 어렵고 불량률이 높다. 또 해외공장에서 제3국으로 수출할 경우 국내에서 만든 제품보다 10~15% 싸게 팔아야 한다. 단 특정 국가의 시장을 개척하려 할 때는 현지공장을 지어야 하는데, 넥센도 중국 내수시장을 겨냥해 칭다오에 큰 공장을 가동하고 있다.

창녕 공장에서 생산한 제품이 해외공장보다 더 높은 수익을 보장받기 위해서는 첨단설비를 갖추는 등 효율성을 높여 고가제품을 만들어야 한다. 최첨단기계를 설치하기 위해 전 세계의 설비업체를 둘러보고 나서 독일의 하버그프로이덴버그(HF), 네델란드의 VMI 등 유럽의 유명업체 제품을 도입하기로 했다.

종전까지 국내 타이어공장의 설비는 거의 일본 일변도였다. 그러나 이를 다변화해서 보다 최신설비를 갖추어보자고 마음먹었던 것이다. 유럽 기계를 들여오면서 알게 된 것은 일본이 의외로 기술제휴 등을 통해 유럽으로부터 기술 지원을 많이 받고 있다는 것이었다. 유럽 기계는 성능이 뛰어나면서 가격도 일제에 비해 저렴했다. 특히 한·유럽 FTA 체결로 8%의 관세 혜택을 받은 것은 계획 단계에서는 기대하지 않았던 부분이다.

창녕공장에 들를 때마다 느끼는 것은 책임감이다. 그만큼 지역에서 거는 기대가 크다. 공장이 본격적으로 가동되기 전인데도 주변에는 이미 오래전부터 적지 않은 변화가 일어났다. 지난 2009년 8월 창녕 공장을 세운다고 발표한 직후부터 인근 땅값이 오르기 시작하더니 지금은 주변 지역의 땅값이 두세 배까지 올랐다. 언론 등에서 발표하는 자료에도 창녕의 땅값 상승 원인에 거의 빠짐없이 넥센타이어 공장이 들어 있다.

지역사회에서 가장 큰 관심을 갖는 신입사원 채용은 지난해 300명을 선발한 데 이어 올해 400명을 뽑을 예정이며, 향후 약 5년간에 걸쳐 창녕공장에서만 2,000명을 뽑게 된다. 주변에 협력사가 오게 되면 일자리는 훨씬 늘어나게 될 것이다. 창녕의 현지 인력을 우선적으로 채용해서 취업률과 주민 소득을 높이는 등 지역경제 활성화에 도움이 되려고 하고 있다.

창녕에 공장을 세운 것은 부울경 광역경제권 발전을 주장해 왔던 사람으로서 가능하면 이 지역에 공장을 세우겠다고 생각했기 때문이다. 또 현 정부 들어 제정한 산업단지특별법 덕분에 2~3년씩 걸리던 인·허가 등 행정절차를 7개월 정도로 줄였고, 적절한 가격으로 용지를 구했기 때문이었다. 특히 지자체의 적극적인 기업 유치는 공장 설립에 활력을 불어넣었다. 공장을 세우면서 내린 결론은 이젠 유명 그룹과 대기업들도 해외로 나가지 않고 국내에서 큰 공장을 지을 수 있다는 것이다. 이는 세계 각국의 화두인 일자리 창출과 국가발전에 직결되는 것이기도 하다.

(2012년 2월 8일 국제신문 CEO 칼럼)

동원학당과 기업인 사회환원

● ● ●

이 달 초순에 통영에 신축된 동원중·고 교사 준공식에 초청을
받아 가보고 깜짝 놀랐다. 통영 앞바다가 내려다보이는 4만
여 평의 넓은 부지에 장복만 동원개발 회장이 485억 원의 사재를
희사해 지은 초현대식 건물과 시설이 들어서 있었는데, 마치 대학
캠퍼스에 들어간 듯한 느낌을 받았다.

통영은 장복만 회장의 고향이고, 동원고의 전신인 통영상고는 그
의 모교다. 이 학교가 운영이 어려워져 폐교 위기에 놓였을 때 장 회
장이 이사장으로 취임했다. 장 회장은 학교 다닐 때 가정 형편이 어
려워 공납금을 제때 내지 못해 벌을 선 적도 있다고 한다. 장 회장
이 학교 운영을 맡은 후 학교는 한 해가 다르게 달라졌고, 12년이
지난 지금은 명문대 합격자를 많이 내는 지역 명문고로 자리 잡았
다. 그런 학교가 이번에 최신식 시설까지 갖추게 됐으니, 그야말로
날개를 단 셈이 됐다.

근년 들어 기업의 사회환원이 눈에 띄게 늘고 있다. 기업이 직접
후원을 하기도 하고 문화재단 등을 설립해 지원하기도 하는데, 그
분야가 갈수록 넓어지고 있다. 이런 추세 속에서 기업과 학교 사이
도 훨씬 가까워졌다. 필자가 회장과 이사장을 맡고 있는 넥센 계열
사와 월석부산선도장학회, 넥센월석문화재단, KNN문화재단도 여

러 대학 및 중·고교에
장학금을 전달하고 산
학협력을 통해 지원을
하고 있다.

복지관 방문

기업이 직접 대학이
나 중·고교를 맡아 운
영하는 사례도 많아졌
다. 이런 추세는 교육
환경이 급변하고 학교
사정이 예전보다 어려
워졌기 때문에 나타나는 현상이다. 가장 큰 원인은 말할 것도 없이
출산율 저하로 인한 학생 수의 급감이다. 학생 감소로 초등학교에
서 시작된 학교 통폐합이 중·고등학교를 거쳐 대학으로까지 확산
되고 있다.

학교로 인한 인구이동도 많다. 자녀 교육을 위해 이사하는 가구
도 적지 않고, 소도시에 명문교가 만들어져 지역 전체가 교육도시
란 이름을 얻고 인구가 늘어나는 곳도 있다. 지역 발전과 학교 발전
이 이렇게 밀접한 관련을 갖게 되다 보니, 일선 지방자치단체나 교
육기관에서 기업인들에게 지역을 위해 특목고 등의 설립을 권하고
있다. 또 경영이 어려워진 학교를 맡아달라는 부탁도 한다.

필자도 약 20년간 학교를 맡아 나름대로는 아주 의욕적으로 운
영을 했으나 어쩔 수 없이 중도에 그만둘 수밖에 없었는데, 지금도
많은 아쉬움이 남는다. 1980년대부터 고향인 경남 진주시 이반성면
에 있던 이반성중의 이사장을 맡아 좋은 성적으로 대학에 진학하
는 졸업생들에게는 입학금을 지원하기도 하는 등 큰 관심을 쏟았

다. 아내는 교사로 학생들을 가르쳤으니 부부가 함께 정신적 물질적 기여를 한 셈이다. 그러나 이농현상으로 인해 한때 600명에 달했던 학생 수가 자꾸 줄었고, 결국 1999년에 인근 반성중과 통합되고 말았다. 그때 장학금을 받고 명문대를 졸업한 뒤 각계에서 활약하고 있는 졸업생들로부터 간혹 안부 편지를 받을 때는 아쉬움이 더욱 커진다.

또 필자가 다녔던 초등학교가 이전한다는 말을 듣고 전체 부지를 기증했는데, 나중에 보니 입학생 감소로 결국 폐교가 되고 말아 허탈해했던 적도 있다. 진주 경남수목원으로 가다 보면 만나게 되는 학생야영수련장이 필자의 모교인 진산초등이 폐교되기 전의 건물이다. 모교는 없어졌으나 지금도 많은 학생들이 이용하고 있다는 것으로 위안을 삼고 있다.

무한경쟁의 글로벌시대는 기업도, 지역도, 학교도 끊임없이 변화와 혁신을 이뤄나가야 한다. 대내외 교육환경이 급변하는 가운데서 학교는 생존을 하고, 또 발전을 하지 않으면 안 된다. 특히 대학 진학 등 교육 문제로 청년인구가 대거 수도권으로 이동하고 있다는 것은 지역 전체가 풀어나가야 할 과제라고 생각된다.

기업인들의 학교를 통한 사회 환원은 앞으로도 계속 늘어날 것이다. 이런 가운데서 동원학당에서처럼 고향 사랑, 모교 사랑이 겹쳐져 지역 인재를 육성하고, 지역 발전에도 크게 기여하는 모범적 사례가 많아지기를 기대해본다.

(2012년 9월 26일 국제신문)

'창조 공장'과 일자리 창출

• • •

'오포세대'가 국립국어원이 선정한 2014년 신어(新語)에 포함돼 공개됐다. 연애, 결혼, 출산을 포기한 '삼포세대'보다 더 심한, 인간관계와 내 집 마련을 포기한 세대를 지칭한 말이다. 각종 매체에 얼마나 자주 등장했으면 국립국어원이 새로운 말로 인정한 것일까.

얼마 전 제주도의 한 야영장 텐트 속에서 20대, 30대 남자 네 명이 숨진 채 발견됐다. 경찰의 수사 결과 그들은 번개탄을 피워놓고 스스로 목숨을 끊었다는 것이다. 지난해 21세부터 40세까지 청년 자살자는 3,587명으로 전체 자살자의 25.9%를 차지했다고 한다. 안타까운 일이 아닐 수 없다. 젊은이들이 왜 세상을 등지려고 했는지 동기는 제각각이겠지만, 전문가들은 2011년 8.5%에서 지난해 11%로 늘어난 청년실업률과 무관하지 않다고 분석하고 있다. 직장이 없으면 연애, 결혼은 물론 가족관계도 소원해지고 친구와도 멀어지기 마련이다. 그야말로 일자리가 이 시대의 화두(話頭)다.

지난달 하순 청와대에서 열린 '고용 우수 100대 기업' 관계자 초청 오찬에 참석했다. 이 자리에서 박근혜 대통령은 "일자리야말로 국민 행복을 이루어 가는 첫걸음이고, 지속적 경제성장과 국가발전을 이루는 토대"라고 강조했다. 박 대통령은 또 "일자리를 하나라도 더 만드는 기업이 애국 기업"이라며 참석한 기업 대표들에게 "한 분 한 분 다 업어드려야 할 분"이라고 격려했다. 필자는 이 자리에서 "왜 공장을 해외에 건설하지 않고 국내에 증설했느냐"는 대통령의 질문을 받았다. 2010년 착공해 2012년 1단계 증설 완료된 넥센타이어 창녕공장에 대한 질문이었다. 2009년 창녕공장 건설 계획을 발표하자 "땅값이 저렴하고 인건비가 적게 드는 해외로 나가지 않느냐"라거나 "국내에서 채산성이 있겠느냐"라고 걱정하는 사람들이 무척 많았던 게 사실이다.

하지만 땅값과 인건비 부담이 있을지라도 국내의 우수 인력이 고부가가치 제품을 만들면 생산성과 효율성 측면에서 단연 유리하다고 판단했다. '메이드 인 코리아' 브랜드로 세계 시장에 나서야 경쟁력을 갖출 수 있다고 확신했다. 당시 여러 지방자치단체들이 기업을 유치하기 위해 다각도의 노력을 기울였으며, 창녕은 농촌 지역이어서 땅값이 저렴해 기초 투자를 줄이는데 도움이 되었다. 더구나 산업단지특별법이 제정된 이후여서 공장 인허가 과정이 6개월 이내 마무리되었다. 무엇보다도 '기업인은 설령 조금 손해를 보더라도 나라가 잘 되어야 한다'는 필자의 국가관이 밑바탕이었다.

남들이 생각하지 못한, 세계 최고의 최첨단 설비로 최고의 제품을 생산하기로 결심하고 여러 나라의 공장 설비를 살펴보았다. 결국 창녕공장의 설비는 최신 기술 및 자동화를 구현한 유럽의 최고 제품을 도입했다. 원재료 입고에서 완제품 출하까지 전 공정의 물류를 자동화하였으며, 근로자들은 생산 과정만 점검하는 역할을 맡도록 했다. 최고의 품질, 일정한 제품을 생산할 수 있었으며, 이것이 '창조 공장'의 핵심이다. 축구장 5개 크기의 태양광 발전으로 친환경 에너지를 생산하게 되었고, 자연 채광과 환기 시스템으로 쾌

적한 근무환경을 조성했다. "타이어 제조 공장이 아니라 반도체 공장보다도 훨씬 쾌적하다"는 찬사도 들었다. 1단계 증설이 완료되자 전 세계 자동차업계 관계자들의 방문이 잇따랐고 엄격한 품질 심사를 거뜬하게 통과했다. 미국의 크라이슬러, 유럽의 피아트, 폭스바겐, 일본의 미쓰비시 자동차와 거래하게 되었다. 2013년 10월 KBS 1TV '대한민국 중견기업-작은 거인' 프로그램 첫 방송을 통해 넥센타이어 창녕공장의 현대식 시설이 소개되자 국내 업체들도 관심을 갖고 벤치마킹하기 시작했다.

공장이 가동되면서 창녕 지역사회에 새로운 변화의 바람이 불었다. 지역 주민들을 최우선적으로 채용하면서, 고향을 떠났던 사람들이 돌아와 인구가 증가하게 되었다. 창녕군내 전체 고등학교 학생들에게 장학금을 지원하고 졸업생들을 고용하였다. 그러니 정원을 못 채워 애를 먹는 여타 농촌 고등학교들과는 달리 이들 학교는 학생모집 걱정이 없어졌다. 땅값도 올라 창녕은 경남의 시군 가운데 거제와 함께 각광받기 시작했다.

8,600억 원을 투입 1, 2단계 증설이 완료된 창녕공장은 1,200명, 관련회사까지 포함하면 약 2,000명 고용을 창출한 셈이다. 6,400억 원가량을 추가 투자하는 3, 4단계 증설이 완료되면 약 1,000명의 일자리가 더 늘어날 것이다.

땅값이나 인건비가 조금 더 드는 국내에서라도 최고의 설비와 최고의 기술로 최고 품질의 제품을 만들어 세계와 경쟁하면 분명 승산이 있다. 일자리가 늘어나 지역 사회가 활성화되고, 주민들로부터 사랑받는 기업이 되었으니 얼마나 보람된 일인가. 고정관념을 뛰어넘은 '창조 공장'으로 지역 사회와 상생의 길을 계속 달릴 것이다.

(2015년 4월 7일 매일경제)

타이어 외길 50년

-부산대 경영대학원 특강

● ● ●

여러분 반갑습니다. 부산대 경영대학원 재학생 여러분을 뵙게 되어 대단히 반갑습니다. 이 자리에 참석하신 여러분은 대부분 기업에 근무하시거나, 개인 사업을 하시는 분들이라고 알고 있습니다. 제가 평생 몸과 마음을 바쳐온 타이어 사업에 대한 경험과 기업관을 들려드리고, 여러분의 의견도 격의 없이 경청하고 싶습니다.

저는 우리 나이로 스물일곱 살 때, 그러니 1967년도부터 사업을 시작하여 지금까지 48년째 기업을 경영하고 있습니다. 넥센그룹의 기업은 국내에 7개, 중국 청도 60만 평 단지에 현지법인 4개가 증시에 상장되어 있고, 2개는 상장을 시키려 하고 있습니다.

넥센타이어는 양산과 창녕에, 튜브공장인 ㈜넥센은 김해에, 또 넥센산기도 김해에, 넥센테크는 양산과 울산의 경계에 있습니다. 본사는 모두 공장 소재지에 있습니다.

방송사 KNN은 부산 경남이 시청권입니다. 해운대 센텀시티에 지상 28층, 지하 5층 규모의 신사옥을 마련했습니다. KNN 신사옥에는 최첨단 방송시설이 갖추어져 있고, 게임업체 IT업체들이 함께 입주해 있습니다. 신사옥에는 약 500평 규모 되는 전시문화공간인 월석아트홀과 300석 규모의 소극장도 만들었습니다. 제 호가 월석이어서 이름을 그렇게 붙였습니다.

　회사 경영 이야기를 하기 전에 제 소개를 간단히 하겠습니다. 제가 태어난 곳은 경남 마산입니다. 어머니가 일찍 돌아가시는 바람에 고향인 진주 이반성면에 가서 초등학교를 졸업하고, 다시 마산으로 와서 중학교와 고등학교를 졸업하였습니다. 저는 시골에서 500석 이상 농사를 짓던 큰 부잣집에서 태어났습니다. 가산을 유지만 하였어도 큰 고생 없이 공부할 수 있었는데, 자유당 시절 토지개혁으로 인해 우리가 소유하고 있던 농지가 다 소작인들 몫으로 돌아가고, 정부에서 주는 지가증권만 보유하고 있던 상황이었습니다.

　우리 아버지 형제들이 4형제인데, 제일 막내 삼촌이 키도 크고 아주 잘생긴 분이었습니다. 그 삼촌이 사업을 한답시고 진주를 왔다 갔다 하셨는데, 토지개혁 때 받은 지가증권을 큰형님인 우리 아버지 모르게 다 가져가서 돈으로 바꾸어 없애버렸던 모양입니다. 그 바람에 우리 집안이 어렵게 되었던 게 아닌가 생각됩니다. 그 삼촌이 개그맨 강호동의 할아버지입니다. 제게는 삼촌이고, 호동이에게는 할아버지니까, 호동이하고 저는 5촌간입니다.

　그래서 고등학교부터 어렵게 공부를 했고, 대학 들어갈 때는 뒷바라지해줄 사람도 없어 육사를 쳤더니 낙방하였습니다. 제가 다녔던 마산고등학교는 동기들이 육사에 6명 합격했고, 서울대에도 수십 명 들어갔습니다. 개인적으로 저도 머리가 그렇게 나쁜 편이 아니라고 생각했는데, 키가 164센티미터여서 키 때문에 낙방한 게 아닌가 생각하고 있습니다. 당시 육사는 키가 165센티미터 이상이 되어야 합격할 수 있었습니다.

　그런 후 바로 공군에 갔다 왔고, 동아대 법대에 들어가 고시 공부를 해서 법조인이 되려고 했습니다. 그러나 학비 조달이 도저히 안 되고 정상적인 고시 공부를 할 수 없어 결국 아르바이트를 하면서 6년 만에 겨우 대학을 졸업하였습니다. 당시 동아대 법대는 한강 이남에서 가장 좋은 대학이라고 소문이 나있었고, 실제 고시 합격자들이 많이 나왔습니다. 우리와 같이 공부한 사람 중에는 조무제 대법관 같은 사람도 있었고, 판사 검사 동기들이 많이 배출되었습니다.

대학을 졸업할 즈음에 중학교 교사를 하던 한 마을 아가씨와 결혼을 했는데, 지금의 아내입니다. 한 마을에서 결혼한다는 게 서로 약점을 알기 때문에 쉽지 않습니다. 제 처가댁은 옛날에는 4형제가 고향에서 함께 살았는데, 장남만 남겨놓고 3형제가 일본으로 건너갔다가 두 분은 일본에 계시고, 처가댁만 해방 후에 돌아와 정미소를 했는데, 논도 많아 시골에서는 부자 소리를 들으며 살았습니다. 장인의 형제 두 분은 일본에서 성공을 한 뒤, 어릴 때 공부 못 한 것이 한이 되어 고향에 중학교를 세웠는데, 제 집사람은 그곳에서 학교를 관리하면서 교편을 잡고 있었습니다.

사업을 시작하다

마침 사업할 수 있는 기회가 생겼습니다. 5 · 16이 일어난 뒤 경제개발이 시작되고, 경부고속도로 공사를 막 시작할 때였습니다. 당시 국산 자동차는, 미군이 쓰던 지프의 부품과 엔진을 조립해서 만든 '시발택시(1956~1964년)'와 일본 닛산자동차 부품을 들여와 조립한 '새나라 자동차(1962년)', 일본 도요다자동차를 조립한 '코로나'자동차(1966년)등이 있었으나 인기는 별로 없었습니다. 화물자동차나 덤프차 같은 것은 아예 생산하지 않았습니다.

그래서 정부에서 산업 개발용, 농어촌 개발용으로 중고화물차 수입 허가를 내주었습니다. 김영준이라는 사람이 받은 허가의 일부를 제가 사서 일본에 있는 친척과 상의하여 중고차를 들여왔습니다. 일본은 당시 5년 이상 사용하면 모두 폐차했는데, 한국에 들여오면 새 차나 다름없이 쓸 수 있었습니다. 300대 정도 수입하였는데, 1대에 약 50만 원가량 이익이 생겼습니다. 그때 50만 원은 굉장히 큰돈이었습니다.

그런데 시일이 조금 지나니 큰돈을 벌 수 있다는 소문에 너도 나도 중고 트럭 수입에 뛰어들었습니다. 저는 방향을 전환해야 하겠다는 생각에 트럭 수입을 하면서 한편으로는 운수회사를 만들었습니다. 그때 만든 회사가 구슬 옥(玉), 샘 정(井) 자를 쓰는, 옥정산업(주)이었습니다. 일본 친척의 옥정건설에서 따온 상호였습니다. 사업이 잘돼 옥정산업주식회사, 옥정운수주식회사 같은 운수회사를 자꾸 만들었습니다.

일본에서 앞바퀴 하나 뒷바퀴 두 개, 즉 바퀴가 3개 달린 삼발이차가 좁은 골목을 누비고 다니는 것을 유심히 보게 되었습니다. 한국에 적합할 것 같아 기아산업을 찾아갔더니, 마침 비슷한 차종을 만들 준비를 하고 있었습니다. 500대를 주문해놓고는 박영수 부산시장을 찾아갔습니다. "이런 삼발이차가 나오면 부산 길거리에 널려 있는 오물이 없어질 것이니, 오물 수거비용이 절약될 것이므로 면허를 좀 내달라"고 요청하였습니다. 당시에는 '구루마'라고 부르는 우마차로 짐을 옮겼는데, 길거리에 소나 말의 배설물 때문에 부산시가 골머리를 앓고 있을 때였습니다. "마차 대신 용달차를 사용하면 오물 걱정 안 해도 될 것이다"라고 했더니, 시장이 운수과장을 불러서 검토를 시켰습니다. 그래서 용달차 운수 업종의 면허를 아주 빨리 얻었습니다.

용달차라는 이름도 제가 지었습니다. '주식회사 옥정용달사', '주식회사 기아용달사' 등 회사를 여러 개 가지고 있었는데, 이들 회사 이름으로 수백 대를 팔고, 지입도 하였습니다. 트럭을 포함하면 850대쯤 됐습니다. 트럭 한두 대만 있어도 운수회사 사장 행세를 하던 때였으니, 부산의 대표적인 운수회사였다고 하겠습니다.

한국 최초의 용달차 사업을 창업한 강병중 회장이 2001 국제모터쇼에 전시된 삼륜차에 올라 감회를 새롭게 했다.

타이어 제조업에 첫 발을 내딛다

운수업을 해보니 돈은 많이 벌리는데, 그 돈이 전부 타이어 밑에다 들어갔습니다. 당시 타이어는 품질이 형편없었고, 고무를 헝겊으로 싸놓은 정도였습니다. 그러니 펑크가 자주 났습니다. 그래서 무척 애를 먹고 있었는데, 서면 문화관광호텔 대표였던 윤두상 씨가 자기가 운영하는 타이어 재생공장을 팔고 싶다며 사라고 권유했습니다. '내가 쓰는 타이어를 직접 만들어보자'는 생각으로, 지금의 남천동 우체국 자리에 있던 1,100평쯤 되는 공장을 사서 운영하게 되었습니다.

윤 씨는 흥아타이어 영남총판을 했던 인연으로 흥아타이어의 자회사인 타이어 재생공장을 넘겨받아 경영을 해오다 여의치 않자 저에게 팔게 되었습니다. 그때가 1974년이었습니다. 당시 전포동에 있던 흥아타이어가 지금의 넥센타이어입니다.

이렇게 해서 타이어 제조업과 인연을 맺게 되었는데, 운수업과는 너무 달랐습니다. 바쁘기도 했고, 참 어려웠습니다. 공장은 작지만 전문가가 필요하니 공장장을 선발하고, 품질 및 판매 책임자를 두었습니다. 법인을 만들어 흥아타이어공업주식회사라고 이름을 짓고, 작지만 규모를 갖추기 시작했습니다. 현재 김해에 있는 ㈜넥센의 전신입니다. 운수업은 회사 단위로 모두 팔아 정리하였습니다.

공장을 확장하려고 하는데, 마침 부산 반여동에 삼우빵 공장이 경매에 나왔으나 팔리지 않아 성업공사에서 애를 쓴다는 소식을 듣고 수의계약을 했습니다. 1970년대 중반, 국민들 생활이 조금 나아져 부산 시내에만 삼립빵, 삼미빵, 삼우빵 공장이 있었고, 전국에 빵 공장이 우후죽순처럼 생겨났습니다. 그러니 운영이 어려워 문을 닫는 공장도 많았습니다. TV드라마 '제빵왕 김탁구'의 배경이 되었던 시절이라고 할 수 있습니다.

반여동 공장을 3억 2,400만 원에 3년 연부로 매입했는데, 그 직후 정부에서 일본 빵 기계 수입을 금지했습니다. 서울 지역의 빵 제조 회사에서 우리 공장의 빵 기계를 서로 사 가려고 했습니다. 연부로 3억 남짓 주고 기계와 공장을 구입했는데, 기계만 현금으로 4억 조금 더 받고 팔았으니 공장 짓고서도 운영비로 쓸 돈도 남았습니다. 은행 돈 쓰지 않고 공장 짓고 운영자금 마련한 셈입니다. 반여동 공장은 지금 수영강변에 있는 자동차 매매단지 자리에 있었습니다. 반여 공장은 3,300평 규모였으므로, 진짜 공장같이 할 수 있었습니다. 거기서 자동차 튜브를 본격 생산하여, 기아산업 등에 납품하고, 주로 중동에 수출하였습니다.

이때 일본과 기술제휴를 하게 되었습니다. 일본 스미토모 고무에서 우리 튜브를 사겠다고 연락이 왔습니다. 제품을 보낸 지 보름도 안 돼 사장과 공장장, 품질 책임자를 일본으로 오라고 연락이 왔습니다. 그래서 고베에 갔더니 튜브 샘플을 토막 내서 호통을 치기 시작했습니다. "인명과 관계되는 제품인데 당신들이 이렇게 만들어서 어떡하느냐. 튜브 두께가 한쪽은 두껍고, 한쪽은 얇다. 접촉 부분이 잘못됐다. 전부 가져가서 다시 만들어 오라"고 하였습니다.

우리를 얕잡아 보는 게 아닌가, 섭섭한 생각이 들었지만, "튜브는 당신들에게 사양산업이 아니냐, 기술을 전수해달라, 우리가 기술료를 충분히 주겠다"고 제안했습니다. 귀국 후 얼마 지나지 않아 스미토모 관계자와 기술제휴 MOU를 체결하고 기술지도를 받게 되었습니다.

그때부터 스미토모에 계속 수출하게 되었고, 미국 시장에도 진출하였습니다. 미국 쪽에는 타이어 전문회사를 하는 유태인 한 분을 알게 돼 거래를 하게 됐는데, 우리 제품 가격이 너무 싸니까 상당히 많은 양을 사서 미국 전역에 뿌렸습니다. 미국 회사 가격의 30%에 불과했으니, 미국 튜브 시장에 일대 센세이션을 일으켰습니다.

그 즈음 미국의 로빈슨이라는 회사에서 연락이 왔는데, "스무 컨테이너 가량 구입하려는데 당신들 공장을 보아야 하겠다"는 것입니다. 덩치 큰 세일즈 매니저와 공장장, 두 명이 왔는데, 보수동 해운대 등지를 구경시키며 칙사 대접을 하고 공장을 보여주었습니다. 당시는 근로자들이 머리를 짧게 깎고 일요일에도 일을 하고 있었는데, 공장 간부들이 "충성!" 구호를 붙이면서 거수경례를 하였습

독일 에센쇼의 넥센타이어 부스에 세계 각국의 딜러들과 자동차 관계자들이 찾아와 첨단 제품들을 살펴본 뒤 상담을 하고 있다.

니다. 그래서 미국 사람들은 깜짝 놀라며 "여기가 군인들 있는 곳이지, 어떻게 공장이냐"고 반문하였습니다. 그런데 이 사람들이 돌아가면서 "당신들 속여서 미안하다"고 털어놓았습니다. 그들은 바이어가 아니라 제조업자였습니다. 그들이 미국에 돌아가서 자기들 회장에게 "튜브 산업을 접읍시다. 한국 하는 것을 보니 우리 튜브산업은 끝났습니다"라고 이야기했다고 합니다. 그래서 첫 해에 2천만 달러를 팔았는데, 별 문제없이 돈이 들어왔습니다.

그 후 미국의 타이어 쇼에 부스를 만들어 참가하고, 독일 뒤셀도르프 인근에서 열리는 에센 타이어 박람회에 나가면서 새 시장을 개척하여 전 세계에 팔게 됐습니다. 굿이어나 파이어스톤, 피렐리 같은 세계 유수의 타이어 메이커에도 우리 튜브를 납품하게 되었습니다. 그런 과정에 공장 확장의 필요성이 제기돼, 김해 안동공단 약 2만 평 대지에 공장을 지어서 단일공장으로는 세계 최대 튜브공장을 만들어 지금도 운영하고 있습니다. 이것이 지금 넥센그룹의 모기업인 ㈜넥센입니다. 1980년대 후반 타이어 튜브 단일품목으로만 수출을 약 1억 달러 했습니다. 그때 1억 달러는 참 큰돈이었습니다.

부산상의 회장 선거 당선과 금융중심지의 꿈

1994년 부산상의 회장 선거에 나가 무난히 당선됐습니다. 그때 부산에는 대기업이 없었고, 우리 공장이 거의 최대급이었습니다. 부산은 신발산업마저 무너져 상당히 어려웠습니다. 그래서 부산 발전 방안을 찾아 청와대나 정부 요로에 다니면서 여러 차례 의논도 하게 되었습니다.

동남권의 중심인 부산이 금융중심지가 되면 중추관리기능을 가지게 돼 부울경 산업벨트에 있는 대기업들이 서울에 가지 않고도 일을 볼 수 있을 것이라는 생각을 하게 됐습니다. 특히 정부의 국토 균형발전 계획에 부산은 국제무역도시, 국제금융도시로 발전시켜야 된다는 내용이 들어 있었습니다.

그래서 부산에 부산생명보험이 있었기 때문에 마산에 경남생명보험을 설립했습니다. 동남은행 부산 설립을 주선하고, 개인적으로 최대 주주로 참여했습니다. 부산상의 주관으로 제일투자신탁을 세우고 대주주가 됐으며, 상업은행장과 의논해서 상은리스를 상업은행과 공동으로 설립했습니다. 경남은행과도 경남리스 설립을 추진하여 대주주로 참여하였습니다. 경남생명보험과 제일투신은 직접 경영하고 나머지는 상임감사를 보냈습니다. 부산과 창원의 5개 금융기관에 직간접으로 관여하게 됐는데, 동남벨트 경제권을 살리는 지역 금융그룹의 형태를 바랐습니다.

1997년쯤 정부가 금융시장 문호를 개방할 것이라는 언론보도가 나오기 시작했습니다. 결국 경남생명과 제일투신은 쉽게 매각했으나, 나머지 회사들은 IMF가 터지는 바람에 모두 종이로 변하고 말았습니다.

새로운 도약의 발판이 된 우성타이어 인수

넥센타이어의 전신인 우성타이어는 부도가 나 1998년도 말부터 인수가 시작됐는데 IMF체제였으므로 국내에서는 인수 희망자가 없었습니다. 전 세계 업체에 인수 의사 타진을 했는데, 마지막에 남은 회사가 미쉐린 타이어였습니다.

미쉐린과 마지막까지 경합하다가 결국 우리가 인수하게 됐습니다. 가격뿐 아니라 인수 조건에서 차이가 많이 났기 때문입니다. 우리는 "M&A 그대로 하겠다" "우성 리스까지 책임진다"고 했고, 미쉐린은 P&A 말하자면 "자산만 인수하겠다, 영업소도 인수 안 하겠다"고 하였습니다. 그래서 우리가 인수하였습니다.

인수를 한 뒤 2000년 2월 회사명을 우성타이어에서 넥센타이어로 변경하였습니다. '왜 이 회사가 부도가 나고 법정관리를 해야만

2000년 2월 9일 오전 부산 상공회의소에서 열린 넥센타이어(주) CI선포식

했나?' 문제점이 무엇인지 먼저 파악한 뒤 경영을 정상화시키는데 모든 힘을 쏟았습니다. 첫째 원인이 관리 부재였고, 둘째 영업 정책도 없었습니다. 연구소는 더욱 취약하였습니다.

직원들이 열심히 일할 수 있도록 전 부분의 관리를 정상화시켰습니다. 영업은 80% 이상 수출이었는데, 해외로 나가는 10개 브랜드 가운데 9개를 없애고 '로드스톤' 하나만 살렸습니다. 나머지는 전부 넥센 브랜드로 통일해서 생산 판매하였습니다. 지금도 브랜드는 두 개뿐인데 해외영업을 하려면 서브브랜드 하나는 있어야 합니다.

첫째도 품질, 둘째도 품질이라는 것을 알고, 회사 운명을 걸다시피 품질 극대화에 노력했습니다. 품질에 자신이 붙고 나서 영업정책을 바꿔 선진국 수출에 전력을 다하면서 브랜드 키우기에 나섰습니다. 넥센은 지금 세계 130개국에 수출하고 있는데, 세계 어느 시장이든 브랜드를 앞세우지 않으면 성공을 하기가 힘듭니다.

브랜드 가치를 높이기 위해 외국 박람회에 빠짐없이 나갔습니다. '쇼(Show)'라고 부르는 타이어 박람회는 전 세계의 타이어 업체 및 자동차업체 관계자와 딜러들이 전부 모여듭니다. 그 가운데 가장 규모가 큰 것이 라스베이가스의 세마쇼(SEMA Show)와 독일의 에센쇼 두 개 인데 타이어와 부품 기술을 선보이는 세계적인 박람회입니다. 중국 상해 모토쇼, 이탈리아 블로니아 모터쇼, 러시아 타이어 박람회 등에도 빠지지 않고 계속 참가하였습니다.

지금 넥센은 타이어 10개를 만들면 4개를 미국에 팔고, 2개는 국내에, 나머지 4개를 유럽과 세계 각국 시장에 팝니다. 국내에서는 현대 신형 그랜저와 소나타, 벨로스터, 아이포티, 또 기아의 K7, K5, 쏘렌토, 스포티지를 비롯해 요즘 잘 나가는 인기 차종에 거의 빠짐없이 납품하고 있습니다. 일본 미쓰비시 자동차에 납품하고 있으며, 이탈리아 피아트, 미국 크라이슬러, 프랑스 르노, 독일 폭스바겐 등 외국의 여러 유명 자동차회사에 납품하고 있습니다.

넥센타이어의 품질과 기술력을 세계가 인정했다는 증거라고 하겠습니다. 넥센은 국내외에서 브랜드 인지도를 계속 높여가고 있습니다. 브랜드를 더 키워서, 앞으로는 타이어를 팔지 않고 브랜드를 팔려고 합니다.

미국의 빌 게이츠는 고등학생 시절부터 컴퓨터에 빠졌다고 합니다. 그는 마이크로소프트사를 세우고도 한 번에 한 가지 일에만 집중해 최대의 성과를 올렸습니다. 최근 세계적 베스트셀러가 된 책 '원 싱(One Thing)'의 저자들은 "빌 게이츠의 성공에는 '단 하나'의 원칙과 목표를 세우고 매진한 덕분"이라고 분석했습니다. 같은 잣대로 제 경영인생을 돌아보면 운수업으로 시작했지만, 대부분의 시간을 타이어 하나에 집중하였습니다. 저의 '원 싱'은 타이어입니다.

첫 해외 공장, 중국 대륙 진출

중국 경제는 여러분도 아시다시피 미국을 추월할 정도로 급속히 성장하고 있습니다. 세계적 기업으로 도약하려면 중국 시장에 진출하지 않을 수 없었습니다. 칭다오(靑島) 내서시에 60만 평이 넘는 부산 전용공단이 있습니다. 제가 부산상의 회장 재임 시절 조성되었습니다. 땅은 무료로, 전기와 산업용수는 싼 가격에 제공받기로 계약하고 부산 지역 기업들이 입주를 시작했습니다. 우리는 넥센타이어 공장을 비롯해 4개 공장을 7년 전부터 건설하기 시작하여 5년 전부터 생산하고 있습니다. 공장 운영이 잘되고 있습니다.

중국은 자동차 산업이 급속히 성장하여 2010년 한 해 자동차 생산 및 판매량이 1,800만 대로, 우리나라가 보유한 전체 자동차와 비

중국 칭다오 공장 전경

슷해졌습니다. 또 2011년에는 전체 자동차가 사상 처음으로 1억대
를 넘어섰습니다. 앞으로 미국보다 더 큰 시장이 될 것으로 예상됩
니다.

세계 최대 최신 시설 갖춘 창녕 타이어 공장

　모두 1조 2천억 원이 투입된 창녕공장은 창녕군 대합면 18만 5천
평 부지에 건설돼 2012년 10월 준공식을 갖고 가동 중입니다.

　유럽 일본 미국의 최신설비를 가져왔으며, 첨단기술을 모두 동원
했습니다. 전 세계 타이어 공장 가운데 가장 현대화된, 최첨단 공장
이라고 자신 있게 말씀드립니다. 창녕공장을 방문한 분들이 "타이
어 공장이 아니라 전자제품 공장 같다"면서 깜짝 놀랍니다. 재료 배
합에서 적재에 이르기까지 전 공정이 자동화되어 있습니다. 그 소
문이 퍼지면서 세계 각국의 타이어 및 자동차업계 관계자들의 방문
이 이어졌습니다.

그동안 우리나라 타이어공장 설비는 일본에서 대부분 수입해 왔는데, 저는 일본 일변도에서 벗어나 유럽의 최신식 설비를 가져와 설비 다변화를 이루고 효율성을 높이려고 하였습니다. 유럽 기계는 성능이 뛰어나면서 가격도 일본제품에 비해 저렴한 편이었습니다. 독일 네덜란드 등 유럽 유명제품을 도입했는데, 기계를 들여올 무렵 한-유럽 FTA가 체결돼 기대하지 않았던 8%의 관세혜택을 보았습니다. 창녕공장에는 유럽 최신 설비가 60~70%를 차지하고 나머지는 일본과 미국의 최신 설비가 들어갔습니다.

창녕공장 지붕에 태양광 발전시설을 설치해 전기를 생산하고, 자연채광시스템을 설치해 공장 내부를 밝게 하여 근무환경이 훨씬 좋아졌습니다. 에너지가 적게 드는 친환경 공장이 되었습니다. 기존 공장에서 2명이 하던 일을 창녕공장에선 1명이 하므로 자연히 생산성과 효율성이 높아졌습니다.

왜 국내에 대규모 공장을 지었는가

땅값이 싸고 인건비가 적게 드는 중국이나 동남아에 짓지 않고, 왜 국내에 공장을 세웠느냐고 묻는 사람들이 많았습니다. 큰 공장이 국내에 건설되는 경우가 흔하지 않고, 대부분 수도권이어서 그런지, 2009년 공장 건설 계획을 발표하자 전국적 화제가 되었고, KBS에서 특집편성을 하는 등 신문 방송에서 큰 관심을 나타냈습니다. '2004년 삼성전자가 충남 탕정에 큰 공장을 지은 이후 8년 만에 대규모 공장이 국내에 건설됐다'고 언론에서 대대적으로 보도하였습니다.

해외공장은 현지 근로자들과 갈등을 빚게 되고, 불량품이 늘어나며, 생산성이 오르지 않습니다. 관리가 어렵고 변수도 많습니다. 한국에서 생산된 제품은 브랜드 가치가 높아 최고 선진국 제품 대우를 받고 있습니다. 차별화된 기술과 경쟁력을 가지고 수출할 경우, 해외보다 국내에서 제조하는 것이 더 낫습니다.

해외공장이 꼭 필요한 경우도 있습니다. 현지 내수시장 확대를 위한 수출전진기지 역할을 해야 하는 경우입니다. 넥센타이어도 중국 칭다오 공장에서 2008년부터 제품을 생산해 중국 현지 시장 점유율을 계속 높이고 있습니다. 한국서 만든 제품을 중국에 가져가면 관세 때문에 힘듭니다. 중국과 같은 큰 시장은 현지 공장을 세워야만 관세 장벽을 넘을 수 있고, 제품이 사랑받을 수 있습니다.

그러나 전 세계에 수출하는 제품은 거의 국내에서 생산합니다. 중국은 인건비는 낮지만 생산성은 한국의 80% 수준입니다. 중국서 만든 제품을 제3국에 수출할 경우 국내산보다 10~15% 싸게 팔아야 합니다. 국가브랜드, 즉 '메이드 인 코리아'냐, '메이드 인 차이나'냐에 따라 가격 차이가 발생합니다.

국내 가운데 왜 창녕을 선택했나

창녕에 공장을 짓겠다는 결정을 하기 수개월 전부터 산청 함양 거창을 둘러보고, 밀양과 경북 청도의 시장 군수들을 만나 협의했습니다. 여러 지자체들로부터 각종 인센티브를 제공하겠으니 공장을 세워달라는 적극적인 제의를 많이 받았습니다.

호남의 한 광역지자체는 투자유치사무소 팀들이 직접 양산공장에까지 찾아와서 설명회를 개최하면서 "2천억 이상 투자해주면 200억 정도 무상 지원을 해주고 투자가 더 많으면 훨씬 더 해주겠다"는 제안도 했습니다. 실업자를 줄이고, 소득수준을 높이며, 농촌 인구를 늘리기 위해 지자체들은 큰 공장 유치에 혈안이었습니다.

창녕 제2공장에서 생산된 타이어를 흐뭇하게 바라보는 강 회장

　제가 평생 기업을 해온 부산 경남의 지역경제 활성화에 기여하고 싶고, 국토 균형발전에도 나름대로 역할을 하고 싶었습니다. 창녕은 부산항과 가깝고, 남해고속도로 구마고속도로 88고속도로와 가까운 지리적 이점이 크게 작용하였습니다. 대구시와 달성공단에 인접한 교통의 요충지로 인프라가 잘 갖춰져 있습니다. 창녕군이 적극적으로 투자유치에 나선 덕분이기도 합니다. 당시 산업단지특별법이 제정돼 인허가 등 행정절차를 밟는데 과거 2~3년 걸리던 것이 6개월 이내로 줄었고, 국내에서도 적절한 가격으로 용지를 구할 수 있었습니다.

　창녕공장은 단계적 증설이 모두 끝나는 2017년 승용차와 경트럭에 사용되는 고성능 타이어가 하루 6만 개, 연 2,100만 개 생산돼 매출 2조 원을 기록할 전망입니다. 이곳 직원만 2,000명 이상이 될 것입니다.

　넥센타이어로 인해 창녕이 많이 바뀌고 있습니다. 공장 건설 발표 직후부터 인근 땅값이 오르기 시작하더니 2~3배가량 올랐습니다. 경남의 농촌지역 시·군의 인구가 감소추세인데, 창녕은 조금씩 증가하고 있습니다. 창녕 지역 고등학교에 장학금과 교육기자재를 제공하고 있고, 직장 적응훈련을 이수한 학생에게 취업도 시키고 있습니다. 그러니 타 지역 학생들까지 이 지역 고등학교에 진학해 신입생들이 크게 늘어나고 있습니다.

넥센타이어와 창녕이 윈-윈 하면서 기업과 지역사회가 함께 발전해야 한다고 생각합니다. 사원 기숙사를 창녕읍에 지어 직원들이 창녕에 거주하게 했고, 신입사원은 현지 인력을 우선 채용해서 취업률과 주민 소득을 높이는 등 지역경제 활성화에 도움이 되려고 노력하고 있습니다.

유럽 시장 공략 강화할 체코 공장 건설

넥센타이어는 유럽시장 공략을 강화하기 위해 체코 자테츠 지역에 약 20만 평 규모의 신공장을 건설하기로 지난 6월 체코 정부와 합의하였습니다. 모두 1조 2천억 원이 투자되며 2018년 첫 가동됩니다. 단계적 증설이 완료되면 연 1,200만 개 이상 생산할 수 있습니다.

체코 공장은 동유럽 6개국 후보지를 대상으로 입지 여건, 판매 확대 가능성, 투자 안정성 등을 다각도로 검토한 끝에 적지라고 판단하여 결정되었습니다. 제만 대통령을 비롯한 체코 정부의 적극적인 투자유치 노력이 있었음은 물론입니다.

자테츠 지역은 반경 400킬로미터 이내에 30개 자동차 메이커가 위치해 있고, 독일 프랑스 영국과의 접근성이 좋습니다. 체코서 생산되는 자동차가 연 100만 대에 이르고, 경제성장이 활발한 동유럽 진출의 교두보 역할을 할 수 있으리라 판단됩니다. 또 폭스바겐, 스코다, 세아트 등 유수의 글로벌 자동차메이커에 안정적으로 공급할 수 있을 것입니다.

브랜드 인지도 높이는 다양한 스포츠 마케팅

프로야구 넥센히어로즈 팀의 타이틀 스폰서로 참여했습니다. 프로야구가 브랜드를 키우는데 대박이라고 할 정도로 굉장히 효과가 컸습니다. 지금도 "참 잘했다!" 이렇게 생각하고 있습니다.

타이어 업계의 특성을 살려, 넥센이라는 이름을 단 자동차 경주(레이싱) 대회를 개최하거나 자동차 경주팀(레이싱 팀)을 후원하고 있고, 해외에서도 유럽과 미국의 자동차 경주팀이나 유망주를 후원하고 있습니다. 빅야드 배 중고생 골프대회를 21년째 개최했으며, 지난해부터는 KLPGA 넥센 세이트나인배 마스터즈를 개최하였습니다. 그 밖에 프로암 골프대회, 스노우보드 대회 등을 개최하거나 지원해왔습니다.

넥센타이어는 프로축구 경기를 통한 유럽 마케팅을 강화하고 있습니다. 애버튼, 토트넘, 사우스햄턴, 웨스트햄 등 영국 프리미어리그 4개팀 경기장에 넥센 브랜드 LED 전광판을 통해 노출하고 있습니다. 또 박주호, 구자철 선수가 활약하고 있는 독일 분데스리가 마인츠, 스페인 아틀리코 마드리드, 발렌시아, 이탈리아 세리에 A의 나폴리, 라치오 경기장에서도 마케팅을 펼치고 있습니다.

체코에 유럽 진출의 교두보인 공장을 건설하기로 함에 따라, 세계 10대 아이스하키 리그인 체코의 엑스트랄 리가 소속 블라다블레슬라프 아이스하키팀의 관중석, 빙상경기장 표면, 선수 유니폼 등에 브랜드를 홍보하게 되었습니다.

독일 프랑크푸르트는 '유럽의 심장'이라고 불리는 국제금융도시입니다. 프랑크푸르트 중앙역에 내리면 맞은편 건물 옥상에 커다란 넥센타이어 전광판이 보입니다. 이런 옥외 전광판 광고를 미국 LA, 두바이 공항 등 세계 각처에서 하고 있습니다.

연구개발 집중 투자

제가 넥센 경영을 처음 맡았을 때 연구 인력이 너무 부족해서 정말 걱정을 많이 했습니다. 그래서 국내는 물론, 외국에서까지 대거 스카우트를 하였습니다. 최근 5~6년간 연구소 인원을 3배 이상 늘렸습니다. 처음에는 박사를 뽑았는데, 이 사람들이 박사는 박사인데 '타이어 박사'는 아니었습니다. 그래서 지금은 고분자 분야를 전공하는 석사 출신들이 많고, 석사로 들어와 박사 학위를 받는 사람들도 많습니다. 불과 몇 년 전에 82명이던 연구 인력이 현재 330명 정도로 늘었는데 수년 내 500명으로 확충시킬 계획입니다. 국내뿐

UHPT(Ultra High Performance Tire)의 약자로 초고성능 타이어

아니라 미국, 중국, 독일 등지에도 해외 기술연구소와 연구개발센터를 계속 세워서 각 지역별 특성에 맞는 제품을 개발하고 있습니다.

최근 들어서는 세계적 이슈가 되고 있는 이산화탄소(CO_2)가 적게 나오면서 연료를 적게 먹는, 저연비 친환경 타이어 연구에 총력을 기울이면서 우수한 제품을 생산하고 있습니다. 우리가 흔히 그린(Green) 타이어라고 부르는 제품입니다. 이런

노력 덕분에 기술력에서 경쟁사들을 압도하는 성과를 거두고 있습니다. 에너지관리공단 등에서 실시한 인증테스트에서, 넥센타이어는 모두 국내 최고 판정을 받았습니다.

지난 9월 11일 저녁과 12일 오전 KBS 종합뉴스는 친환경 타이어로 회전저항을 10% 감소시키면 전체 차량에서 소비되는 연료를 1.5% 감소시키는 효과가 있다고 보도했습니다. 또 친환경 타이어가 보편화되면 국가적으로 연간 4,300억 원을 절감할 수 있다고 이 뉴스는 덧붙였습니다. 이 보도에서 국내 타이어 제조사 관계자 가운데 넥센타이어의 김종명 연구개발본부 팀장만 인터뷰하였습니다.

최근 미국의 소비자 잡지 '컨슈머 리포트(Consumer Reports)'는 글로벌 브랜드 20개 상품을 테스트 한 결과 넥센(cp 672)이 미쉐린과 콘티넨탈에 이어 종합성능 3위를 차지했다고 발표했습니다. 또 영국을 대표하는 자동차 전문지 '오토 익스프레스(Auto Express)'는 넥센타이어의 친환경 상품(N blue HD)이 미쉐린과 브리지스톤을 제치고 종합 성능 3위에 올랐다고 발표했습니다. 올해는 넥센의 친환경 타이어 '엔블루 에코'가 미국의 '그린 굿 디자인 어워드'제품 부문 본상을 수상하였습니다. 이 상은 지속가능성에 중점을 둔 우수한 친환경 디자인 제품에 대해 시상하는 권위 있는 상이라고 알려져 있습니다.

타이어는 기초 원료가 99% 기름입니다. 지금 세계 타이어업계는 원유 성분을 줄이고 식물성 기름을 사용하기도 합니다. 원유 대신에 오렌지 가공 공장에서 버린 껍질에서 추출한 기름이나 해바라기씨 기름 등을 사용해, 친환경 저연비 타이어를 만들기 시작했습니다. 원유를 사용하지 않고도 타이어를 만드는 시대가 올 것이라고 봅니다. 고무나무에서 나오는 생고무도 크게 보면 천연기름이라고 할 수 있습니다. 앞으로 자동차는 전기자동차 시대가 되고, 타이어는 저연비 타이어 시대가 될 것으로 생각하고 있습니다.

인재 경영에 대하여

기업의 승패는 유능한 인재를 얼마나 확보하느냐에 달려 있다는 것은 기업하는 사람이 아니더라도 누구나 알고 있는 사실입니다. 어떤 일을 해서 어떤 성과를 내놓느냐에 따라 기업이나 국가의 흥망이 좌우되는데, 그 핵심은 사람입니다.

미국이 20세기에 초강대국으로 성장할 수 있었던 까닭은 개방성 덕분입니다. 나치 독일의 박해를 받았던 아인슈타인 같은 유럽의 인재를 대거 받아들였습니다. 중국의 역사서인 사마천의 '사기'는 전체 130권 가운데 86%인 112권이 인물에 관한 내용입니다. 사마천이 그만큼 인재를 중시했다는 뜻이지요. 중국의 전성기였던 당나라는 외국의 사신이 국경을 넘어오는 순간부터 모든 비용을 부담했습니다. 신라의 최치원 선생도 그 시절 당나라 과거에 합격하여 지방장관까지 지냈습니다. 이러한 개방성에 힘입어 각국의 인재들이 몰려드니 당나라는 세계 제국을 건설하게 되었습니다.

고대 중국의 주나라를 세운 문왕은 '인재를 얻을 것'이라는 꿈을 꾼 뒤 위수에서 낚시를 하고 있던 백발의 노인을 발견했습니다. 그런데 그 노인은 낚시 바늘이 없는 낚싯대를 가졌는데, 문왕이 그 이유를 묻자, 노인은 "고기를 낚는 것이 아니라 나를 낚아줄 사람을 기다리고 있습니다"라고 답하였습니다. 그가 바로 강태공이었습니다. 문왕은 강태공을 스승으로 삼아 주나라의 기틀을 튼튼하게 하였습니다. 저희 진주 강씨는 강태공을 시조로 모시고 있습니다.

다음 왕이었던 무왕의 동생 주공은 인재를 널리 찾기 위해 골몰 하였습니다. 그는 머리를 감다가도 손님이 찾아오면 머리카락을 움 켜쥐고 뛰쳐나가 손님을 맞이했으며, 밥을 먹다가도 토하고 달려 나가 손님을 접대하였습니다. 그러기를 심지어 세 번씩이나 되풀이 하였으니 '일목삼착 일반삼토(一沐三捉 一飯三吐)'라는 고사성어가 전해 내려오고 있습니다. 공자가 가장 존경하였던 인물이 바로 이 주공이었습니다.

저는 친인척을 회사에 두지 않고 전문경영인에게 경영의 많은 부 분을 맡겼습니다. 처음 회사를 시작할 때는 친인척과 함께 할 수밖 에 없었습니다. 그러나 중견기업이 되고부터는 친인척을 배제했습 니다. 그러다 보니 집안에서 말들이 많았는데, 회사가 궤도에 올라 가면 채용을 하겠다고 약속을 하였습니다. 현재까지는 관리직에 친 인척 배제 원칙을 철저히 지키고 있습니다.

실적 위주로 인사를 해야 한다는 원칙은 우리 회사뿐만 아니라 모든 기업이 염두에 두고 있을 것입니다. 넥센타이어는 홍종만 부 회장, 이현봉 사장 같은 삼성 출신이 회사를 쭉 맡아왔습니다. 그러 다 보니 삼성맨들이 주요 부서에 대거 진출해 있습니다. 내가 일을 함께 해보니 역시 좀 다르다고 느껴졌습니다. 관리능력도 풍부하 고, 기술과 지식도 많았습니다.

'사람을 쓸 때는 의심하지 말고, 의심 가는 사람은 쓰지 말라'는 말이 있습니다. '용인불의 의인불용(用人不疑 疑人不用)' 고사성어 입니다. 삼국지의 영웅 제갈공명의 가르침이지요. 부하에게 임무를 맡긴 뒤 일일이 간섭하면 성사되기 어렵습니다. 큰 원칙만 제시하면 서 '당신이 하면 틀림없을 거야'라고 믿음을 보여주면 그 부하는 상 사의 신뢰를 바탕으로 자신감을 갖고 일을 처리할 것입니다.

기업 경영의 달인 잭 웰치는 '사람 공장(people factory)'이라고 불리는 제너럴 일렉트릭 (GE)의 인재양성소 '크로톤빌'을 통해서 구성원들의 능력을 극대화시켰습니다. 웰치는 "내 시간 가운데 3분의 2를 인재 양성에 투자한다"고 스스로 말할 정도였습니다. 그가 회장에 부임한 1981년 GE의 매출액은 270억 달러였으나, 2000년에는 1,290억 달러로 4배 이상 증가하였습니다. 순이익은 15억 달러에서 127억 달러로 8배나 성장하였습니다. 1990년대 우리나라의 삼성, LG, 포스코 등 대기업들이 GE의 크로톤빌 인재양성소를 벤치마킹해왔습니다.

넥센은 늘 인재 육성에 관심을 기울여왔습니다만, 앞으로 더 많은 투자를 할 예정입니다. 큰 연구소도 지을 계획이고, 연 2만 명 정도가 교육을 받을 수 있는 연수원도 지을 예정입니다.

경영 철학에 대하여

저는 50년 가까이 사업을 해오면서 오늘 이 시간까지 크게 실패한 적은 없었습니다. 물론 어려움은 있었습니다만, 제가 뜻한 대로 거의 이뤄졌습니다. 나이가 들어 되돌아보니 몇 가지 특징 때문에 비교적 잘된 것이 아닌가 생각하게 됩니다.

먼저, 무슨 일이 생기면 오랫동안 숙고하는 버릇이 있습니다. 밤잠을 못 이룹니다. 머리맡에 메모지와 필기구를 두고 잠을 잡니다. 밤중에 무슨 아이디어라도 떠오르면 일어나서 메모를 합니다. 그러고 나서 해야 되겠다는 판단이 서면 무조건 부딪혀봅니다. 그래서 해답을 찾아냅니다. 결과가 나오면 밀어붙입니다.

앞서 이야기를 한 중고차 수입이나 용달차 운수업도 새로운 아이디어를 내어 남들이 하지 않는 것을 시작했습니다. 우성타이어를 인수할 때도 "겨우 기반을 잡았는데 한꺼번에 털어먹으려고 하느냐"며 주변에서 다들 말리는 것을 저는 했습니다.

넥센타이어가 매년 20%씩 성장해왔는데, 경쟁사들의 질시도 있었고 방해도 있었습니다. 그러나 넥센은 그것을 이겨냈습니다. 기업은 생물이라고 저는 생각합니다. 늘 움직이면서 변화를 해야지, 안주를 하면 다른 기업과의 경쟁에서 탈락하게 된다고 믿고 있습니다.

저의 인생철학은 골프를 할 때 쓰는 타법과 똑같은 '천고마비'입니다. '천천히, 고개를 들지 말고, 마음을, 비운다'는 의미인데, 경영을 할 때도 늘 이 자세를 가지려고 노력하고 있습니다. 조금 나아졌다고 해서 분에 넘치는 행동을 하지 않고, 앞으로 나아갈 때도 일보 후퇴를 한 뒤에, 이보전진을 하자고 늘 다짐하고 있습니다.

넥센타이어는 전문경영인 체제를 유지하면서 투명경영을 해왔으며, 20년 동안 노사분규 없이 협력적 노사관계를 구축해왔습니다. 매년 초에 국내기업들 가운데 가장 먼저 주주총회를 열어 재무상태와 경영성과를 공개하고, 이익배당을 하고 있습니다. 회사의 경영상태를 직원들이나 주주들은 물론, 일반인들도 쉽게 알 수 있게 매월 공개했던 적도 있습니다. 이런 까닭에 '투명경영 우수기업' '대한민국 투명회계 대상' '재무혁신 기업 대상' 및 '한국 CFO(최고재무관리자) 대상' 등 투명경영과 관련된 큰 상을 많이 받았고, 투명경영을 하는 기업이라는 믿음을 심어주게 되었습니다.

한국투자교육연구소가 IMF 이후 15년간의 주가수익률을 분석해 언론에 공개했는데, 넥센타이어가 전국 상장기업 가운데 10위를 차지했습니다. 15년간 주가 상승률이 3,318%, 즉 31.2배였고, 연평균 주가 상승률은 26.5%였습니다.

스피드 경영에 대해 말씀드리겠습니다. 우성타이어를 인수하여 넥센타이어로 출범한 지 불과 2~3년만인 2002년 경상이익률이 13.4%, 영업이익률이 14.1%를 기록할 정도로 좋은 실적을 올렸습니다. 그러자 언론에서 '스피드 경영'이라고 평가하였습니다. 그 이후에도 연평균 20%라는 전 세계 타이어 업체 가운데 최고 성장률을 계속 기록하였습니다. 2000년 넥센타이어로 사명을 바꿀 당시 약 1,500억 원이던 연매출이 2010년 1조를 넘어섰고, 올해는 2조를 목표로 하고 있습니다. 직원 수도 1,300명에서 약 7,000명으로 늘어났습니다. 넥센의 스피드 경영은 지속적인 연구 개발을 통한 품질 향상과 적극적인 국내외 시장 개척, 또 대규모 생산 투자, 브랜드 키우기 등 여러 가지 요인이 복합돼 시너지 효과를 냈기 때문에 가능했습니다.

'스피드 경영'은 제가 2011년 한국경영자협회로부터 '가장 존경받는 기업인'상 , 그리고 2012년 '다산 경영상'을 수상한 주요 이유가 되었습니다. 경영학을 전공하는 학생들이 교재로 사용하는 박영사에서 출판한 '현대 경영학원론(윤재홍 안영면 안기명 교수 공저)'에 두 페이지에 걸쳐 '넥센타이어의 스피드 의사결정'이라는 제목으로 상세하게 나와 있습니다.

사회공헌 활동에 대하여

저도 이제 70대 중반을 넘어선 나이가 되었습니다. 넥센타이어가 세계 최고 기업이 될 수 있는 기반을 만들어놓는 것이 제가 할 일이 아닌가 생각합니다. 또 그동안 부산 경남에서 기업을 해오면서 지역사회로부터 많은 도움을 받았습니다. 제 힘이 닿는 데까지 기업 이윤을 사회에 환원해서 어려운 사람들과, 꿈을 안고 공부를 하는 학생들에게 도움이 되게 하고, 지역의 문화예술과 학술 진흥을 적극 돕고자 합니다.

월석선도장학회를 설립하여 2003년부터 1년에 두 차례 부산지역 청소년들에게 장학금을 지급하고 있습니다. 그동안 법무부 법사랑 부산지역연합회가 추천한 학생 1천여 명에게 장학금이 전달되었습니다.

1995년 설립된 KNN문화재단을 통하여 부산 경남의 중 고등학생들에게 12억 9천만 원에 달하는 장학금을 지급해왔습니다. 1995년 KNN문화대상을 제정하여 사회봉사 및 문화예술 창달에 공적이 크신 분들을 선정하여 시상해오고 있습니다. 또 부산국제영화제에 출품한 작품을 대상으로 영화상을 수여해왔습니다.

2008년 넥센월석문화재단을 창립하여 2009년부터 부산 경남의 중·고등학생들에게 장학금 약 10억 원을 지급해왔습니다. 오순절 평화의 마을 등 각종 사회복지시설과 소외받고 어려운 이웃들을 격려해왔습니다. 문화예술 진흥을 위한 사업도 점차 확대해나가겠습니다.

저는 부산상공회의소 회장을 세 번 연임하면서, 삼성자동차 유치, 선물거래소 부산 유치, 부산 금융중심지 지정 등 부산 경제를 살리기 위한 활동을 다각도로 전개해왔습니다. 또 수도권 규제와 지역균형발전, 부산, 울산, 경남 동남권 공동발전 등에 많은 관심을 갖고 미력이나마 보태고자 노력해왔습니다. 앞으로도 부산은 물론 동남권 발전을 위한 일이라면 힘을 다할까 합니다. 여러분들의 많은 관심과 지원 부탁드립니다.

장시간 경청해주셔서 대단히 고맙습니다.

(2014년 10월 14일 부산대 경영대학원 특강)

나눔 경영, 세상을 보다 건강하게

● ● ●

명심보감 첫 구절은 '착한 일을 하는 자에게는 하늘이 복으로써 갚는다(爲善者 天報之以福)'라는 공자의 말씀이다. 이 구절의 해설에 다음과 같은 이야기가 나온다.

조선 영조 때 충청도에서 벼슬을 하던 이사관(李思觀)은 평소 남 돕기를 좋아하였다. 어느 날 고을을 순행하다가 어떤 시골 선비 한 사람이 가족을 이끌고 주막에 들어서는 모습을 보았다. 그런데 등에 업힌 여자아이가 추위에 떨며 새파랗게 질려 있었다. 이사관이 말을 건넸더니, 그 선비는 살림이 어려워 한양의 친척을 찾아가는 길이라고 답하였다. 이사관은 자신이 걸치고 있던 수달피 갖옷을 벗어 그 아이에게 덮어주었다.

12년이 흘러 영조의 비(妃) 정성왕후가 승하하고 계비로 간택된 정순왕후 김씨가 바로 이사관의 갖옷을 덮었던 어린아이였다. 영조가 왕비에게 "어릴 때 몹시 가난했다고 들었는데, 도움을 준 고마운 사람이 있다면 내가 후한 보답을 하겠소"라고 말하였다. 이에 왕비는 평소 아버지에게서 들었던 이사관의 도움을 아뢰었다. "그분의 갖옷이 아니었더라면 오늘날 전하를 모시지 못했을 것입니다." 이런 인연으로 이사관은 발탁되었고 나중에 좌의정이 될 수 있었다고 한다.

유교문화권인 우리나라에서는 예부터 선행을 권장하는 글귀나 민담이 많았다. '착한 일을 하는 집안에 경사가 있다(積善之家 必有餘慶)'라거나 '황금 유산보다는 음덕(陰德)이 값지다'는 글귀가 대표적이다. 하지만 금과옥조 같은 선현들의 가르침을 수백 번 읽고 달달 외웠다고 해도 실천하기는 손쉽지 않다. 끝을 모르는 소유욕 때문이다. 특히 자본주의 세상에서는 '부익부 빈익빈(富益富 貧益貧)' 현상이 더욱 심화된다. 이 때문에 양극화가 빚어지고 사회는 불평등, 불공정, 불안정하게 된다. 우리의 공동체를 유지 발전시키려면 승자(勝者)만을 위한 자본주의가 아니라 모두를 위한 자본주의가 되어야 한다.

2009년 5월 미국 뉴욕에서 억만장자들의 비밀 회합이 열렸다. 빌 게이츠와 워렌 버핏이 회의를 주도했고, 헤지 펀드계의 거물 조지 소로스, 토크쇼 진행자 오프라 윈프리, 미디어 제왕 테드 터너, 억만장자 뉴욕 시장 마이클 블룸버그도 참석했다. 이들이 모인 목적은 2008년 금융위기 이후 보다 효과적인 기부를 하기 위해 서로의 경험을 공유하기 위해서였다. 그들이 소유한 재산은 1,250억 달러에 달했으며, 이미 700억 달러를 기부한 상태였다. 지구촌이 직면한 질병과 가난, 교육, 기후변화 등 공익을 위해 기부하고 자선하는 사람들을 '박애자본주의자'라고 부른다.

중국에서는 2004년 아시아를 덮친 거대한 쓰나미의 공포에서 아슬아슬하게 목숨을 건진 영화배우 리롄제(李連杰)가 박애자본주의 운동을 주도하고 있다. 그는 2년 동안 세계 각국의 자선단체 관계자들의 조언을 듣고 2007년 '원 재단'을 출범시켰다. 2008년 중국에 지진이 발생하자 신흥부호들과 비즈니스 리더, 유명 인사들을 캠페인에 참여시키고, 중산층에게는 매달 1위안(약 180원)을 기부하도록 하여 100만 명 이상이 동참했다고 한다.

필자도 청년 시절부터 어려운 이웃을 도와주는 이타행(利他行)을 마음먹어왔다. 시골에서는 상당한 부잣집에서 태어났으나 세 살 때 어머니를 여의었고 중학 2학년 때 부친마저 여의었다. 게다가 이승만 정부가 농지개혁을 추진하는 바람에 가세가 급격히 기울었다. 고등학생 시절부터 학비 조달에 어려움을 겪어 힘겹게 졸업한 뒤, 대학에 바로 진학하지 못하고 군에 입대했다. 군에서 전역하고는 법조인이 되려고 동아대 법대에 진학했으나 학비가 없어 고시 공부를 제대로 할 수 없는 처지였다. 학비를 벌어가며 공부 하느라 6년만에야 대학을 졸업했다. 밥을 굶어본 사람이 배고픈 사람의 심정을 알듯이, 고학(苦學)을 하고 보니 어려운 환경에서 공부하는 학생들의 처지를 이해할 수 있었다. 언젠가는 가정형편이 어려운 학생들이 학업이라도 제대로 할 수 있도록 돕겠다는 결심을 하게 되었다.

대학 졸업 후 시작한 사업은 우여곡절이 있었지만 비교적 순탄하였다. 고향인 진주시 이반성면의 후학(後學)들에게 학비 지원을 시작했다. 중·고등학교 재학생이나 대학 입학생들에게 학업에 열중하라는 의미의 격려였다. 법무부 범죄예방위원회 부산 회장을 맡고 있던 2002년 가정형편이 어려워 학업을 포기하고 탈선의 유혹에 빠지기 쉬운 청소년들을 돕기 위해 월석부산선도장학회를 설립하였다. 한 해 두 차례 중고생들에게 장학금을 지급해왔는데, 벌써 1,400여 명에게 10억 원 넘게 지원하게 되었다.

그러다가 나이가 칠순이 되면서 고향 진주뿐 아니라 부산과 경남 전체를 아우르는 장학사업과 이웃돕기 사업을 본격화하였다. KNN문화재단과 넥센월석문화재단을 설립하고, 기금을 적립해나갔다. 그동안 지원한 규모는 두 재단을 합쳐 장학금만 30억 원, 문화예술 지원 32억 원, 문화상 시상 11억 원, 학술연구 지원 6억 원, 이웃돕기 및 기타 지원 15억 원 등 모두 100억 원 규모에 가깝다. 미국의 억만장자들의 기부에 비하면 그리 큰 규모는 아니지만, 이만큼 출연하는 것도 손쉬운 일은 결코 아니었다. 장학생들 가운데는 사법시험에 합격해 검찰 간부가 되었거나 행정고시에 합격해 중앙부처의 고위간부가 되기도 했다. 대기업의 사장이 되어 '성공 신화'를 전해주는 경우도 있다. 그들은 "학창시절 받았던 장학금이 큰 힘이 되었다"며 감사 인사를 하기도 했다. 그럴 때마다 나 자신도 마음이 뿌듯하고 보람을 느끼곤 한다.

얼마 전 메르스(중동 호흡기증후군)가 유행했을 때 이런 생각을 한 적이 있다. 지하철이나 버스에서 한 승객이 바이러스 보균자라면 나머지 승객들에게 전파되지 않겠는가. 그러니 비록 낯모르는 사람이지만 그가 건강하기를 기원하지 않을 수 없다. 불교에서는 이 세상을 '인드라망'이라고 한다. 세상은 수많은 날줄과 씨줄이 교차하는 거대한 그물과 같은데 그 교차점마다 구슬이 달려 있어 서로를 비춰준다는 것이다. 그러니 우리는 '동업중생(同業衆生)'이며, 너와 나는 둘이 아닌 한 몸이므로 '동체대비(同體大悲)'하지 않을 수 없다.

세상은 상호의존적이다. '사람 인(人)'자를 보면 서로 기대고 있지 않은가. 자선이든 기부든, 나누고 베푸는 일은 세상을 더욱 건강하게 만드는 예방주사이며 치료약이 아닐까.

부울경은 하나다

초판 1쇄 발행 2015년 7월 20일

지은이 강병중
펴낸이 강수걸
편집장 권경옥
편집 양아름 손수경 문호영
디자인 권문경 박지민
펴낸곳 산지니
등록 2005년 2월 7일 제14-49호
주소 부산광역시 연제구 법원남로15번길 26 위너스빌딩 203호
전화 051-504-7070 | 팩스 051-507-7543
홈페이지 www.sanzinibook.com
전자우편 sanzini@sanzinibook.com
블로그 http://sanzinibook.tistory.com

ISBN 978-89-6545-306-2 03810

* 책값은 뒤표지에 있습니다.
* 이 도서의 국립중앙도서관 출판예정도서목록(CIP)은 서지정보유통지원시스템
홈페이지(http://seoji.nl.go.kr)와 국가자료공동목록시스템(http://www.nl.go.kr/
kolisnet)에서 이용하실 수 있습니다. (CIP제어번호 : CIP2015017358)